怨鬼の剣

鈴木英治

時代小説文庫

角川春樹事務所

怨鬼《えんき》の剣《けん》

一

長いこと、手を合わせ、目を閉じていた。

視線を感じ、まぶたをあけると、横で美音《みね》がじっと見ていた。結婚して一年近くたち、美音には結婚前にはなかったしっとりとした落ち着きが出てきている。そんな妻がまぶしく感じられた。

つい二日前、三回忌《き》をすませたばかりだが、あらためて二人だけで蔵之介《くらのすけ》の墓参りに来たのだ。八月二十六日の澄《す》んだ日差しが、人けのない墓地を照らしている。時刻は八つ（午後二時）をすぎたあたり。

「蔵之介にきかれたよ、久岡《ひさおか》には馴《な》れたかって」

「あなたさまはなんと」

「今では古谷《ふるや》よりいいと思っている、と」

美音はくすりと笑みを見せた。

「義兄上《あにうえ》に叱《しか》られますよ」

勘兵衛《かんべえ》は首を縮めた。確かに、兄の善右衛門《ぜんえもん》がきいたら目をむきかねない。

「しかし、もう二年か。はやいな」

「本当に」

勘兵衛の実家である古谷家の宗家《そうけ》だった植田家《うえだけ》の陰謀に絡《から》む事件で、勘兵衛の親友で美音の兄久岡蔵之介は、突然、この世を去った。

今でも蔵之介の死をきかされた朝のことを勘兵衛は忘れることができない。忘れる気もなかった。

「美音、勘ちがいしているようだな」

勘兵衛がいうと、美音は不思議そうに見た。

「俺《おれ》が二年といったのは、ここで……」

そう、ここで勘兵衛ははじめて美音の口を吸ったのだ。勘兵衛の言葉の意味をさとった美音は、頰《ほお》をさっと桃色に染《そ》めた。このあたりは結婚前と変わらない。

「ずいぶんと仲がいいな」

横合いから、くぐもった声がした。

不穏《ふおん》な気配を感じ、勘兵衛はそっと刀《かたな》に手を置いた。

三間《けん》ほど離れた場所に、頭巾《ずきん》をかぶった二人の侍《さむらい》が立っていた。線香の煙がたなびくか、不意に姿をあらわした感じだ。

勘兵衛は眉《まゆ》をひそめ、足場をかためた。

顔を隠していることだけで、害意《がいい》をいだいているのがわかる。二人から放たれているのは、紛《まぎ》れもなく殺気だった。二人は体つきと声の感じから、二十六の勘兵衛よりやや上と思える年の頃だ。おそらく三十には届いていない。

勘兵衛は美音をかばって、一歩前に出た。

「古谷勘兵衛だな。いや、今は久岡か」

左側の男が勘兵衛の頭を見やって、いう。

確かにこれ以上の目印はないと思えるほど、勘兵衛の頭は大きい。

勘兵衛は静かに唾《つば》を飲んだ。二人とも遣《つか》える。背丈《せたけ》は両者とも似たようなもの。五尺《しゃく》八寸《すん》ある勘兵衛とさして変わらない長身だ。

勘兵衛は腰を落としつつ、できるだけ冷静にいった。

「なにか用か」

左側の男が頭巾にしわを寄せて、いった。

「入り用のものがある」

「金か」

二人とも身なりは決していいとはいえない。

「見損《みそこ》なうな、久岡勘兵衛」

右側の男が怒りの声を発した。

「うぬの命よ」

うしろで美音がびくりとした。勘兵衛は左手で妻に触れた。

「理由は？」

左側の男が口をゆがめ、薄く笑ったのが頭巾越しにわかった。

「わからぬか。わからぬだろうな、うぬには」

右の男が抜刀《ばっとう》し、突っこんできた。身のこなしには猪突《ちょとつ》を思わせる猛烈さがあったが、足の運びは驚くほどなめらかだ。

「離れるな」

美音にささやいて、勘兵衛は刀を抜いた。

間近に迫った男は、刀を強烈に振りおろしてきた。勘兵衛は思いきり撥《は》ね返した。きんっ、とかわいた音が天空に吸いこまれてゆく。左側に剣気《けんき》を覚えた。いつの間にすり寄ってきたのか、もう一人が胴《どう》に刀を振っていた。

勘兵衛はかろうじて刀の柄《つか》で受けた。そのときには、逆の方向から振りおろしが見舞われていた。勘兵衛はかいくぐろうとしたが、それでは美音が危ないのがわかり、間に合わぬかもしれぬのを承知で刀を振りあげた。

ぎりぎりで刀は届いた。再び同じ音が発せられ、相手の刀は視野からかき消えた。

左から逆胴がやってきた。勘兵衛は左手で脇差《わきざし》をつかむや、ぐいと横に押しだすようにまっすぐに立てた。

脇差の鞘《さや》に刀は当たり、びしという音が響いた。それで刀は防げたが、しかし脇腹に食いこむ衝撃で息がつまった。

体勢を立て直そうと試みながら勘兵衛は、何者とも知れぬこの二人は、完全に自分を殺しに来ていることを知った。命が入り用との言葉に嘘《うそ》はなかった。

いったいどんなうらみを買ったのか。それとも、なにかの口封じか。なにか見てはならぬものを見てしまっただろうか。

右から、袈裟《けさ》斬りがうなりをあげて落ちてきた。勘兵衛は右腕のみで刀を振るい、撥ねあげた。左側から、すくうような斬撃《ざんげき》が浴びせられた。勘兵衛は刀を引きおろし、横に打ち払った。

不意に攻撃がやんだ。二人は一間《けん》ほどの距離を置いて、勘兵衛をじっと見ている。

二人には驚きがあるように見えた。ここまで連続して受けられたのは、二人にとってははじめてなのかもしれない。

「滝蔵《たきぞう》っ、重吉《じゅうきち》っ」

美音が声をあげた。門前で待つ二人の供《とも》は剣などろくに遣えないが、来てくれればやはりちがう。少なくとも相手の注意は分散される。

美音の声にただならぬものを感じたか、飼い主に呼ばれた犬のように二人は墓地に駆《か》けこんできた。頭巾をかぶった二人の男と対峙《たいじ》しているあるじを見て長脇差を抜き放ち、敵陣に突入する雑兵《ぞうひょう》のように大声でわめきながら駆け寄ってくる。

頭巾の二人はそちらに気を取られた。

勘兵衛はその機を逃さず、攻勢に出た。右側の男に的をしぼり、袈裟に斬りこんだ。相手は一歩下がってよけた。

供の二人がもう一人の男に斬《き》りかかってゆくのが横目で見えた。無理をするな、と命じたかったが、それだけのゆとりが勘兵衛にはなかった。

勘兵衛は一気に距離をつめ、蔵之介直伝《じきでん》ともいえる突きを猛然と繰《く》りだした。男は体をひらくことでなんとか避けた。勘兵衛はさらに逆胴に薙《な》いだ。男は身を縮めることでかわしたが、体勢が左に傾いた。刀を振りあげた勘兵衛は峰《みね》を返すや、眼下の敵に振りおろした。

だが男の肩を直撃する寸前、刀は岩に当たったかのように撥ね返った。供の二人を相手にしていたはずの男が、勘兵衛の振りおろしを横合いから打ち返したのだ。

その隙《すき》に男は体勢を整え、勘兵衛から距離を取った。もう一人の男も、話にきく忍びのような身軽さで背後に飛びすさった。

刀をかまえ直し、勘兵衛は二人の男を凝視《ぎようし》した。二人は剣尖《けんさき》を隙なく突きつけてはいるものの、殺気は薄れかけていた。

勘兵衛は瞳《ひとみ》を賊《ぞく》に貼りつけたまま、意識を供にまわした。面《おもて》にあらわれないよう、そっと安堵《あんど》の息をつく。

二人とも怪我《けが》もなく無事だった。ただ目にはおびえが強く出ているし、暑さにやられた犬のように激しく息をしている。真剣での立ち合いは明らかにはじめてだ。

勘兵衛はじりじりと下がり、距離ができてしまった美音を庇護《ひご》下に置いた。

「なにをしておるっ」

気合のこもった声が耳に届いた。

見ると、住職だった。住職は、日に当たってぎらりと光を放つ五つの抜き身を見ても怖《おそ》れることなく、ずんずん進んでくる。

二人の男はうなずき合い、さっと体をひるがえした。

野郎待ちやがれっ、と滝蔵が駆けだそうとしたが、勘兵衛は押しとどめた。

「なにがあったのです」

小走りに駆けてきた住職は、逃げ去った二人に向けていた目を勘兵衛にやった。

勘兵衛は刀を握ったままであるのに気づき、鞘におさめた。二人の供もあるじにならった。

「物盗《ものと》りのようです」

勘兵衛はなんでもないことのようにいった。

二日前、顔を合わせていることもあって、勘兵衛を知っている住職は顔をしかめた。

「頭巾をしていましたが、もしや見知った者ですか」

「そうとは思えませぬ」

勘兵衛は額《ひたい》を流れ落ちる汗をぬぐった。これまで会ったことがある者なら、いくら頭巾をしていようとまちがいなくわかる。今の二人と面識はない。

「浪人《ろうにん》のようにも見えましたが」

「かもしれませぬ」

「お怪我は?」

「幸いどこにも」

住職は目を美音に配った。

「奥さまは大丈夫ですか」

勘兵衛も美音を見た。少し青いが、落ち着きを取り戻している。

「ありがとうございます。おかげさまでなにごともなく」

美音はしっかりとした声音《こわね》で答えた。

安心したようにうなずいた住職は、一転、ため息を洩《も》らした。

「しかしいくら物騒《ぶっそう》な世といえ、なんと手荒な真似《まね》を。まさかこの寺でこのようなことが起きるとは……」

住職の名は啓順《けいじゅん》。歳《とし》は三十八。背は五尺三寸ほどでさほど高くはないが、たくましい胸とがっしりとした肩を誇っている。目もぎょろりとして鋭く、これで薙刀《なぎなた》でも持たせたらそれこそ僧兵だな、と勘兵衛ははじめて顔を合わせたときに思っている。

「拙僧《せっそう》から寺社奉行《ぶぎょう》に届けをだしておきます。しかし」

啓順は眉《まゆ》を曇《くも》らせ、やや残念そうな目で勘兵衛を見た。

勘兵衛は住職のいいたいことを理解した。なんといっても、寺社奉行に探索は期待できないのだ。譜代《ふだい》大名から寺社奉行は選ばれるが、町奉行のように専任といえる与力《よりき》、同心《どうしん》がいない。家臣《かしん》がその職をになうことになるが、家中《かちゅう》での仕事とはまるで別の仕事をするのだから、熟練しているとはいいがたい。いや、むしろ不馴《ふな》れといえた。

あるいは、そのことを狙《ねら》って今の二人はここを襲撃場所に選んだのかもしれない。

「いえ、届けをだす必要はございませぬ。取られた物もないですし」

勘兵衛としては大ごとにしたくなかった。

「そういうわけにはまいりません」

啓順はきっぱりと首を振った。

「放っておけば図に乗って、また同じことを繰り返すかもしれません」

そういわれれば返す言葉はなかった。啓順に騒がせた詫《わ》びをいって、勘兵衛たちは臨輿《りんこう》寺《じ》をあとにした。

「おぬしたちが来てくれたおかげで、俺は救われた」

道を歩きながら、勘兵衛は供の二人に礼をいった。

「いえ、なんのお役にも立ちませんで」

二人は照れくさげに声をそろえた。たいした力になれなかったことはわかっても、あるじにあらためて謝《しゃ》されるとうれしくてならないようだ。気のいい二人だった。蔵之介がいつも供に用いていた気持ちがわかる。二人とも二十八歳だ。

「いや、十分に役に立ってくれたぞ」

実のところ、襲われたときすぐ頭に浮かんだのはこの二人だった。しかし、勘兵衛には呼ぶことができなかった。久岡家の当主におさまって一年たったといっても、あるじ面《づら》をして命じることにまだ遠慮があったし、自分が狙われたことで二人を命の危険にさらすことにためらいもあった。

美音が声をあげたのは、そんな夫の心情を見抜いたからにほかならない。

勘兵衛は美音を振り返った。

美音は目を落とし気味に歩いている。なにか考えごとをしていた。

「しかし、いったい何者でしょう。ただの物盗りではございませんよね」

滝蔵がいう。重吉も、その通りだといわんばかりの表情をしている。

「殿《との》のお命を狙ってきたようにも見えましたが」

「ああ、二人は俺を殺そうとした」

　ごまかすことなく告げた。

「やはり……」

　滝蔵と重吉は案ずる目を向けてきた。

「でも、どうして……」

「それは俺が知りたい。二人とも、さっきの二人に見覚えはないのだな」

　ございません、と二人は答えた。

「俺たちが寺に入ったあと、門をくぐった者はいたか」

「いえ、一人もおりませんでした」

　となると、二人は待ちかまえていたのだ。自分たちが今日、来ることを知っていたというのか。しかし今日の墓参は、二日前に美音と二人で決めたことだ。

　もっとも、あの二人が久岡家を見張っていたなら、話は別だ。美音と二人、牛込通寺町《うしごめどおりてらまち》方向へ向かったとなれば、行先の見当をつけるのはむずかしいことではない。

　張られていたか、と勘兵衛は思った。そんな気配には気がつかなかった。

　迂闊《うかつ》だっただろうか。

　しかし無理はない、と自分でも思う。植田家や闇風《やみかぜ》の一件が落着して二年、勘兵衛の周囲は平穏そのものだったからだ。

二

屋敷に戻った。時刻は七つ（午後四時）をまわっている。

少しおそくなった。義父の蔵之丞《くらのじょう》に帰宅の挨拶《あいさつ》をした。美音も敷居際《しきいぎわ》で正座をし、深くお辞儀をした。そんな美音を、床几《しょうぎ》に左手を預けた蔵之丞は愛情のこもった目で見ている。

「蔵之介は喜んだであろう？」

穏やかな声で勘兵衛に問う。

「はい、とても」

蔵之丞は顔をほころばせた。五十三という歳にふさわしいゆったりとした笑顔だ。

「下がっていなさい」

勘兵衛は美音にいった。美音は、はいと立ちあがり、奥に向かった。

「義父上《ちちうえ》、お話があります」

勘兵衛はかしこまって、いった。

「そんなところではなんだ、入りなさい」

勘兵衛は言葉にしたがい、義父の前に腰をおろした。

「ふむ、なにかあったようだな」

勘兵衛は先ほどの一件を義父に話した。

蔵之丞はさすがに驚き、息を飲んだ。

「そんなことが。二人とも怪我はないのだな」

「はい」

「命が入り用と賊は申したのだな？」

「そこまでは啓順さまには話しておりませぬが」

「心当たりは？」

「まるで」

「勘兵衛が申すならその通りだろうが……」

蔵之丞は思慮深げな顔をした。

「飯沼《いいぬま》どのに話してみるか。なにか知っているかもしれぬ」

飯沼麟蔵《りんぞう》。勘兵衛の実兄古谷善右衛門の友人で、腕利《き》きの徒目付頭《かちめつけがしら》だ。勘兵衛の祝言《しゅうげん》にも来てくれた。その際、助太刀《すけだち》が必要なときはよろしく頼むという意味のことをいわれたが、その機会はいまだ訪れていない。

「知らぬとしても、千二百石《こく》の当主が襲われたとなれば、きっと調べてくれよう」

「わかりました。明日にでも詰所《つめしょ》を訪ねてみます」

「ときに勘兵衛」

勘兵衛は義父を見た。

「こんなときにいうべきことではないのだろうが」

蔵之丞がなにをいいたいか勘兵衛は察した。

「まだ兆《きざ》しはないのか」

これまで何度も繰り返された問いだ。

「はい、そのようです」

勘兵衛も幾度も口にした言葉を返した。

「励んでおるのだろうな」

蔵之丞は大まじめだった。

義父を前に答えにくかった。顔を伏せげに勘兵衛は仕方なく答えた。

「はあ、それはもう」

蔵之丞は奥のほうに目を向けた。

「そうか、はやく孫の顔を見たいが、やはり待つしかないか」

「はあ、申しわけございませぬ」

謝《あやま》るべきことなのか、と勘兵衛は思いつつ頭を下げた。いや、謝るべきことなのだろう。武家にとって、家の存続はなにより重要だ。いざとなれば養子を取ればいいとはいっても、やはり血のつながった子にこそ家を継《つ》がせたいと考えるのは人情だった。その義父の思いをいまだ実現できずにいるのだ。

「鶴江《つるえ》も楽しみにしているのだが」

義母の名が出て、勘兵衛はほっとした。話題を転ずるいい機会だった。

「義母上《ははうえ》はどちらに」

いつも一緒にいる仲のいい夫婦だ。それが今日は姿が見えない。この座敷に入ったときから、少し気にかかっていた。

「知り合いの家に初孫が生まれ、顔を見に行っているのだ。なに、じき戻ろう」

うまくいかなかった。勘兵衛は蔵之丞の前を辞し、奥に行った。

美音は花を生けていた。勘兵衛は美音の前に腰をおろした。

「きれいなものだな」

美音はおかしそうに勘兵衛を見やった。

「この花がなにかもおわかりではないのに」

「花がわからずとも、美しさはわかる。だからこそ俺は美音を選べた」

美音ははにかんだように花に向き直り、はさみをつかった。

「驚かせてしまったな」

美音ははさみを置き、そっと背筋を伸ばした。

「驚いたのは私だけではないでしょう?」

勘兵衛を思いやる瞳をしている。

勘兵衛は抱き締めたくなり、実際にそうした。美音は素直に胸に頭を預けてきた。

勘兵衛は、美音自身が発するいい香りを存分に吸いこんだ。

美音がわずかに身じろぎした。

「でも、いったい何者でしょう。本気であなたさまのお命を取ろうとしていました」

美音は勘兵衛をのぞきこんだ。

「おなごのことでなにか問題を抱えているとか」

勘兵衛は笑った。美音は軽口で元気づけようとしている。このあたりは蔵之介に似ている。

「俺は美音以外に興味はない。それに、おなごのことが殺しにつながるとは思えぬ」

「でも、岡富《おかとみ》さまの一件もございますよ」

岡富左源太《さげんた》。勘兵衛の友の一人だ。二年前、ある後家《ごけ》が殺された事件で犯人と目《もく》され、飯沼麟蔵をはじめとした捕物方《とりものかた》に追われたことがある。もっともそれは濡衣《ぬれぎぬ》で、勘兵衛の働きもあって疑いは晴れたのだが。

「俺には美音しか見えぬ。俺がおなごのことで事件に巻きこまれることはない」

勘兵衛はその気になり、美音の体をまさぐろうとした。手をぴしりと叩《たた》かれた。

「まだそのような刻限ではありませぬ」

三

鈴野屋伊兵衛《すずのやいへえ》は、少し酔いを感じている。

料理屋片倉《かたくら》の二階座敷。二月《ふたつき》に一度の同業者との懇親会の席だ。顔をそろえているのは、雪駄《せった》や草履《ぞうり》、下駄《げた》などを扱っている店の主人ばかり十五名。

片倉は浅草橋場町《あさくさはしばちょう》にある。橋場町といっても町なかではなく、まわりはほとんど田んぼだ。石浜川《いしはまがわ》という川が大川《おおかわ》に合流するそばに、二階屋が建てられている。南側に見える武家屋敷は、播州姫路酒井家《ばんしゅうひめじさかいけ》十五万石の拝領《はいりょう》屋敷だ。それ以外に座敷から見えるのは、遠く百姓家が二軒ばかりだった。

片倉は評判の店らしいが、なるほど、それもうなずけるうまさで、刺身も煮物もよく吟《ぎん》味《み》されている。酒もいい。くだり物らしく甘みは濃いが、あと口はすっきりしている。

七つ（午後四時）にはじまった宴《うたげ》は、すでに一刻《いっとき》（二時間）近く経過していた。伊兵衛は半分ひらかれた障子《しょうじ》から、外を眺めている。暮れ色はずいぶんと濃くなっていて、あたりは夜と昼とのあいだをたゆたう曖昧《あいまい》さにいだかれつつあった。

「鈴野屋さん、どうぞ」

横に座ったのは田村屋喜八《たむらやきはち》だった。田村屋も鈴野屋同様、雪駄を主に扱っている。喜八はだいぶ赤くなっていて、徳利《とっくり》を持つ手もわずかに震《ふる》えている。

「ああ、すみません」

伊兵衛はありがたく頂戴《ちょうだい》した。杯《さかずき》を干《ほ》し、徳利を受け取って注《つ》ぎ返そうとした。

「いや、手前はけっこうです。ちょいと飲みすぎました」

顔から首まで真っ赤にしている。もともと酒に強くはない。

「今日はずいぶんお酒がお進みのようですね」

喜八が新しい徳利を背後から取って、勧めた。伊兵衛は頭を下げて、受けた。

「いつまでもくよくよしていられませんから。せがれも喜びますまい」

喜八は慈愛に満ちた顔をしている。

「鈴野屋さんに元気がないと、この会も今一つ盛りあがりに欠けますからね」

「そんなこともないでしょうが」

伊兵衛は座敷内を見渡した。気の置けない者同士が楽しそうに話をかわしている。

「こちらを選んだのは田村屋さんでしたな」

「馴染《なじ》みなので、少しは無理がきくかなと思いまして」

「いい店ですね」

心の底から伊兵衛はほめた。

「気に入ってもらえましたか」

「もちろんですよ」

喜八はにっこりと笑った。子供のような笑顔だ。喜八は四十六歳。伊兵衛より二つ上だが、老舗《しにせ》に育ってその跡を継いだためか苦労が面《おもて》に出ないたちらしく、三十代といっても通る若々しさを保っている。

「店の者も喜びましょう。もっとも、馴染みなのは手前の手柄《てがら》ではない。父が以前から懇意にしていただけの話です」

不意に喜八が顔を近づけ、声を落とした。眉間《みけん》にしわを寄せている。

「鈴野屋さん、妙な噂《うわさ》をきいたんですが」

「ほう、どんな」

伊兵衛もささやき声で返した。

「どうやら、例の賊どもが再び動きはじめたようなのですよ」

伊兵衛は目をみはった。

「本当ですか」

「出入りの岡っ引にきいたんですが、まちがいないようです」

「また誰かを狙ってるんでしょうか」

喜八は身を震わせた。

「もしかすると手前かもしれません」

「また田村屋さんを？　まさか」

「うちは金で解決したでしょう。味を占《し》めてまた、ということは十分に考えられます」

半年前、喜八がかどわかされたとき、田村屋の者は奉行所に届けなかった。万が一を考えていた喜八に、そうするようかたく命じられていたのだ。金も大事だが、命はもっと大事。殺されては元も子もない。金で片がつくならそのほうがいい。

無事に解放されたあと奉行所からきついお叱《しか》りを受けたらしいが、もし届けていたら手前はこの世にいなかったでしょう、と喜八はしみじみと語ったことがある。

「そうは申しても、二度も同じ者を狙いますかね」

伊兵衛は疑問を口にした。

「まともでない連中ですからね、なにを考えても不思議はありませんよ」

「それはその通りでしょうが」

「もし手前でないとしたら」

喜八は思わせぶりに言葉をとめ、伊兵衛を見た。伊兵衛はにこやかに笑った。

「手前が狙われるとでも？」

「いや、鈴野屋さん、笑いごとではありませんよ。鈴野屋さんの繁盛《はんじょう》ぶりをやつら、知らぬはずがないですから」

確かに店は繁盛している。雪駄の行商から身を起こした伊兵衛だが、そのときの苦労がまちがいなく役に立っている。そして今、伊兵衛自ら創意を凝《こ》らした新しい意匠《いしょう》の雪駄がかなり売れているのだ。儲《もう》けも大きい。

「もしかどわかされたら、鈴野屋さんは奉行所に届けを？」

喜八がきく。

「そのつもりです」

「どうしてです。殺されるかもしれないのに」

「これは決して田村屋さんを責めているわけでないのをわかってください」

伊兵衛は前置きをした。

「先ほど味を占めて、といわれましたが、まさにそういうことになるのでは、と思えるのですよ。人をさらって飯の種にしようとする輩《やから》、そんな連中に手前はびた一文《いちもん》払うつもりはありません」

「そうはいっても……」

「奉行所に届ければ、確かに殺されるかもしれません。しかし、それが手前の寿命だったということでしょう」

「なるほど、立派なお覚悟ですね。さすがに苦労を積んできている人はちがう」

感心しきった口調でいう。

「でも鈴野屋さん、その前に、かどわかされぬようにするのが先でしょうね。手前としては、鈴野屋さんにあんな恐怖を味わってもらいたくはないですよ」

はじめての顔で伊兵衛は耳を傾けた。


喜八は、真摯《しんし》な光を瞳に宿している。

「いや、本当に怖《こわ》かったですよ、あのときは」

はじめてきく話ではない。それでも、はじめての顔で伊兵衛は耳を傾けた。


五つ（午後八時）をまわり、宴はおひらきになった。

伊兵衛は飲みすぎたことを後悔していた。料理のうまさに、つい度を超したようだ。ひどく酔っている。以前はこんなことはなかった。いくら久しぶりの酒だったとはいえ、歳を取ったことを猛烈に感じた。

酔いを醒《さ》ましたくて、座敷の隅《すみ》でじっとしていた。そのあいだに他の者たちは次々に駕《か》籠《ご》を呼んでもらっては帰ってゆく。

「大丈夫ですか」

最後まで居残った喜八が心配そうに声をかけてきた。

「大丈夫です。つい飲みすぎました」

「そうですか。お先に失礼してもよろしいですか」

「どうぞ、どうぞ。手前はもう少し酔いを醒ましてからにします」

ではお先に、と頭を下げて喜八は座敷を出ていった。

伊兵衛を供の又吉《またきち》が介抱してくれた。

又吉は三十六歳、実直で口がかたい手代《てだい》だ。別に妻にやましいことなどないが、そのことで常に供に選んでいる。体も大きく、そこいらの無頼者《ぶらいもの》など軽くあしらえるだけの膂力《りょりょく》を誇っている。

それから四半刻《しはんとき》ほどして、ようやく酔いが少しは抜けてきたのを伊兵衛は感じた。

駕籠を呼んでもらった。

立ちあがると、体がぐらりと揺れた。伊兵衛は、こんなに酔ってしまうなど、と情けなさを感じつつ駕籠に乗りこんだ。ではお願いします、と又吉が駕籠かきに声をかけた。

えっほえっほ、と調子よく駕籠は行く。

体を上下左右に揺さぶられて、伊兵衛は吐き気がこみあげてきた。駕籠をとめてもらおうかと思ったが、恥ずかしいところを見せるわけにはいかない、との思いのほうがまさった。

いきなり駕籠がとまった。走りはじめて、二町《ちょう》も行っていない。ひえっと悲鳴がし、あわてて駆けだす二つの足音が耳に入った。

伊兵衛は息を飲みこみ、耳をすました。

「なんだ、あんたら」

又吉の声がした。震えを帯びている。

「あるじに用がある」

冷たさと落ち着きを感じさせる、きき覚えのない男の声が続いた。

「用があるって、あんたらいったい……」

「いいか、あるじをいただいてゆくが、奉行所には届けるな。届けたら、あるじの命はない。わかったか」

又吉は答えない。恐怖に耐え、必死に歯を食いしばっている姿が見えるようだ。

「おまえを殺しはしない。店に戻り、連絡を待て。それから明日、店はいつものようにあけておけ」

間をわずかに置いて、どん、と鈍い音がし、うっ、と又吉がうめいた。どたりと地面に倒れこむ音。それきり又吉は言葉を発しない。

伊兵衛はどうすべきか考えた。頭がしびれたようで、なにも思い浮かばない。

「出な」

太い腕が伸びてきて、伊兵衛は外にだされた。立ちあがらされたとき、闇《やみ》に光る匕首《あいくち》がいくつか見えた。

伊兵衛は力をこめて、つかまれた腕を振り払った。

「無駄なことをするんじゃない」

冷ややかな声が目の前の闇から発せられた。

伊兵衛は背後から抱きかかえられ、どんと突き放された。よちよち歩きの赤子《あかご》のように足がもつれ、道に転がった。

いくら酔っているとはいえ、あまりのふがいなさに伊兵衛は呆然《ぼうぜん》とした。

土をつかみ、上体を起こした。ぼんやりと長い塀《へい》が見える。酒井屋敷のものだろう。大川が近いためか、潮の混じった水の匂いがかすかにする。身動き一つしない又吉がそばに横たわっていた。

伊兵衛は這《は》うように又吉に近づこうとしたが、びしりと首筋を打たれ、顔を地面に突っこませた。次いで脇腹を蹴られ、体を海老《えび》のように折り曲げた。

「こらこら、手荒な真似をするんじゃない」

笑いをともなった声がし、じりと土音が近づいた。

腹のうちからせりあがってくるものを伊兵衛は覚えた。こらえきれず、地面にぶちまけた。

「ほら、いわんこっちゃない」

立ちのぼる臭気《しゅうき》のなか、伊兵衛は立ちあがろうと試みた。びし、と再び首に重い衝撃が加えられた。

今度は本気で気を失わせようとしていた。又吉が見えにくくなった。薄れゆく意識のなかで伊兵衛は、歳を取ったな、と再び思った。

四

「旦那《だんな》、ここです」

先導してきた清吉《せいきち》が立ちどまった。

稲葉七十郎《いなばしちじゅうろう》はあたりを見渡した。

暗い。灯《あか》りは付近にまったく見えない。漆黒《しっこく》が無数の腕で夜をがんじがらめにしている。

駕籠がぽつんと残された道の東側は、酒井家屋敷の無愛想な塀が続いている。反対側は田んぼ。刈り取り間近の稲穂《いなほ》が重たげに風に吹かれているのが、提灯《ちょうちん》の灯りにうっすらと浮かびあがっていた。

これでは誰一人目撃した者などいないだろうな、と七十郎は思った。

七十郎は南町奉行所同心である。歳は二十三。

家つきの中間《ちゅうげん》の清吉があらためて説明した。

「かどわかされたのは、中之郷竹町《なかのごうたけまち》で雪駄屋を営んでいる鈴野屋伊兵衛です。この先の料理屋片倉からの帰りで、かどわかされたのはつい半刻《はんとき》ほど前のことです。片倉では、同業者の懇親会がひらかれていたとのことです」

七十郎は提灯で、来たばかりの道を照らした。この道を戻り、川口屋《かわぐちや》、甲子屋《きねや》、若竹屋《わかたけや》、玉屋《たまや》など有名な茶屋が境内《けいだい》にあることで知られる真先《まさき》神社の突き当たりを左に折れて道なりに行けば、大川に出る。大川沿いを南にくだると、吾妻橋《あずまばし》に行き当たる。吾妻橋を東に渡れば、中之郷竹町はすぐだ。駕籠なら四半刻ほどで着くだろう。

「鈴野屋には、店の手代で又吉という供がついていました。この又吉が自身番《じしんばん》に届けてきたのですが、又吉によると、いきなり四、五名の男があらわれ、駕籠かきを追い払い、匕首で又吉を脅《おど》したそうです。四、五名の男に関しては駕籠かきも同じことをいっていますから、まちがいないでしょう」

七十郎はうなずいた。

「奉行所に届けたらあるじの命はないと又吉は脅されたそうだが、すぐに届け出ているな。鈴野屋のいいつけか」

「もし万が一のことがあれば、必ずそうするようかたく命じられていたそうです」

七十郎は腰の長脇差に手を置いた。

「雪駄屋といえば、半年前にも同じことがあったな」

「田村屋ですね。今度も同じ者どもの仕業《しわざ》だと？」

「まずな。あのときも賊は四、五名だった」

七十郎は提灯を北へ振った。すぐそばを石浜川が流れている。

「連中、舟をつかったかな」

「かもしれません。田村屋のときもそうでしたし、ここからなら大川は目と鼻の先ですし」

七十郎は、駕籠かきに話をきいた。

それまできいていた以上のことは得られなかった。

七十郎は、手札《てふだ》を預けている岡っ引を呼んだ。名は徳五郎《とくごろう》。四十五歳。背は五尺そこそこで、長身の七十郎とは一尺ほどもちがうが、裏通りを歩いてきた男特有の迫力が体からにじみ出ていて、一まわり大きく見える。丸い頰はたっぷりとして、その頰に囲まれた鼻は低く、小さい。ひげは濃く、常に青々とした剃《そ》り跡《あと》が口をぐるりと囲んでいる。

七十郎はこの男を父から引き継いだ。父が重用《ちょうよう》していただけあって、腕はいい。手札をもらっているのを笠《かさ》に着ないのを、七十郎は気に入っていた。女房は須田町《すだちょう》で一膳飯屋《いちぜんめしや》をやっている。人通りの多い場所の上、味もよいと評判で、盛《さか》っている。その店のあがりで徳五郎は五人の手下を飼っていた。

七十郎は徳五郎に、四、五名を乗せた怪しい舟を見た者がいないか、船頭や船宿《ふなやど》を当たるよう命じた。ただし、できるだけ目立たずにやることもつけ加えた。奉行所がすでに探索に入ったことを賊に教えたくはない。もう知っているかもしれないが、おおっぴらにやって人質をさらなる危険にさらす必要はない。

実のところ、同じ者が関わったと思われる誘拐《ゆうかい》事件は三年ほど前から、半年から一年ほどの間を置いて五件、起きている。

さらわれたのは、いずれも富裕な商家のあるじ。うち二人が殺された。

二人とも今回の鈴野屋と同様、奉行所に届け出るよう、店の者にいいつけていた。二軒の商家には身の代《しろ》を要求する文《ふみ》が届けられ、商家側では要求通りの金額を用意したが、それ以上の文や連絡が来ることはなく、結局二人は三日後に死骸《しがい》で見つかった。

田村屋を含め無事戻ってきた三人は、奉行所には届けず、賊と取引をして解放された。

鈴野屋がこのことを知らないはずがない。商人のなかには命より金のほうが大事と公言する者がいるが、鈴野屋もそういうたちなのだろうか。

それにしても六人目か、と七十郎は唇《くちびる》を噛《か》んだ。これまで手をこまねいていたわけではない。探索はずっと続けていた。

しかし、まるで手がかりは得られなかった。よほど巧妙に賊どもは身を隠しているのだ。闇の世界を熟知している徳五郎ですら、なにもつかめない。あるいは、江戸には住んでいないのかもしれない。それを裏づけるように、生きて帰ってきた者の話から、賊は上方《かみがた》の言葉を話していることがわかっている。

手代の又吉を呼んだ。顔には申しわけなさが一杯だった。ただ、ときがたち、少しは気持ちが落ち着いてきているのが見て取れた。

七十郎はすぐに質問をはじめた。

「賊どもの顔を？」

又吉は首を振った。

「いえ、暗くてなにも見えませんでした」

「四、五名というのにまちがいはないか」

「はい」

「声色《こわいろ》に覚えは？」

「はじめてきく声でした」

「年の頃はわかるか」

「声を発したのは一人でしたが、あの男はおそらく四十代ではないかと。ほかの者は、申しわけございません、わかりません」

「言葉に上方なまりは？」

又吉は考えこんだ。

「あった気もしますが、はっきりとは……」

「供にいつもついてたそうだが、最近、あるじのまわりでなにかおかしなことや変だと感じることはなかったか」

又吉は顔をうつむけた。

「いえ、そういうのはなにも。もし感じていたら、こんなことにならなかったと思うと、悔《くや》しくてなりません。申しわけございません」

これで解放することにした。又吉は実直な手代にすぎない。これが芝居ならたいしたものだが、この男は心から主人を心配している。

刻限はすでに四つ（午後十時）をまわっている。

七十郎は空を見あげた。月は出ていない。厚い雲がおおっているわけでもなく、星は光の砂を投げつけたかのように空一面にちりばめられている。この季節らしくない生あたたかな風がときおり吹き渡り、着馴《きな》れたはずの黒羽織《くろばおり》が暑苦しく感じられた。

七十郎は頬を流れる汗を手でぬぐった。

五

「ほら、おりな」

伊兵衛は目隠しをされている。手を引かれ、舟からおろされた。やや熱を持った川風が頬をなぶる。

気を失っていたために、どれくらい舟に乗せられていたのかはっきりしない。草の青臭《あおくさ》さと、腐《くさ》ったような水の匂いが鼻をつく。大気には肥《こえ》の臭《にお》いも混じっている。片倉よりさらに町はずれに連れてこられたようだ。

両側から腕を取られて歩かされた。五段ほどの階段をあがる。どうやら船着場《ふなつきば》が設けられている。階段をのぼったあとは平坦な道が続いた。足の感触からして石畳《いしだたみ》だ。

戸があけられる音がし、伊兵衛はなかに入れられた。富裕な商家が持つ別邸《べってい》のような感じがした。

「もう少し眠りな」

伊兵衛は再び首筋に打撃を食らった。意識は闇へ戻っていった。

伊兵衛は目を覚ました。どれぐらい気を失っていたものか。

頭が痛い。気を失っていたというより、寝ていたようだ。

目隠しは取られていた。腕と足がしびれている。両腕はうしろにまわされて腰のところで縛《しば》られ、両足の足首は紐《ひも》でかたく縛《いまし》めをされていた。部屋に一人、芋虫《いもむし》のように転がされている。

日当たりが極端に悪そうな部屋で、畳は色があせ、すり切れていた。六畳間《じょうま》だ。

右手には雨戸。がっちりと締められているが、隙間《すきま》からわずかな光が洩《も》れていることから、日がのぼってだいぶたっているのがわかった。鳥のさえずりもきこえる。

腹が鳴った。少しは気持ちが落ち着いてきているのを、伊兵衛は感じた。

畳を這いずって体を起こし、尻《しり》を下に座った。腕の縛めは特にきつく、肩を動かすことさえできない。これでは、自力ではずすことなどできるはずがなかった。

伊兵衛は首をねじって、背後に目を向けた。床《とこ》の間《ま》だ。花はおろか、絵も飾られていない。無愛想そのものだった。

伊兵衛は、昨夜の喜八の話を思いだした。

喜八も一人、手足を縛られて部屋に転がされていたという。これからどうなるか怖くてならず、いやな汗が体中からとめどもなく出てきたと語った。奉行所に届けず、要求通りの金さえだせば殺されることはないのではとの期待はあったが、しかしもし店の者が命《めい》に逆らって届けをだしたら、と思うと居《い》ても立ってもいられない気分だったともいった。縛めをされてなかったら手を合わせて祈りたいくらいでしたよ、と喜八は苦笑したものだ。

結局、かどわかされて五日後に喜八は手足に縛め、口には猿ぐつわをされて一人舟に乗せられて大川を流れくだっているところを猪牙舟《ちょきぶね》の船頭が見つけ、かろうじて人生をつなげることを許された。

お有《ゆう》は心配しているだろうな、と伊兵衛は思った。一緒になって二十年になるが、こうして一晩離れたことがあっただろうか。この二十年、常に身を寄せ合い、支え合って生きてきたのだ。

伊兵衛は、左手の襖《ふすま》に目を向けた。

襖があいた。人が立っている。背丈は五尺三寸ほどか。伊兵衛がおとなしくしているのを敷居際で確かめるようにしてから、入ってきた。そのあとを四名の男が続いた。

先頭の男が首領のように思えた。年の頃は五十二、三といったところか。それより若いかもしれない。あとの男たちは、いずれも三十代のように思えた。

「顔を覚えようとする目だな」

しわがれた声で首領らしき男がいい、目の前に腰をおろした。

伊兵衛は臆《おく》することなく男を見つめた。

五十すぎとの見当はまちがっていない。額に二本の深いしわを刻んでおり、白髪《しらが》も目立つ。目自体は細いが、その奥から光を放つ瞳は、ふだんの暮らしで気をゆるめることなど一瞬たりともない、と語っている。

伊兵衛は、背中を汗がじっとりと濡《ぬ》らすのを感じた。五名の男は顔を隠していない。これは、伊兵衛を始末する気でいるからだ。ここで命を絶たれようと覚悟の上だが、しかし胃の腑《ふ》が喉元《のどもと》にせりあがってくるような緊張を抑えることはできない。

一人が刃物を持って、伊兵衛の背後にまわった。胸の奥がきゅんとしたが、不意に腕が自由になった。縛めが解かれたのだ。

どういうことだ、と伊兵衛は首領を見つめた。男はかすかな笑いを見せただけで、なにもいわなかった。

男はうしろを向き、受け取ったなにかを伊兵衛の前に突きだした。

「文を書いてもらう」

紙と筆を伊兵衛は手にした。隅の行灯《あんどん》が灯《とも》され、淡い光が遠慮がちに部屋を満たした。

伊兵衛はいわれるままにしたためた。

「よかろう」

伊兵衛から受け取った文を読み終えた男は、満足げな息を吐いた。

七十郎は鈴野屋にいる。昨夜のうちに裏口から入りこんでいたのだ。

さほど広い屋敷ではない。いくら繁盛しているとはいえ、扱っているのは雪駄だ。商いは知れたものだろう。

奉公人は六人。いずれも男だが、通いの番頭の一人が三日前から重い風邪《かぜ》にかかってい て、休んでいるという。伊兵衛の妻のお有が、さっそく使いを走らせたとのことだった。

店の者から事情はまだきいていない。気持ちが落ち着くのを待ったほうがいいだろう、ということになったのだ。

もっとも、事情をきく役目は七十郎のものではない。先輩同心である樫原貞蔵《かしはらていぞう》がその任に当たることになっている。

貞蔵は四十五歳。切れ者というほどではなく、ちょっと怒りっぽくもあるが、経験は豊富で、一緒にいればそれなりに頼りになる。背は五尺五寸ほど、体に無駄な肉はついておらず、引き締まっている。笑うと目がなくなってしまう顔にはなんともいえない愛嬌《あいきょう》があって、慕《した》う町人《ちょうにん》は多い。

日がのぼり、明るくなった。まず最初に事情をきいたのは、お有だった。

一目見て七十郎が持った印象は、凜《りん》としているというものだったが、少しはれぼったいまぶたがその印象をわずかながら薄めていた。無理もない。おそらく一睡もしていないのだろう。身なりはしっかりしているし、おしろいをつかい、紅《べに》もさしている。

本来はよく笑いそうな気性らしいのが面《おもて》にあらわれているが、夫の誘拐によってその明るさは暗い影におおい隠されてしまっている。歳は四十をすぎたくらいか。瞳は黒々と大きく、聡明さを感じさせた。

「これまで五件のかどわかしを起こした連中が今回も関わっているとしたら、おそらく五百両は要求してくるものと思われる」

言葉を切り、貞蔵はお有をじっと見た。

「それだけの金を用意できるか」

「あの人は、いえ、伊兵衛は、要求には一切応ずるな、と」

透《す》き通る声をしている。

「では用意する気はないのか」

「いえ、用意いたします。伊兵衛の意に反することにはなりますが、やはり無事に帰ってきてもらいたいですから。ここで五百両取られたら、店は潰《つぶ》れるでしょうけれど、命があればまた商《あきな》いはできます」

「それならいいが、しかし我らに黙って金さえ支払えば無事に戻れることは鈴野屋だって知っていただろうに」

「なんと申しましても、正義の心が強い人ですから。自らを犠牲にすることで犯人をとらえ、次の犠牲者が出るのを防いでもらいたいとの気持ちだと私は思います」

「ふむ、見事な心がけとしかいいようがないな」

貞蔵は感心しきったようにいった。

「でも、身の代は無用の物になるのでは？」

お有が控えめに問うた。

「どうしてだ」

「先に殺されたお二人の際、身の代を用意したものの、結局はつかわずじまいだったという話をおききしました」

「そんなことを考えるものではない。鈴野屋は生きておる。連中が、我らに知られたことに気づいてなければ、身の代を餌《えさ》にとらえ、鈴野屋を無事取り戻せる」

「しかし、気づいていないなどということは、ありませんでしょう。もしそんな間抜けなら、とうにとらえられているはずです」

貞蔵はぎろりと見返した。

「我らがしっかりしていれば、こたびのようなことは起きなかったとでもいいたいか」

「そのようなことは決して」

お有は恐縮して頭を下げた。

「かどわかされたのは、伊兵衛に油断があったゆえでしょう。久しぶりの酒を口にこそだしはしませんでしたが、それは楽しみにしていましたから」

「ほう、ずっと飲んでいなかったのか。酒断ちでも?」

大の酒好きの貞蔵は信じられぬといった目をしている。

「酒断ちといえばそういうことになるのでしょう」

お有は寂しげに微笑した。

「子供を失ってからずっとでしたから。まるで自分が死なせたかのような心持ちでいたのでしょう。あの人に罪はないのに」

子を亡くしているのか、と七十郎は思った。この女の、どこか影のある感じはそこから生まれているのではないか。となると、失ってからそうときはたっていない。死因は病気だろうか。それともほかの理由なのか。

同じ疑問を持ったようで、貞蔵が穏やかな口調できいた。

「どうして子供は」

お有は戸惑《とまど》ったように瞳を動かした。

「伊兵衛のかどわかしと関係があるとは思えませんが、よろしいのですか」

「おぬしはまだ悲しみが抜けていないようだからな、我らに話すことで少しでも気が紛《まぎ》れれば、と思ってな」

「ありがとうございます」

頭を下げて、お有は語りはじめた。

死んだのは、鈴野屋の跡取り息子の吉太郎《よしたろう》だった。つい五ヶ月ほど前のことで、十五になって、店の仕事を覚えはじめたところだった。仕事の覚えは父親譲《ゆず》りかずいぶんはやく、店の者たちも驚嘆するほどで、これは旦那さまより商売上手になるのではないか、これで鈴野屋は安泰だ、などといったささやきが店のなかではかわされていた。

驚いたのは伊兵衛とお有も同様で、息子の成長をなによりの楽しみにしていた。

吉太郎は行商もしていた。鈴野屋は店売りが主で、行商はほとんどやっていなかったが、店売りよりも行商のほうが商売の手応《てごた》えがつかめるし、じかに人とのふれあいがあって楽しいと伊兵衛が勧めたのだ。

吉太郎はぜひやってみたいと、今年の正月から五日に一度ほどの割合ではじめていた。

三月十六日のことだった。その日は朝から好天で吉太郎は勇んで行商に出かけたが、昼すぎに激しいにわか雨になり、吉太郎はある寺の山門で雨宿りをした。

四半刻ほどで雨はあがり、山門を出た吉太郎は、階段の一番上でいきなり足を滑《すべ》らせ、十段ほどの階段を一気に下まで落ちたのだ。地面にうつぶせた吉太郎はぴくりともしなかった。打ちどころが悪く、首の骨が折れていた。一緒にいた人たちは大騒ぎになり、あわてて医者を呼んだが、手遅れでしかなかった。

「そんなことがあったのか」

腕を組んだ貞蔵が首をうなずかせた。

「それで鈴野屋は自分のせいと」

「行商を勧めたのは伊兵衛ですが、階段から足を滑らせたのは伊兵衛のせいではありません。今はあの子の寿命だったと思うようにしています……」

かわいそうだな、と七十郎は思った。伊兵衛が必ず奉行所に届けるように命じていたのも、最愛の子を亡くしたことでもはや失うものはないといった、怖いもの知らずの面もあるのではないか。

「その寺はどこだ」

七十郎はお有にたずねた。

「小石川御箪笥町《こいしかわおたんすちょう》の林香寺《りんこうじ》です」

知らない。江戸はなんといっても寺院の数が多いし、七十郎の縄張《なわばり》でもない。

「吉太郎はそそっかしかったのか」

「父親似の落ち着いた若者でした。ですから、今でも信じられない気持ちが一杯で……」

「吉太郎が亡くなったとき、町方は？」

寺院は支配ちがいとはいっても、山門を出たところで死んだのだから、町方がまちがいなく出張《でば》ったはずだ。七十郎にその日の記憶はない。非番だったのかもしれない。

「ええ、調べていただきました。山門に一緒にいた人からも話をきいてくださり、それで吉太郎がまちがいなく自分で転げ落ちたことがはっきりしまして」

「話をきいた者たちの身許《みもと》は？」

「教えていただきました。伊兵衛とお礼にうかがいましたから。御箪笥町やその近くに住む人たちで、善良な方々でした。我がことのように悲しんでくださって……」

そうか、本当に吉太郎は運が悪かっただけなのか、と七十郎は思った。

「そういえば、一人だけお礼をできなかった人がいました」

お有が思いだして、いった。

「一緒に雨宿りしたなかで、一人だけ旅の方がいらしたそうなのです。その人と吉太郎は楽しそうに話をしていたらしいのです。旅の方ですから、あとをすまなそうにほかの人にまかせて行ってしまわれたそうですが」

吉太郎が雨宿りしたのは昼すぎ。そんな刻限に旅人か、と七十郎は思ったが、早立ちをして昼すぎに小石川あたりにやってきたと考えればおかしくはなかった。

横で貞蔵がおもしろくなさそうな顔をしているのに七十郎は気づき、そっと身を引いた。

六

江戸城に出仕《しゅっし》をはじめて、じき一年になる。仕事にも馴《な》れ、親しい者もできた。書院番《しょいんばん》は五十人一組で、全部で十組ある。兄が組頭《くみがしら》をつとめる組とはちがう組に配属され、そのことに勘兵衛はほっとしていた。

最初はあまりの広さにびっくりした城内だが、今は道筋にも馴れて惑《まど》うことはない。

六つ半（午前七時）に屋敷を出た勘兵衛は外桜田門《そとさくらだもん》を入り、左手に西の丸の建物や木々を見ながら歩を進めている。屋敷からここまでおよそ四半刻ばかり。

吐く息が白い。今朝《けさ》は晩秋のように冷えこんだ。地面が少しぬかるんでいるのは、霜がおりたせいだろう。紅葉にはまだかなりの間があるが、今年はもみじの葉が染まるのは例年よりはやいのかもしれない。

内桜田門を抜け、二町ほど行くと左手に下乗御門《げじょうごもん》がある。それをくぐって橋を渡る。ぶつかる門は三之御門《さんのごもん》。それをすぎると、甲賀《こうが》百人組の守る百人番所がある。

昨日の襲撃者の忍びのような身ごなしを思いだし、勘兵衛は番所に目を向けた。番士《ばんし》が二人、こちらをうかがうように見ている。番所の向こう側には、やはり甲賀衆がつめる百人櫓《やぐら》や百人多聞《たもん》がそびえている。

百人番所の向かいに中之御門《なかのごもん》がある。その門を入り、斜《なな》め左へ進むと勘兵衛の同僚が警固《けいご》を担当している御書院門《ごしょいんもん》が建っている。

その門をくぐり、右側に建つ中雀門《ちゆうじやくもん》を抜ける。それで本丸御殿《ほんまるごてん》の玄関前に着いた。大玄関と呼ばれるだけあって幅が五間もあり、ぐいと前に突きだした切妻《きりづま》屋根が、出入りする者たちをいかめしく見おろしている。

玄関を入り、廊下を渡って控え室へ行く。刀架《とうか》に太刀《たち》をかけ、弁当などの手荷物を隅《すみ》に置いた。

仕事部屋である詰所は、玄関をあがってすぐの遠侍《とおさむらい》前の廊下を右手に折れたところにある。御徒衆《おかちしゆう》の詰所でもある遠侍は襖絵《ふすまえ》が獅子《しし》に牡丹《ぼたん》なので獅子の間と呼ばれ、書院番の詰所は虎が描かれているために虎の間と称されている。広さは八十畳。

今日、勘兵衛は朝番だった。朝番の場合、詰所には必ず五つ（午前八時）までに入っていなければならない。番帳に日にちと姓名を記し、寝番《しんばん》という宿直の者から引き継ぎを受けた。

四つ（午前十時）近くになると、夕番といって四つから虎の間につめる者たちが入ってきて、詰所は一気に人が増える。

勘兵衛は襖を背に、黙然《もくねん》と座っている。

ほかの者も同じだ。用事もなく詰所をあけると罰金を取られることもあって、ほんのわずかでも外に出る者は一人もいない。

これで将軍が他出をすれば供についたり、鷹狩《たかがり》に出れば先に狩場《かりば》に赴《おもむ》いて見張ることになるのだが、将軍が動かなければ詰所でじっとしているしかなかった。

九つ（正午）になり、勘兵衛は詰所を下がって控え室に行き、弁当を取ってきた。入った部屋は、虎の間の隣にある御書院番弁当部屋だ。

他の番衆である小十人組、新御番《しんごばん》、御小姓組《おこしょうぐみ》にはそういう部屋はない。戦時には将軍の馬廻《うままわり》をつとめることもあって、書院番が最も重視されている証《あかし》といえた。この弁当部屋の存在で、書院番の誰もがほんの少しだが、優越感をいだいている。

勘兵衛は、他の朝番の者たちと弁当を食べはじめた。

「今日も奥方《おくがた》がつくってくれたようですね」

横から、同僚の小島三郎兵衛《こじまさぶろべえ》が首を伸ばしてのぞきこむ。慎《つつし》み深く律儀《りちぎ》といわれる書院番としては珍しい、この男のこういった遠慮のなさには最初はかなり驚かされたが、今では馴れた。むしろ勘兵衛が書院番としてなじむためにずいぶんと力になってくれた。

歳は三十ちょうど。千三百石取りの当主だが、それだけの重々しさを感じさせることなく、どこぞの店の気さくな番頭といった雰囲気がある。丸みを帯びた顔には富裕な商人のような福々しさがあり、商売をやらせたら如才《じょさい》なく売上を伸ばしてゆけるだけの天分がある気がする。逆に、侍としての本分である刀はまるで駄目であることを、以前、頭をかき白状したことがあった。

「どれどれ、どんな感じですかな」

三郎兵衛と親しい近藤松左衛門《こんどうまつざえもん》も勘兵衛の弁当に目を向けた。

「なるほど、いつもながらうまそうですな」

そんなにいわれるほどのものではないとは思うが、美音がほめられているようでうれしかった。

芋《いも》と昆布《こんぶ》の煮つけ、鰤《ぶり》の焼きもの、椎茸《しいたけ》と茄子《なす》を油で焼いたもの、それに梅干しとたくあん。どれも美味だが、たくあんだけは実家の奉公人であるお多喜《たき》が漬《つ》けたもののほうが、わずかながらうまいと感じている。

「ちと、そのたくあんを一切れいただけませんか」

松左衛門がいう。松左衛門は千百石取りの当主で三十二歳。歳より老《ふ》けて見えるのは同年代の者よりしわが多く、白髪も目立つためだろう。やや面長《おもなが》で色黒の顔に目立つのは、細い目ときりっと濃《こ》い眉だ。ぼってりと厚い唇は、面倒見のよさそうな人柄《ひとがら》を醸《かも》している。妻帯して十年になるときくが、まだ子はない。今のところ、養子も考えていないようだ。

「どうぞ、ご遠慮なく」

勘兵衛は弁当箱を差しだした。

松左衛門はなめらかな箸《はし》さばきで、たくあんをつかみ取った。ぽりぽりと歯切れよく咀《そ》嚼《しゃく》をする。

「やはりうまいな、抜群だ」

「松左どの、ずるい。久岡どの、それがしにもくだされ」

三郎兵衛は松左衛門より二つ下だが、二人とも歳のことなどまったく気にしていない。三郎兵衛は形だけ敬語をつかうが、松左衛門を松左どのと呼ぶように言葉にはほとんど遠慮がない。気心が知れたという言葉がぴったりで、三郎兵衛は松左衛門を兄のように見ている。小島家は近藤家から一軒置いた北側にあり、二人は幼い頃からの知り合いだ。両家とも番町《ばんちょう》に屋敷はある。

どうぞどうぞ、と勘兵衛は勧めた。

顔をほころばせて三郎兵衛は二切れをつまみあげ、松左衛門に見せつけてから口に放りこんだ。その子供っぽい仕草に勘兵衛は思わず笑ってしまった。

「しかし、なんで久岡どののたくあんはこんなにうまいのかな。塩加減が絶妙だ」

「三郎、飯粒《めしつぶ》を飛ばすな。おぬしに味がわかるのか」

「わかりますよ、馬鹿にしないでください」

「どうだかな。ま、奥方の腕だろう。包丁《ほうちょう》は抜群らしいぞ」

「うらやましい。うちのは包丁など握ったことないですからな」

「ところで近藤どの、お加減はもう?」

勘兵衛は気づかってたずねた。松左衛門は風邪で五日ほど休んでいた。

「えっ、ああ、おかげさまで本復《ほんぷく》しました。ご心配をおかけした。ご覧のように、食事も進むようになりましたから」

松左衛門は馬が飼い葉を食べるように、飯をほおばった。

「まったく珍しいですよ。松左どのが風邪をひくなど」

三郎兵衛が目を丸くする。

「まさに鬼の霍乱《かくらん》というやつですね」

勘兵衛は笑って三郎兵衛を見やった。

「そうおっしゃる小島どのが、いちばん寂しそうにしておられました」

「とんでもない。うるさいのがおらず、せいせいしていましたよ」

「おぬしがいちばんうるさい」

「お見舞いに行かれたそうですね」

勘兵衛は三郎兵衛にいった。

「ええ、呼ばれたものですから」

「呼んでおらぬ。勝手に来たのではないか」

「行かなかったら、なにをいわれるかわからぬですから」

勘兵衛はふと思いだし、松左衛門に軽く頭を下げた。

「この前は、あんなところでお目にかかるとは思いませんでした」

「この前と申されると？」

面食らったように一瞬考えこんだが、松左衛門は思いだした。

「ああ、両国《りょうごく》でしたな」

「ええ、手妻《てづま》小屋の前です」

「手妻小屋？」

三郎兵衛がとがめる声を発し、松左衛門を見つめた。

「風邪というのは仮病《けびょう》だったのですね」

「馬鹿を申すな」

松左衛門は怒った顔をつくった。

「非番の日だ。知行《ちぎょう》と引き換えに手妻を観るだけの度胸はわしにはない」

確かにそんなことがばれたら、改易《かいえき》ものだ。

六日前のことだった。勘兵衛も非番で、美音と連れ立って両国まで足を延ばし、芝居小屋などいくつかをまわってみたのだ。手妻小屋はそのうちの一つだった。

両国はごった返しており、まさに人の波でうねっていた。近くでなにか騒ぎが起こったらしく、叫び声や怒声もきこえてきており、まさかそんなところで松左衛門に会うとは思わなかった。

勘兵衛は、見事な手並みでしたね、と声をかけた。実際、手妻は驚きの連続だった。

そのとき松左衛門は戸惑ったように勘兵衛を見、すまぬが失礼する、といってそそくさと雑踏《ざっとう》に姿を消したのだ。思えば、あのときすでに顔は青ざめていて、汗を一杯にかいているように見えた。

「では、あのとき久岡どのは手妻小屋に?」

松左衛門が問う。

「そうですが、近藤どのはちがったのですか」

「いやそうだが、久岡どのが手妻を観に行くとは思えなかったので」

「たまには、息抜きを兼ねてといいますか」

「やはり仕事はきついですか」

横から三郎兵衛がにんまりと笑いかけた。

「そういうわけではないですが」

「隠さなくてもいいですよ。皆、同じですから」

ささやいて、三郎兵衛は同意を求めるように松左衛門を見た。

「わしには息抜きにならなかった。あのとき風邪をひいたようだから」

三郎兵衛の瞳は気がかりそうなものに変わった。

「風邪はもっと前からでしょう。それが無理して両国なんぞに行ったものだから、悪くなったんですよ。ここしばらく松左どのは、顔色がよくなかったですから」

いわれてみれば、と勘兵衛は思った。今日も具合がいいとはいえないようだ。目の下にくまができ、顔色も若干青い。

「もう歳なのですから、体は大事にされたほうがいいですよ」

「三郎、わしはまだ三十二だぞ。年寄り扱いするな。叩《たた》っ斬《き》るぞ」

おおこわ、といって三郎兵衛は首を縮めた。いたずらっぽい目をする。

「でも久岡どの、こんなこと申されますけど、松左どのはこちらのほうはからっきしなんですよ。叩っ斬るなんぞ、とてもとても」

三郎兵衛は刀を振るう仕草をして、小さく笑った。

七

伊兵衛は座敷に横たわっている。締めきられた雨戸のせいで部屋は夕方のような暗さに支配されているが、目を閉じている伊兵衛にはほとんど関係なかった。

まぶたの裏に浮かんでいるのは、息子のことだった。まさか十五で死んでしまうとは。

「今日もがんばって儲《もう》けてくるよ」

すっきりと晴れ渡った春の朝、明るい笑顔を見せて行商に出かけていったうしろ姿。誰が、あれが今生《こんじょう》の別れと考えるだろう。

知らせがもたらされたとき、座りこんでしまったお有にきっと別人だ、といったが、伊兵衛の胸底《きょうてい》には、まちがいなく吉太郎だ、との確信がなぜか渦巻《うずま》いていた。

小石川へ行き、林香寺の本堂に敷かれた夜具に横たわった吉太郎を見ても、悲しくなかった。頭では、ものをいわず目を閉じているのが吉太郎であるのはわかっても、感情がそうと認めたくないようだった。

吉太郎の死が実感として迫ってきたのは、葬儀のときだった。棺桶《かんおけ》におさめられた遺骸《いがい》を見て、突然おびただしい涙が頬を濡らしたのだ。悲しくて悲しくてならなかった。涙をとめるすべはなく、このまま体が溶けてしまうのでは、と思えたほどだ。

葬儀からしばらくたっても、悲しみは一向《いっこう》に癒《い》えなかった。こんな若い命を奪ってしまうなんて、なんて理不尽《りふじん》なことをするのだろう、と天をうらみたくなったものだ。

吉太郎はいい男だった。気配りができ、機転もきいた。こんなせがれができたことを伊兵衛は正直、驚いていた。お有は、あなたにそっくりですよ、といってくれたが、しかしやはり自分にはすぎた息子だった。

店を吉太郎に譲り、孫の面倒を見ながらという余生《よせい》を伊兵衛は夢見ていた。平凡といえば平凡だろうが、それで十分だった。

しかし、その夢は断ち切られた。伊兵衛は拳《こぶし》をかたく握り、無念さを噛《か》み殺した。

賊にいわれた通り、鈴野屋はいつもと変わりなく五つ（午前八時）に店をあけた。

かなり冷えこんだ朝だったが、日がのぼるにつれ大気はあたためられ、秋らしいさわやかな日和《ひより》になっていた。雲のほとんどない空に太陽は明るく輝いて、通りを行きから人々の影を濃く浮かびあがらせている。

九つ半（午後一時）を少しすぎたときだった。鈴野屋の前に男の子が姿を見せた。

子供は六、七歳、夏の名残《なごり》のせいばかりでなく真っ黒で、貧しい身なりをしていた。裸足《はだし》で、首から迷子札を下げている。

場ちがいなところに来たのは自分でもわかっているらしく、おずおずと店に入ってきた。

察した番頭が男の子に歩み寄った。

「これ持ってけば十文《もん》もらえるって、おじちゃんがいったんだけど」

懐《ふところ》から大事そうにだしたのは、一通の文。

ありがとう、と番頭は十文を握らせた。男の子は十文を胸に抱き、躍《おど》りあがる勢いで店を飛びだしていった。

幼い弟か妹がいて、これでなにか食べさせてやれると考えているのかもしれないな、と七十郎は思った。残念ながら、子供は一町も行かないところで足をとめられ、近くの自身番に連れていかれる。子供が解放されるのは、さんざん事情をきかれてからだ。十文ではとてもではないが割に合わない。

一部始終を奥暖簾《おくのれん》からのぞき見ていた七十郎と貞蔵は、奥の間に戻った。

番頭が急ぎ足でやってきた。

貞蔵は番頭から受け取るや、文をひらいた。

「鈴野屋が書かされたらしいな……」

七十郎は文を手にした。

『別段何事もなく過ごし候間《そうろうあいだ》、御心安かるべく候。呉々《くれぐれ》も御煩《おんわずら》いなき様《よう》、能々《よくよく》申し上げ度《た》く候。金三百両、願ひ奉り候。我が身の儀、少しの御気遣《おきづか》ひもなされまじく候へども、御聞き届け得らるに於《お》いては恐悦至極《きょうえつしごく》に候。委細、後刻使者を以《もっ》て申し上げ入るべく候。猶《なお》、本日明け六つに記し候。聊《いさ》かも相違なく候。以上』

「三百両か」

七十郎はつぶやいた。予期していたより少ない。七十郎はお有に手渡した。

「これは鈴野屋の手跡《しゅせき》かい」

文を読み終えたお有に貞蔵がきく。

お有はそこに伊兵衛がいるかのような表情で手紙に目を落とし、身動き一つせずにいた。

「はい、まちがいありません」

貞蔵は再び文を手に取った。

「金は大丈夫だな。用意できるな」

「はい、もう用意してあります」

お有は席を立ち、障子をひらいて廊下を奥へ歩み去った。

旦那、と声がして入れちがいに男が一人やってきた。雪駄を腰にいくつもぶら下げて、いかにも行商の者が立ち寄ったといった風情《ふぜい》だ。むろん、貞蔵の手下だ。

男は、文を持ってきた男の子の話をもたらした。

名は春太《はるた》、歳は八つ。体が小さいために、いつも一つか二つは必ず下に見られるという。文を鈴野屋に持ってゆくように頼んだのは、ほっかむりをした四十から五十代と思える男。春太にとってははじめて見る顔で、五文をくれ、ちゃんと用を足したら先方では十文くれるといった。

江戸の言葉とはちょっとちがう話し方だった気がしたことを、春太は告げた。それが上方言葉かどうかははっきりしない。

文を渡されたのは浅草寺《せんそうじ》そばの小路《こうじ》。刻限は九つ（正午）を少しすぎたあたり。刻限を覚えているのは九つの鐘が鳴り、その鐘が春太に空腹を教えたからだ。九つ半までここで待って、それから鈴野屋に行くようにいわれたという。

春太は、浅草寺からそれほど遠くない浅草阿部川町《あべかわちょう》の裏店《うらだな》に住み、浅草寺近辺を遊び場にしている。

男の顔をもう一度見ればわかるか、という問いには少し考えてから、わからないと思う、と答えた。本当か、と怖い顔で同心がにらむと春太はおびえたが、答えを変えることはなかった。鬼より恐ろしいといわれる同心にすごまれて、答えをひるがえさなかったということは本当にわからないのだろう。

「春太は自身番にいるのか」

貞蔵がきく。

「はい、お地蔵さんのようにじっとしています」

「七十郎、春太にききたいことは？」

七十郎はかぶりを振った。貞蔵は手下に向き直った。

「春太には、今日のことを口外しないようかたくいっておけ。もし話したら、十五文は取りあげ、牢《ろう》に入れるとな」

「わかりました」

浅草寺か、と七十郎は思った。創建が奈良の世と伝えられる古刹《こさつ》で、とにかく参詣《さんけい》する人が多い。参詣者だけでなく、境内に建ち並ぶ見世物小屋や水茶屋を目当てにやってくる者も多く、江戸では両国に次ぐ盛《さか》り場といわれている。

「それから沢村《さわむら》に、春太と一緒に人をやり、男がおらぬか確かめるように頼んでくれ」

沢村というのは岩之介《いわのすけ》といい、七十郎たちと同じ定町廻《じょうまちまわり》同心だ。今は中之郷竹町の自身番につめている。

わかりました、と去った手下を見送った貞蔵は七十郎を見た。

「おそらく無駄足だろうが、確かめずにおくことはできぬ」

七十郎はうなずいた。男が春太を半刻《はんとき》待たせたというのは、姿を消すときを稼《かせ》ぐためだからだ。

「次はいつ来るのかな」

貞蔵はすっかり冷めてしまったお茶を喫《きっ》し、風を入れるために少しあけられた障子越しに、庭を眺めた。七十郎も目を向けた。

秋にしては明るすぎる日差しが降り注ぎ、木々や草花はまともにその光を浴びている。

不意に日差しがさえぎられた。上空を雲が通りすぎたようだ。庭はしばらく薄暮《はくぼ》のような暗さに閉ざされた。

なんとなくこの事件の前途を見たような気がして、七十郎はそっとまぶたを閉じた。

八

朝番の退出は八つ（午後二時）。この刻限を守らずに帰ることがあれば、これも罰せられる。

朝番なら過料《かりよう》ですむが、これが寝番《しんばん》となると罪は重くなり、もし明け六つ（午前六時）以前に詰所を出ることがあると、その年の知行を召しあげられてしまうほどだ。これは、夜間は将軍を守護する人数が格段に減るために、宿直の任が格別重要なものとなるからだ。

それだけでなく、寝番の者がもし理由もなくつとめに出てこなかったら、即改易である。

つとめを終えて控え室を出た勘兵衛は内桜田門を抜けた。

そこでは八名の供が待っている。これが出仕の際の人数だ。

四半刻後、勘兵衛は屋敷に戻り、蔵之丞に帰宅の挨拶《あいさつ》をした。

「飯沼どのに話したか」

蔵之丞は気にしてくれていた。

「いえ、今日は非番とのことでいまだ」

弁当を食べ終わったあと、当番所と呼ばれる徒目付衆《かちめつけしゆう》の詰所近くまで行って麟蔵を呼びだしてもらったが、麟蔵は不在だった。

「これから組屋敷を訪ねてみようと思うのですが」

「そうか。そうするほうがいいな」

蔵之丞は勘兵衛を気づかう瞳をした。

「帰りはおそくならぬようにな」

勘兵衛は奥に行き、着替えをしながら美音にも話した。

「飯沼さまはお元気でしょうか。ここしばらくお会いしていませんが」

いわれてみればその通りだ。

「ま、できればあまり見たくはない顔だな」

「またそのようなことを。お耳に届いたらたいへんですよ」

勘兵衛は座敷を見まわした。

「そうだな、あの御仁《ごじん》のことだから、ここでの話もきこえるかもしれぬ」

勘兵衛は屋敷を出た。供は滝蔵と重吉の二人。まだ日は高い。麟蔵の屋敷までは半刻ほどかかるが、長居《ながい》をしなければ日が落ちる前には帰ってこられるだろう。

善国寺谷通《ぜんこくじたにどおり》に出て北へ向かい、表六番町通を東へ二町ばかり行く。最初の辻番《つじばん》のある角を左に折れ、切通《きりどおし》と呼ばれる道へ。

その道を北へ進むと、市ヶ谷御門《いちがやごもん》にぶつかる。門を入ることなく右に曲がり、お堀沿いの土手道を東へ行く。やがて見えてくる小石川御門をくぐって神田川《かんだがわ》を渡り、水戸《みと》三十五万石の宏壮《こうそう》な上屋敷を左に見ながら、讃岐高松松平《さぬきたかまつまつだいら》十二万石の下屋敷へ突き当たったところを左に折れる。

壱岐坂《いきざか》をのぼり、いくつかの角を曲がりつつ八町ほど東へ向かった場所に、飯沼屋敷はある。

五代将軍綱吉《つなよし》が土地を与え、元禄《げんろく》年間に開基された霊雲寺《れいうんじ》という、御府内《ごふない》八十八ヶ所の二十八番札所《ふだしょ》として知られる寺の北隣に建っている。さほど広い屋敷ではない。

町としては、湯島植木町《ゆしまうえきちょう》になる。その名の通り、この町には植木商が多く住んでいる。

訪《おとな》いを入れると、用人《ようにん》らしき者がくぐり戸をあけてくれ、玄関では麟蔵の妻のおきぬが出迎えてくれた。相変わらず美しかった。

玄関には麟蔵も立って、こちらを見ていた。

「珍しい男が顔を見せるものだ」

鋭く目を光らせながらも、麟蔵は小さな笑みを見せた。

「そうですね、半年ぶりになりましょうか」

「そんなに顔を見ていなかったか、きらわれたものだな」

勘兵衛は麟蔵を見つめた。

「それがしの往訪を知っていたお顔ですね」

麟蔵は答えず、まああがれ、といった。

奥の座敷に落ち着いた。おきぬが茶と羊羹《ようかん》を持ってきてくれた。おきぬは、どうぞごゆっくり、と勘兵衛にほほえみかけてから座敷を去った。

「飯沼さんはいいのですか」

麟蔵には茶だけで、羊羹はなかった。

「羊羹は好きではない」

「そうですか、甘い物は駄目でしたか」

徒目付頭《かちめつけがしら》が甘い物好きというのは、確かに似合わない。

「では、遠慮なく」

勘兵衛は爪楊枝《つまようじ》を突き刺し、一切れの羊羹を口に放りこんだ。ゆっくりと咀嚼《そしゃく》する。この上品な甘さはいったいなんだろう。茶を喫する。口のなかに残っていた甘みが洗い流されるように喉《のど》を滑り落ちてゆく。

「では、話をきかせてもらおうか」

勘兵衛が落ち着いたのを見計らって、麟蔵がいった。

勘兵衛は姿勢をあらため、昨日のできごとを語った。

「ふむ、何者とも知れぬ二人組にな」

つぶやくようにいって麟蔵は眉をひそめ、腕を組んだ。

「その二人に覚えはなく、襲われる心当たりもないか」

腕組みを解き、茶を喫した。

「このところ平穏続きで、面倒なことは起きておらぬ。千二百石の旗本《はたもと》が狙われるようなことに心当たりはないな」

「そうですか」

「目を感ずることもなかったのか」

「はい」

鱗蔵は思案顔をした。

「配下からも、おぬしに関する報告は来ておらぬ」

しばらく口を閉ざしていたが、やがて首をうんうんとうなずかせた。

「よかろう、探らせてみよう。なにか出てくるかもしれぬ。それまで身辺に気をつけてもらうほかないな」

「よろしくお願いいたします」

勘兵衛は深く頭を下げた。

「そんなにあらたまらんでもよい。二年前の岡富の一件では助けてもらっているからな、むげに断ることもできぬ」

鱗蔵は湯呑《ゆの》みを傾けたが、もう入っていないのに気づいた。

「それにしても、よく襲われる男だな。いくつになった」

「二十六です」

「それでこれなら、厄年にはどうなるか見ものだな」

確かにその通りだ。あまり考えたくない。

「ま、心配することはなかろう。厄年までもつとはとても思えぬからな」

勘兵衛はむっとしかけた。

「怒るな、冗談だ」

鱗蔵は真顔に戻った。

「ところで勘兵衛、子はまだなのか」

唐突《とうとつ》にきかれ、少し戸惑った。

「ええ、残念ながら」

「そうか。励んでおるのだろうな」

義父と同じことをいう。

「はあ、人並みには」

「人並みがどの程度かわかっているのか」

勘兵衛はつまった。この手の話題は苦手だ。

「美音どの似の子をはやく見たいのだが。善右衛門も同じことを申していた」

「それがしには似ぬほうがいい口ぶりですね」

「当たり前だ。そんなでかい頭のおなごが生まれたらどうする」

いわれてみれば、と勘兵衛は思った。

「婿《むこ》の来手《きて》はないし、嫁《よめ》にも行けまい」

さすがに頭にきた。

「飯沼さまはお子は?」

いってから、まずいことをきいたか、と後悔した。麟蔵は兄と同い年だから、三十九だ。この歳で子がないとしたら、気にしていないはずがない。

「いえ、あの答えにくかったらけっこうです」

「気をつかわせたようだな」

麟蔵は薄く笑った。

「ほしいと思ってはいる。しかし二度流した。だからもうできぬか」

ちらりと奥に目をやった。

「おきぬはまだあきらめておらぬようだが」

そんなことがあったのを微塵《みじん》も感じさせない仲のいい二人だが、あるいはそのことが逆に夫婦の絆《きずな》を強めたということもあったのかもしれない。

「おきぬどのはいくつです」

「二十八だ」

「それだったら、まだあきらめることはないでしょう。飯沼さまのがんばり次第という気がしますが」

麟蔵は顎《あご》をなでた。

「うまく切り返してきたな」

「それにしても、ずいぶん歳が離れていますね」

「嫁取りがおそかった。徒目付のもとへ嫁にやろうとする者などなかなかおらぬ」

そうかもしれぬ、と勘兵衛は思った。

「おきぬどのの実家は？」

麟蔵は片頬に笑みを浮かべた。

「身許《みもと》調べか。同じ徒目付の家だ。わしが組頭になる前、組頭だった方の娘だ。とうに隠居《いんきょ》され、今は悠々自適《ゆうゆうじてき》の暮らしをされている」

九

八つ半（午後三時）をすぎた頃、店の前に一人の女の子が立った。歳は八つくらい。この子も貧しい身なりをしている。やはり裸足だ。

臆《おく》する様子を見せることなく、なかに入ってきた。すぐさま近づいた番頭に、文を手渡した。

「これは？」

一応、番頭はきいた。

「おじさんが持っていってくれって」

「おじさんて？」

女の子は首を振った。

「知らない人」

「そうか、ありがとう」

番頭は小遣《こづか》いをあげようとした。

「いらない。もうもらったから」

女の子はきっぱりといってきびすを返し、すたすたと店を出ていった。

番頭が奥にやってきた。

貞蔵は手渡された文に目を落とした。一読するや、苦い物でも飲んだように顔をしかめた。どんなことが記されているのだろう、と七十郎は興味深く見守った。

その望みはすぐにかなえられた。手跡は同じだが、今度は賊が書いた形を取っていた。

『様々斟酌《しんしゃく》せしむると雖《いえど》も、身の代運送の儀、有殿《ゆうどの》に頼み入り候《そうろう》。七つ出立《しゅったつ》、小石川え急ぎ御越《おこ》し候べく候。手桶《ておけ》に身の代仕舞《しま》ひ候て、手拭《てぬぐ》ひかぶせるべく候。音のせぬやう工夫の事。有殿、御高祖頭巾《おこそずきん》を着用、道中、強奪の儀、金輪際《こんりんざい》なきよう油断あらざるべく候。小石川え相着き候はば、委細、別書にて申し遣《つか》はし候。以上』

七十郎はお有に手渡した。お有はすぐさま読んだ。

「御高祖頭巾はあるな？」

貞蔵がたずねると、ございます、とお有は答えた。

賊が御高祖頭巾を指定してきたのは、頭巾が防寒用で、まだこの時季には目立つからだろう。つまり、これが目印ということになるのか。ということは、お有の顔を知らぬ者が文を渡すと考えていいのだろうか。また子供だろうか。

「賊はおぬしを名指ししてきたが、大丈夫か、やれるか」

「はい、大丈夫です」

「別の者にやらせてもかまわんぞ。頭巾で顔を包んでしまえばわかるまい」

お有は首を振った。

「私にやらせてください」

「そうか、では頼む。出立の七つまで、もう四半刻もないな。用意してくれ」

承知いたしました、とお有は奥に去った。

「それにしても、強奪の儀、金輪際なきやう、か。ふざけたいい草だ」

七十郎も同感だった。もし他者に奪われるようなことがあったら伊兵衛の命はない、と脅しているのだ。

「しかし、小石川まで女の足では一刻《いっとき》以上かかりますね」

「しかも、三百両入りの手桶を持ってだからな」

廊下に人の気配がし、障子があけられた。

「旦那」

あらわれたのは、豆腐売りの格好をした貞蔵の手下だった。最初とはちがう男で、こちらのほうが幾分《いくぶん》歳がいっている。

「さっきの女の子ですが」

「きこう」

名はおてる。歳は七つ。

あのくらいの女の子はやはりませているな、と七十郎はどうでもいいことを思った。

文を手渡すよう頼んできたのは、深くほっかむりをした男。歳は四十をいくつかすぎていた。春太のときと同じ男だろう。頼まれた場所は、浅草寺から五町ほど離れた路地。

賊どもに浅草近辺の土地鑑《かん》があるのは、まずまちがいなかった。

やはり少し江戸者とはちがう言葉づかいだったことを、おてるは感じている。手間賃《てまちん》は十文。やさしい感じのする人で、まさか自身番に押しこめられることになるとはおてるは思っていなかったようだ。

「やさしい感じの男か」

貞蔵が吐き捨てた。

「裏で悪さをしていても、子供がなつく者はけっこういるのだ」

その通りだった。七十郎が町奉行所に出仕しはじめて足かけ十年になるが、犯罪者には意外に人としての魅力にあふれた者が多い。

「この文を沢村に渡してくれ」

貞蔵は手下に命じた。

「それから、小石川に人をやるようにも頼む」

七つ（午後四時）ちょうどにお有は店を出た。御高祖頭巾をかぶり、手桶を下げている。いかにも重そうで、華奢《きゃしゃ》な体は右に大きく傾いている。

これで小石川までもつだろうか、と七十郎は心配になった。

手桶の中身は、出立前に貞蔵が確かめている。まちがいなく本物で、きっちり三百両入れられていた。

身なりを町人に変えて七十郎は半町ほどの距離をあけ、ついていった。腰には道中差《どうちゅうざし》。

七十郎のそばには清吉。職人を装っているが、腕はあまりよさそうに見えない。

七十郎の斜《なな》めうしろを懐手《ふところで》をしてぶらぶらと歩く貞蔵は、浪人《ろうにん》の姿をしている。それが意外なほどさまになっていた。

七十郎としてはもう少しお有に近づきたかったが、賊どもがどこから眼差《まなざ》しを送ってきているかわからず、これ以上は無理だった。手馴れた者だけに、七十郎たちの顔を見知っていることも十分に考えられた。

七十郎は空を仰《あお》ぎ見た。

空は相変わらず真夏のような青さを誇っている。暑い。南の空に入道雲が出ている。風はほとんどないものの、通りを行きかう人たちがあげる土埃《つちぼこり》はすさまじい。

このところ雨は降っていない。江戸者は毎日、雨を祈《いの》っている。あの雲がこちらに来てくれれば待望の、ということになるだろうが、雨に打たれるお有の姿を思い浮かべたら、今日は晴れのままでいてくれ、と願わざるを得なかった。

お有は吾妻橋《あずまばし》を渡って浅草に出た。浅草寺前につながる広小路《ひろこうじ》はいつものごとくの人出で、この暑さのなか御高祖頭巾をしているお有に好奇の目を向ける者も多い。

道沿いの小料理屋や一膳飯屋などにも、人は一杯だ。客には職人や大工が多く目につく。仕事を早々に終え、日の高いうちから飲んでいるのだ。一日の仕事をどれだけ手ばやく終わらせられたか通りを行く人たちに見せつける意味もあり、はやくから酒を口にできるというのは、自らの腕のよさの宣伝でもあった。

浅草ということで、七十郎は視線を鋭くした。他の者も同じだった。

浅草寺の前を抜けて右折した道は、寺が多く建ち並ぶ浅草新寺町《しんてらまち》に入った。小石川へ行くには、この道を抜けるのが最もはやい。あたりはさっきまでの喧噪《けんそう》が嘘《うそ》のような静けさで、ときおり見かけるのは夫婦連れや孫らしい子供を連れた年寄りくらいのものだった。というこほかに人はおらず、重さに耐えて淡々と足を進めるお有の姿が目立っていた。

とは、うしろを進む自分たちも目立っているということで、七十郎はどうにも落ち着かない居心地《いごこち》の悪さを感じた。

不意に、横丁から一人の子供が飛びだしてきた。七つくらいの男の子で、まっすぐお有めがけて走ってゆく。気づいて立ちどまったお有に子供はなにか話しかけ、お有がうなずくと、懐から手紙を取りだした。

受け取ったお有がありがとうといったらしいのが、口の形でわかった。

裏をかかれた、と七十郎は思った。あれが文のいうところの、別書だろう。

男の子はお有に文を手渡すや駆けだし、別の横丁に姿を消した。

追うすべはなかった。そんなことをすれば奉行所の者がいることをはっきりさせるだけだし、仮につかまえたとしても、引きだせるのは春太やおてるとほとんど変わることはないのは明らかだった。

お有は文をひらき、目を落とした。まばたきもせず読んでいる。やがてていねいに折り畳《たた》むと、懐にしまい、歩きはじめた。

歩きだしてすぐ、お有は一軒の寺の門をくぐった。

ここが受け渡しの場所か、と七十郎たちは色めき立ったが、七十郎たちが山門前に駆けつける前にお有は寺を出てきた。梢《こずえ》を騒がせた一陣の風が吹きやむほどのあいだでしかなかった。

お有は一瞬、七十郎たちに目を向けたが、なにごともなかった顔で道を歩きはじめた。

実際、お有に変わった様子はなく、手桶にも異常はない。

七十郎は山門を見あげた。

雲豊院《うんほういん》。なにかあるのか、と門の外から境内を眺めた。七十郎が山門をくぐらないのは、支配ちがいだからだ。町方《まちかた》は探索、捕縛《ほばく》で寺社に入ることを許されていない。仮にこの境内で身の代の受け渡しが行われたとしても、七十郎たちは手だしができない。

町奉行が老中《ろうじゅう》に働きかけ、寺社奉行に踏みこむ許しを得てから、ということになる。あまりの馬鹿ばかしさに笑いだしたくなるが、この手順を踏むことなく勝手をやれば、こちらが罰《ばつ》を食らうことになる。

こぢんまりとした静かな境内で、草木の茂った小さな庭の向こうは本堂だ。久しぶりに立ち寄った参詣者《さんけいしゃ》のような顔で目を配ったが、怪しい気配は一つとして感じられなかった。門の左脇《わき》に鐘楼《しょうろう》があり、いかにも歴史を刻んでいそうな鐘《かね》が下がっている。正面の本堂は閉めきられていて、なかに人がいるかはわからない。本堂の右側に庫裡《くり》らしい建物があるが、そこからも人の気配は立ちのぼっていないようだ。寺の者すべてが出払っているような静寂が境内をおおっていた。

お有のことが気にかかり、七十郎は目を戻した。

お有はまた一軒の寺に入った。七十郎たちに再び緊張が走ったが、お有は先ほどと同じくらいのあいだ寺にいただけだった。

それから、お有は寺に入ってはまたすぐに出てくるという動きを何度か行った。いずれも門がひらいている寺だったが、お有が文のいう通りにしているだけなのは明白で、七十郎たちは黙って見守るしかなかった。

結局、八軒の寺に出たり入ったりを繰り返したのちお有は浅草新寺町を抜けた。八軒の寺から、おかしなところを見つけることはできなかった。

この動きになんの意味があるのか。無性《むしょう》に文を読みたい気持ちに七十郎は駆られたが、今はどうすることもできなかった。

お有は小石川までやってきた。鈴野屋を出て、一刻《いっとき》以上たっている。

日は暮れはじめているが、人通りはいまだ多い。町にはぽつりぽつりと灯《あか》りが灯《とも》っているが、まだ残光のほうが強く、白っぽい灯りは路地に漂う暗さを濃く見せていた。

町には、見覚えのある顔があふれていた。辻々《つじつじ》には目つきの悪い者が立って付近にきつい目を当てているし、自身番の前にも同じような顔の者がいて、行きかう人々を無遠慮に見ている。それがお有が歩くにつれ、うしろをついてくる。いずれも表情を白くしてなにげなさを装っているが、賊からしたら見え見えでお笑いぐさかもしれない。

お有は、小石川の町を当てもなくさまよっている感じだった。路地があるとそこを入り、角に行き当たれば右に折れたり左へ曲がったりを繰り返した。淡々とした歩調を崩すことはなく、だから七十郎たちをまこうとしているわけでもない。

しかしどうやら、当てもなく、ということでもなさそうだった。寺があると必ず立ちどまり、山門を見あげているのだ。寺を捜しているのが七十郎にも飲みこめた。

お有はまた、一軒の寺の前で足をとめた。ここでも同じように山門を見つめている。

ただ、凝視《ぎょうし》している間がこれまで以上に長かった。急速に暗さが増してきたなか、目をこらしているのがはっきり見て取れた。

ここなのだろうか、と七十郎は肩に力が入ったが、お有はすっときびすを返した。

お有は顔を伏せ気味に、重たそうに手桶を下げている。両腕とも指は白くなっていた。

七十郎に気づいてこちらを見た顔には、どことなくすまなそうな色が見えた気がした。

お有は一度も立ちどまることなく、来た道と同じ道を通ってゆく。結局、そのまま鈴野屋に戻ってしまった。

お有は暖簾をくぐるときいったん振り返り、すっかり暗くなった道を透かし見た。店から洩《も》れだす灯りに照らされた顔には、先ほど見せたすまなさ、申しわけなさがあらわれているようだった。小さな会釈《えしやく》を見せてから、お有はなかに姿を消した。

七十郎たちは裏口へまわった。貞蔵が廊下を足音荒く行く。うしろを七十郎も進んだ。

奥の間にお有はいた。疲れきった顔をしている。目の下のくまが濃くなっている。手桶がそばに置いてあった。

「どういうことだ」

立ったまま貞蔵がきく。

「文を見せてもらおう」

お有は懐を探り、差しだした。

「そういうことだったのか」

読み終えた貞蔵は悔《くや》しげに唇を噛んだ。

「やられたよ、七十郎」

七十郎は渡された文を一気に読んだ。

文には、前の二通と同じ手跡で次のようなことが書かれていた。

『道沿いに雲豊院という寺がある。山門を入り、庭をざっと見渡して出てくる。次に永教寺《えいきょうじ》がある。ここでも同じことをする。次に立照寺《りっしょうじ》。ここでも同じことをする。次に覚妙寺《かくみょうじ》。山門をくぐるのは同じだが、ここでは門の右手側の陰にさとられぬように行く。そこには、手拭いがかぶせられた手桶が置かれている。それを自分の桶と入れ替える。できるだけ急いでやるのはいうまでもない。入れ替えたら、道に戻る。再び道沿いの寺に入り、庭を見渡すことを四度繰り返す。どの寺にするかはまかせるが、いずれも山門がひらいている寺にする。それから、まっすぐ小石川へ向かう。小石川には興応院《きょうおういん》という寺がある。知らずとも、人にきくことなく捜し当てること。その寺の門前まで行ったら、店に引き返す』

七十郎は心のなかで息をついた。明らかにこちらの動きを読んだ文だ。やはり知られていたのだ、と思った。

貞蔵が、手桶にかぶせてある手拭いを取った。大きな石が十個くらい入っていて、それらが動かないよう砂がびっしりと敷きつめられていた。

「音が立たぬ工夫というのは、むしろこのことだな」

貞蔵が苦々しくいった。

「樫原さん、覚妙寺に人をやりますか」

七十郎は貞蔵にいった。

「もう手桶はないだろうし、賊どもの姿もないだろうが、やらぬわけにはいくまい」

「それもありますが、なぜ覚妙寺が選ばれたのか気になります」

「なるほど、賊どもとなにかつながりがあるかもしれんか」

貞蔵はうつむき、考えこんだ。

「七十郎、行ってくるか」

「はい、是非《ぜひ》」

「よし、わしから寺崎《てらさき》さまに、奉行にお願いしてくれるよう頼んでおく。寺社奉行の許しが出たら、さっそく行ってくれ」

寺崎というのは左久馬《さくま》という名を持つ与力で、七十郎たちの上司だ。

十

七十郎は浅草福富町《ふくとみちょう》にやってきた。うしろを清吉がついてくる。二人とも通常の身なりに戻していた。七十郎は着馴《きな》れた黒羽織の着流し姿だ。朱房《しゅぶさ》の十手《じって》を帯に差し入れ、刃引《はび》きの長脇差を腰に差している。

迷子札には浅草福富町十兵衛《じゅうべえ》店吉松《だなよしまつ》と書かれていました、とお有は告げた。その十兵衛店は、手間をかけることなく見つかった。

六軒が路地をはさんで向き合っている裏店で、木戸には長屋に居住する者たちの名と職が書かれている。易《えき》や祈禱《きとう》、尺八指南《しゃくはちしなん》などだ。

戸に左官と書かれている最初の家で、右手の三軒目がそうであるのを教えられた。

なにかあったんですか、と顔をだした女房が興味津々《しんしん》たずねてきたが、清吉が、ちょっときたいことがあるだけだ、と怖い顔をしていうと、亀のように首を縮めてひっこんだ。

障子に石工とある家に訪《おとな》いを入れた。なかから女の返事があり、戸があいた。

「なんでしょう」

七十郎の黒羽織に目を当てていう。まだ二十代前半のなかなかの器量よしだが、鼻がつんと高く、大きな目がややつっているところが気の強そうな一面を見せている。

清吉が、ここまでやってきた経緯を告げた。

女房は目をみはった。

「吉松が今日、そんなことを……」

戸惑ったようになかを振り返った。

七十郎も清吉の肩越しに見た。

いわゆる九尺店《くしゃくだな》と呼ばれる家で、土間のほかに四畳半が一部屋だけある。

男の子が二人、丸いお膳《ぜん》の前にちょこんと座っている。食事を終えたばかりなのか、それともこれからなのか、お膳にはなにも載《の》っていない。二人ともびっくりした顔でこちらを見ている。

「吉松は？　話がききたいのだが」

清吉ができるだけやさしくいう。

「ちょっと待ってください」

右側の子が戸口に連れてこられた。まったくなにしてんだい、と小声で叱《しか》られたのがこたえたか、今にも泣きだしそうだ。

七十郎は子供の顔をじっくりと見た。まちがいなかった。あのときの子だ。

「吉松だな」

清吉が背をかがめ、視線を同じ高さにした。

「八丁堀《はっちょうぼり》の旦那がききたいことがあるそうだ。正直にお答えしな」

吉松は母親似の大きな黒目で清吉を見返し、こくりと顎を上下させた。

清吉が脇にどき、代わって七十郎は前に出た。にっこりと笑いかける。

「嘘をいわぬ限り、引っ立てるような真似はせんから安心していい」

引っ立てるとの言《げん》がきいたか吉松はおびえ、大あわてで首を縦《たて》に動かした。

「歳はいくつだ」

吉松は左の手のひらを広げ、右手は二本の指を立てた。

「これ、ちゃんと口で答えなさい」

「そうか、七つか。七つにしては大きいな」

吉松は照れたように、えへへ、と笑った。

吉松から引き出せたのは、文を頼んできたのはほっかむりをした四十すぎの男であること、やさしい声をしていたこと、背は五尺五寸ほどで太ってはいなかったこと、藍《あい》の縦縞《たてじま》の着物を着ていたこと、文を頼まれた場所は両国橋であることだった。

新たな手がかりを得られはしなかったが、はなからさほどの期待があったわけでもなく、七十郎に落胆はない。

「そうか、わかった。こんな刻限にすまなかったな。ありがとう」

吉松と女房に礼をいった。

「もういいんですか」

心配そうに女房が問う。

「必要なことはきけた。すまなかったな」

七十郎と清吉は木戸を出た。直後、三十すぎの職人とすれちがった。酔っており、七十郎が同心であることに気づかなかった。安酒の胸の悪くなる臭いだけでなく、脂粉《しふん》の香りがかすかに漂った。

「今のは」

清吉がいった途端、女房の怒鳴り声がきこえた。

「そんなに酔っ払って、仕事じゃなかったのかい」

清吉が自分が叱られたように首をすくめた。

「しかし、江戸の女は強いですね。数が少ないからって重宝《ちょうほう》がられ、それでいばられちゃあ、男の立つ瀬がない気もしますが」

「仕方あるまい。女房がいるだけでよしとするしかな」

「旦那はまだですかい」

「そうだな、話はあってもいい気はするが、今のところ父上からも上役からもなんの話もない」

「はやいとこ、お身をかためられたほうがいいんですがね。お父上もお孫さんを一刻もはやく抱きたくてならないようですし」

「だいぶまわりからかわいさを吹きこまれているからな。我が子よりかわいいというが、本当かな」

「らしいですねえ。まあ、それを確かめるためにも旦那もはやいとこ」

「そう思うが、これぱっかりは縁だからな」

伊兵衛は横たわり、目を閉じている。

やつらの気配は消え果てている。深い海の底にいるかのような静寂がまわりを包んでいるが、頭のなかがとがった感じがして、とても眠れそうにない。空腹も感じていない。雨戸は閉じたままだが、夜が更《ふ》けつつあるのはわかっていた。

頭に浮かんできたのはお有だった。

お有なら自分の無事を信じていることはわかっているが、今、こうしてしっかりと息をしていることを教えたくてならない。

行商からはじめて、ついに店を持つことができたのはなんといってもお有がいてくれたからこそだ。もし一人だったら、とてもあれだけがんばれたとは思えない。

行商を終えて疲れきって長屋に戻ったとき、お有の笑顔にどれだけ癒《いや》されたことか。一つも売れない日が続いたときなど、特にそうだった。

「日に五つも六つも売れることもあるじゃありませんか。きっと明日はそうなりますよ」

お有の笑顔を思い描いた伊兵衛は、なにが起きても大丈夫だ、と思えるようになった。

十一

翌八月二十八日、七十郎は覚妙寺にいた。まだ日は東の空にあり、時刻は五つ半（午前九時）を四半刻《しはんとき》ほどすぎていた。

寺社奉行の許しは意外なほどはやく出た。七十郎は、庫裡《くり》の奥の部屋で住職と向き合っている。

住職は円照《えんしょう》といった。歳は五十ちょうど。丸顔の福々しい住職で、悪事に加担できる人柄には見えなかった。瞳も素直に澄んで、これまでのまっすぐな人生をあらわしているように思えた。

七十郎は単刀直入に事件のことを話した。

「この寺でそのようなことが……」

円照は絶句した。

「しかしなぜこの寺が……ああ、それをききにいらしたのでしたな」

円照はしばらく考えに沈んでいた。

「まったくわかりません。拙僧《せっそう》の考えを述べさせていただくなら、たまたま当寺がつかわれたのでは、と思えてならないのですが」

七十郎は円照を見つめた。

「昨日、寺をあけられましたか」

「ええ。檀家《だんか》の法事がありまして、それで四つ（午前十時）から半日ばかり」

ちょっと失礼します、と七十郎は断って立ちあがった。障子をあけて縁側に出、外に控える清吉を呼んだ。清吉の耳に口を寄せ、ささやきかける。

清吉はうなずき、走り去った。

「失礼いたしました」

七十郎は座り直した。

「その間、寺は無人ですか」

「寺男に留守《るす》を命じました。先ほど稲葉さまを案内した男です。名は彦八《ひこはち》、三十六の年男です。実直ないい男ですよ」

七十郎は、寺男の風貌《ふうぼう》を思い起こした。寺男にしておくにはもったいないような整った顔立ちをしていた。物腰も穏やかで、声も渋《しぶ》く落ち着いていた。

「和尚《おしょう》の留守中、彦八はなにを」

円照は首をひねった。

「なにしろ働き者ですから、墓地の掃除でもしていたのでしょう。墓地は本堂の裏ですから、あそこなら山門そばでなにがあってもわからないでしょうね」

「なるほど」

「納得されていないお顔ですね。彦八を呼びましょうか」

「そんなことはないですが、でも和尚のあとに話はききたいですね」

七十郎は質問を続けた。

「山門はいつもあけ放しておくのですか」

「参詣の方がいつ来られてもいいように。それに」

和尚の表情にほんの少しだが、誇る色が浮かんだ。

「当寺は庭が自慢でして。庭好きと申しますか、庭園を愛好されている方たちには名園として知られておりますから、その人たちのためにも常に」

さまざまな木々や草花が植えられ、大小いくつかの石が配置されているのは庫裡に来る途中見たが、名園といわれるほどのものとは思わなかった。

「庭を見に来る人は多いのですか」

住職の顔に、やや残念そうな色が刻まれた。

「そうでもないですね。庭自慢の寺はそれこそごまんとありますから」

七十郎は問いの方向を変えた。

「昨日の法事はどちらで」

「檀家の別邸《べってい》です。場所は深川石島町《ふかがわいしじまちょう》です」

別邸か、と七十郎は思った。武家か裕福な商家だろうか。

「船宿が多いところですね。その檀家を教えていただけますか」

「あの、稲葉さま。決していえないことではないのですが、拙僧の言葉がもとで迷惑がかかるようなことがあっては……」

「ご心配はもっともですが、ご安心ください。決して迷惑がかかる真似はいたしませんので。名をおききしたいのは、賊は昨日和尚が寺をあけられるのを知っていたからにちがいないと思えるからです」

「なるほど、檀家から洩れたかも、とお考えなのですね」

円照は思慮深げな目をした。

「しかし、賊とつながりを持つような者は一人としていない家だと思うのですが」

それでも、円照は一つの商家の名を口にした。

七十郎は頭を下げ、感謝の意をあらわした。

「法事は前から決まっていたのですか」

「もう一年近くも前に。先代の七回忌でしてね。別邸もその先代が建てたものです。とても気に入っていたものですから、そちらで行うことに」

「和尚は、昨日ここをあけられることをどなたかに？」

「相当の人に話したと思いますよ」

だろうな、と七十郎は思い、ほかにきくことはないか思案した。

「ほかにお知りになりたいことは？」

先にいわれ、七十郎は微笑した。

「もうございません」

「では、彦八を呼んでまいりましょうか」

立ちあがりかけた円照を、七十郎は制した。

「いえ、けっこうです。外できます」

円照はいたずらっぽい笑みを頬に浮かべた。

「拙僧にいられてはやりにくいといったお顔ですね」

図星《ずぼし》だったが、七十郎はなに食わぬ顔で告げた。

「いえ、ついでに厠《かわや》を拝借したいと思いまして」

「ああ、さようですか。ここを出られて右手です」

小用《しょうよう》を足したいのは本当だった。厠を出た七十郎は寺男を捜した。

彦八は本堂近くを掃《は》いていた。七十郎が歩み寄ると、手をとめた。

「お帰りですか」

「おぬしにききたいことがある」

彦八は一瞬、うかがう目つきをした。

「今日、俺が出向いたのは、昨日ある事件にこの寺がつかわれたからだ」

「えっ」

七十郎は注意深く見つめた。

「それで、和尚に話をうかがいに来た」

「ある事件と申されますと？」

「昨日、七つを四半刻ばかりすぎた頃だが、なにをしていた」

彦八はぎくりとした。肩を一つ揺すり、なにげなさを装おうとした。

「その刻限でしたら、墓地の掃除をしていました」

箒《ほうき》を持ちあげてみせた。

「嘘をつくとためにならぬぞ」

七十郎は声に凄《すご》みをきかせた。

「いえ、嘘だなんてそんな……」

途端に彦八はしどろもどろになった。

七十郎は彦八をにらみ据《す》えて、この男はかどわかしに関わっているのだろうか、と考えた。考えられないことはないが、しかし悪事に加担するには、あまりに小心すぎる気がする。奉行所に知られては困る、なにか別のことをしているのか。いや、うしろに手がまわることなどとてもできる相ではない。

「本当のことを申せ」

「いえ、そう申されましても……」

そのときだった。彦八がわずかに目をみはり、まずいという顔をした。視線は七十郎を通りすぎ、背後に当てられている。

七十郎はすばやく振り返った。

山門に女が立っていた。若い。まだ二十歳《はたち》そこそこだろう。女は七十郎の黒羽織に気づき、きびすを返して山門から消えていった。

七十郎は合点《がてん》がいった。

「そういうことか。和尚の留守中、今の娘をひっぱりこんでいたのだな」

和尚なら女犯《にょぼん》に問われるが、寺男ならなんの問題もあるまい。

「いえ、あのその……」

「安心しろ。和尚にはいわぬ」

七十郎がうなずいてみせると、ありがとうございます、と深くお辞儀をした。

「やっと和尚さまに拾っていただけましたのに、ここを追いだされたら、次はもうないでしょうから……」

「どうやら同じしくじりを繰り返しているようだな。しかし若かったな、嫁入り前だろう」

「いえ、あれで一度嫁入っているんです。旦那と死別し、今は実家に」

「よく会っているようだな」

「そうでもありません。和尚さまが留守にでもされない限り……。今のはあっしの顔を見に来ただけでして。旦那の墓がこちらでして、菩提《ぼだい》を毎朝弔《とむら》う形を取っているだけですから。近所では夫想《おも》いと評判ですよ」

「さっき申した刻限だが、では久しぶりの逢《あ》い引きに夢中だったのか」

「あっしはそうでもないですが、向こうが」

「とにかく、外の様子には気づかなかったのだな」

「申しわけございません」

この二人の関係を、賊は知っていたことになるのか。

「あの娘との仲を知っている者は？」

「一人もいないと思います」

彦八は即答した。

「よく考えろ」

「いえ、誰にも知られぬよう、それこそ細心の注意を払っていますから」

「娘が友達にしゃべったとかは？」

「そんなことをしたら、それっきりだと脅してあります」

それでも気づく人は気づくだろう。夫を失った女と色男との取り合わせ。

「娘の名は？ どこの者だ」

彦八は仕方なさそうに告げた。

「長々とすまなかったな」

七十郎はくるりと背を向け、歩きはじめた。体中の気が抜けたような盛大なため息が背後からきこえた。

山門をくぐり、道に出た。右手から清吉が走ってきた。

「お待たせしました」

「わかったか」

「はい、他の七軒の住職はいずれも寺に終日いたそうです」

「やはりな。賊は昨日、住職が留守にするのを知っていたのだな」

七十郎は山門を振り返り、それから視線を転じた。

「清吉、女を一人呼びだしてくれ」

十二

「稲葉さま、よくいらしてくださいました」

主人の筑後屋《ちくごや》多左衛門《たざえもん》は愛想よく笑って、七十郎の前に腰をおろした。

筑後屋は廻船《かいせん》問屋を営んでおり、本店はここ本石町三丁目《ほんごくちょう》にある。陸揚《りくあ》げされた物品をしまい入れる蔵《くら》が建ち並ぶ日本橋の米河岸《こめがし》や塩河岸が近いが、その喧噪は届かない。

七十郎は、店からだいぶ奥に入った座敷で分厚い座布団に座っている。

「で、今日はなにか」

忙しいのか、多左衛門から切りだした。庭の鹿威《ししおど》しが、小気味いい音を響かせる。

「昨日、先代の七回忌の法事を行ったな？」

「はい、深川の別邸で執《と》り行いましたが」

「その法事だが、どんな人がやってきた」

怪訝《けげん》そうにしたが、多左衛門はすらすらと答えた。

「家族は別にしまして、親戚《しんせき》、奉公人、取引先、あとは父親と懇意にしていた方々です」

「欠席した者は？」

「手前が覚えている限りでは一人も」

「法事に出た者以外で、くどく法事のことをきいてきた者はおらぬか」

多左衛門は首をかしげた。

「はあ、そういう人に心当たりはないですが、あのいったい……」

「昨日、覚妙寺である事件があったのだ」

多左衛門は驚き、腰を浮かせた。

「ある事件ですか。まさか盗みにでも入られたのですか。いや、それだったら寺社方《じしやかた》の出番か」

最後をつぶやくようにいって、多左衛門は七十郎を見た。

「事件があったというより、つかわれたというほうが正しいのだが」

「あそこには寺男がいるはずですが」

「墓地の掃除をしていて、なにも見ておらぬ」

多左衛門は意味ありげに笑った。

「どうせ女を引き入れていたのでしょう」

「知っているのか」

「知らぬは和尚ばかりなり、でございますよ。ま、悪いことのできる男ではないのは確かですが」

多左衛門は笑みを消した。

「手前に七回忌のことを詳《くわ》しくきいてきた人はおりません。それは断言できます。ただ、法事に出られた方にきいた者はいるかもしれません。でも、それを調べるのはむずかしいと思いますよ。なんといっても参列者は二百人を越えましたから」

これ以上きくこともなかった。鹿威しが一際《ひときわ》大きな音を鳴り響かせた。七十郎は湯呑みに半分ほど残っていた茶を飲み干した。

「おかわりをお持ちいたしましょうか」

「いや、もう十分だ」

七十郎は湯呑みを置いた。

「あの、事件と申しますと？」

「すまぬな、いえぬ」

沈黙が二人のあいだにおりてきた。

「あるじは庭が好きか」

なんとなく口をついて出た。

「ええ、まあ」

「名園をめぐったりするのか」

「たまにですね。でも、自分で申すのもなんですが、この庭がいちばん好きですね。あの鹿威しは手前がつくったものでございますよ。思った以上にいいものができまして……」

「覚妙寺の庭はいいものらしいな」

「江戸に名園は多いですが、あの庭はそのなかでもかなりのものでございましょう」

「そうか、そんなにいい庭なのか」

多左衛門が興味深げにじっと見ているのに気づいて、七十郎は咳払《せきばら》いをした。

「いや、ここしばらく庭を落ち着いて見るゆとりなどなくてな、おのれの余裕のなさを思い知らされた気がして、おぬしにうらやましさを感じたのだ」

ふと勘兵衛を思いだした。久しく会っていない。酒を一緒に酌《く》みたかった。

「そんなうらやましさを覚えられるほどの余裕は、手前どもにもございませんよ。ただ、ときおり気分を変えたいときなど庭をぼんやり眺めているのは、薬のような効能があることだけは否定いたしません」

七十郎は筑後屋を辞した。多左衛門は小遣いをくれた。なにかあったらよろしくお願いします、という意思のあらわれだ。

紙包みには一朱《いっしゅ》入っていた。多いとはいえないが、貴重な収入だ。これを自分でつかうことはない。七十郎はいつも岡っ引の徳五郎にやっていた。

外で待っていた清吉が寄ってきた。

七十郎は道先を見た。大気が煙《けむ》っている。雨は降っていないが、灰色の雲がどんよりと低く垂れこめ、どことなく梅雨《つゆ》どきのような湿っぽさが町に漂っている。着物もまとわりつくようで、あまり気持ちのいい日ではなかった。刻限は八つ半（午後三時）をまわったくらい。

七十郎は空腹を覚えた。

「少しはやいが、清吉、飯にするか」

七十郎以上に腹を空《す》かせていたらしい清吉は、助かったという顔をした。

十三

今日八月二十八日、勘兵衛には楽しみがあった。久しぶりに犬飼《いぬかい》道場の仲間たちと飲むことになっているのだ。

今日も朝番だった。だからなにもない限り、八つ（午後二時）には下城《げじょう》できる。楽松《らくまつ》へ直行するにははやすぎる刻限だが、気持ちが弾《はず》んでくるのを抑えられない。この前、襲われたことが心に影を落としてはいるが、仲間と飲めばきっと心も晴れよう、と考えている。

「なにか今日はうれしそうですな、浮き浮きされているようだが」

中食《ちゅうじき》のとき、弁当をつかいながら三郎兵衛がいった。

「まるでこれのもとへ急ぐ色男のごとくです」

三郎兵衛は小指を立ててみせた。

「いや、そんないいものではないですよ」

勘兵衛はわけを語った。

「相手は男どもですか。でも、いちばんうまい酒は友と飲む酒だと思いますよ」

三郎兵衛にしてはいいことをいう。

「それがしが最もおいしいと思う酒は、松左どのと飲む酒ですがね」

横にいる松左衛門が鼻で笑った。

「いつもおごられていれば、うまかろう」

「いつもではないでしょう」

「ああ、いつもではないな。十回に一回はだしてもらっているか」

「十回に一回はひどい。七、八回に一回くらいではないですか」

「それだって、決していばれた話ではないだろう」

つとめを終え、城を出た勘兵衛はいったん屋敷に戻った。楽松での約束は七つ半（午後五時）だった。久しぶりに道場に行く気になっていた。

美音は勘兵衛を心配そうに見やった。

「どうか、あまりおそくなられませんよう」

勘兵衛の着替えを手伝いながら、いう。

「わかっている」

「本当は出かけてほしくはないのですが」

「大丈夫だ、くたばりはせぬ。案ずるな、といっても無理だろうが、そんなに気に病《や》むことはない。美音がいる限り、俺は死なぬ」

勘兵衛は蔵之丞に外出の挨拶をして、屋敷を出た。供はいつもの二人。

道場は活気にあふれていた。

ここに来るのはいつ以来だろう、と勘兵衛は考えた。梅雨明け直後のものすごく暑かったことを覚えているから、三ヶ月ぶりか。

「おう勘兵衛、よく来たな」

目ざとく見つけた左源太が、竹刀《しない》を片手で振りつつ寄ってきた。

「つとめのほうはどうだ、出世の見こみはあるのか」

「俺に出世しろというのは無理だな」

「なんだ、引きあげてもらおうと思っているのに」

「その前に婿入りの話はないのか」

「あってもいいはずだが、あれがまだ忘れられてないか」

あれとは、二年前、左源太が旗本の後家《ごけ》殺しの犯人に疑われた事件だ。

「まあ、いずれだ。勘兵衛、やるか」

勘兵衛は手ばやく防具をつけ、左源太と向き合った。

おや、と思った。左源太は明らかに腕をあげている。威圧感が三ヶ月前とはまるでちがう。こちらの腕が落ちたとは思わない。もし落ちていたら、この前の襲撃をかわせはしなかっただろう。

気合をかけ、左源太は間合《まあい》をつめてきた。上段から竹刀を振りおろしてくる。これまで見せたことのない鋭い剣だった。

勘兵衛は竹刀でびしりと撥《は》ねあげたが、腕がしびれた。左源太の剣は鋭さだけではなかった。威力を格段に増していた。

勘兵衛の驚きを見て取ったか、左源太は猛烈に攻め立ててきた。面に胴に逆胴にと、息も継《つ》がせぬ攻勢だった。

勘兵衛はすべて受けたが、じりじりと下がらざるを得なかった。胴をかわした直後、横面に竹刀が振られ、それに勘兵衛が応じようとしたとき、左源太が不意に沈みこんだ。

竹刀は急激に向きを変え、逆胴を狙ってきた。勘兵衛は竹刀の柄《つか》でかろうじて受けたが、跳《は》ね返された力を利して突きの姿勢をつくるや、左源太は右手を伸ばしてきた。竹刀は喉《のど》もとに食らいつく蛇のようだった。

勘兵衛は背筋を悪寒《おかん》が走ったのを感じつつ、無理に首をひねった。体内に宿る獣がさせた動きだった。それでも、避けられたか自信はなかった。首の左を熱いものが通りすぎてゆく。

目の前にがら空きの胴が広がっているのを見た勘兵衛は体勢を立て直し、鋭く逆胴に打ち抜いた。びしっ、と小気味《こぎみ》いい音がし、十分な手応えが手のうちに残った。

あっ、と声を洩《も》らした左源太は数歩進んで、ゆっくりと振り向いた。信じられぬという顔をしている。

「避《よ》けられたのははじめてだ」

ぱちぱちとまわりからまばらな拍手が起き、それが徐々に大きくなって、やがて道場を包みこんだ。蔵之介亡《な》きあと、伝説の剣士となっていたのは勘兵衛だった。皆、稽古《けいこ》の手をとめ、久しぶりにあらわれた勘兵衛に注目していたのだ。

「勘兵衛、さらに腕をあげたな。もともと受けはすごかったが」

首を振り振りいって、左源太は息をついた。

「たまたまにすぎぬ。今の剣には正直、ぞっとさせられた」

「やるな、勘兵衛。俺は逆胴への変化も受けられなかったというのに」

驚嘆を隠さず近づいてきたのは、これも幼馴染《おさななじ》みの矢原大作《やはらだいさく》だった。

二年前の左源太の事件の際、大作も少なからず関わっていて、そのことでわだかまりが残るかと思ったこともあったが、以前と変わらぬつき合いが今も続いている。

大作にも、今のところ婿《むこ》の話はないようだ。

「今度は俺の相手をしてくれ」

「よかろう」

勘兵衛は立ち合い、その後、後輩三人の相手をして稽古を終了した。

「よし行くか、勘兵衛」

着替えを終えた左源太が声をかけてきた。

「今日はとことん飲むぞ」

楽松は、道場から一町ほどしか離れていない。予約してあり、勘兵衛たちは馴染みの二階座敷に陣取った。人数は八人。左源太と大作以外はあまり話をかわしたことのない者たちだ。稽古をつけた三人の後輩と、残りの二人は勘兵衛が久岡家に婿入りしたあと他道場から移ってきた若者だった。二人とも十八で、旗本の部屋住みだ。

「左源太、あの剣はいつ工夫した」

乾杯したのち、勘兵衛はきいた。

「ここ二月《ふたつき》ほどかな。以前、横面を狙った剣が足が滑《すべ》って胴に入り、大作が受けられぬことがあった。きっかけといえばそれだが、それだけでは足りぬと思い、なにかいい工夫はないかと、突きも加えたのだ」

「あの突きはすごいな。今もひりひりするようだ。かすってもいないのに」

勘兵衛は首をなでさすった。左源太は落胆の色を見せた。

「なんだ、かすりもしなかったのか」

苦そうに杯《さかずき》を干す。勘兵衛は徳利を傾け、左源太の杯に注いだ。

「勘兵衛、前に蔵之介の夢は道場だった、と教えてくれたことがあったろう」

「ああ、覚えている。もしや左源太」

勘兵衛はまじまじと見つめた。

「そうだ、蔵之介の夢を俺が引き継いだのだ。あの剣がおまえに通じたら、その夢はかなう、と思っていたが、哀れ木《こ》っ端微塵《ぱみじん》だ」

「そうだったのか。しかし手加減するわけにはいかぬしな」

「その通りだぞ」

横から大作がいった。

「その程度で道場をひらこうなどというのが、おこがましいのだ。もっと精進《しょうじん》せい」

左源太はぎろりとにらみつけた。

「おまえに腕のことはいわれたくない。なんだ、さっきのざまは。勘兵衛と立ち合ったはいいが、まるで相手にならなかったではないか」

「あれは……手加減したのだ。勘兵衛が久しぶりだから」

「馬鹿か、おまえは。手加減していたのは勘兵衛のほうだ。汗一つかいておらぬ」

「馬鹿とはなんだ、馬鹿とは」

「馬鹿だから馬鹿だ」

二人のやりとりを見守っていた勘兵衛は思わず笑ってしまった。

「なんだ、なにがおかしい」

左源太が矛先《ほこさき》を向けてきた。大作もとがめる目つきをしている。

「いや、二人とも変わらぬなと思って。うれしくて、つい」

あまりおそくならないうちに店を出、皆と歩きはじめた。刻限は五つ（午後八時）すぎ。道には人けがなかった。番町は闇《やみ》が吐きだす濃厚な息にどろりと包まれて、酔いのせいばかりでなく一歩一歩が重く感じられた。

風はほとんどなく、湿った大気は昼間よりさらにじっとりとして、雨の匂いをどこから運んできている。天気はくだり坂のようで、義父が昔道場で痛めた左腕の古傷がうずくというのはこんなときだ。

「しかし勘兵衛はすごいな。蔵之介の分まで強くなってきている気がする」

左源太は少しふらふらしている。

「いや、今なら蔵之介より上か」

左源太はしゃっくりをした。楽松が貸してくれた小田原提灯《おだわらぢょうちん》が揺れる。

「そんなことはないだろうが」

一応は謙遜《けんそん》してみせたが、本当に蔵之介の魂が乗り移ったのでは、と思えるほどここ一年ほどで急速に剣は伸びた。屋敷で木刀を振っていても、以前とは音がちがう。

「左源太だって強くなった。蔵之介が生きていたら、目を丸くしただろう。用心棒にしたいくらいだ」

左源太が酔いの消えた目で見つめた。

「なんだ、用心棒って。まさかまた闇風《やみかぜ》みたいなのに狙われているんじゃなかろうな」

しまった、と勘兵衛は悔やんだ。調子に乗って口を滑らせた。

「そんなことはない。ただのたとえだ」

「本当だろうな」

左源太は供の二人に鋭い瞳を当てた。滝蔵と重吉は素知らぬ顔をした。

「なにかごまかされた気がするな。おい、勘兵衛」

左源太は肩を叩いた。

「俺は借りがある。いいか、困ったときには遠慮なくいえよ」

「ああ、必ず」

左源太たちと別れ、勘兵衛は一人になった。道は歩き馴れた善国寺谷通。滝蔵が提灯を持って前を行き、重吉はうしろ備えよろしく背後をついてくる。二人とも油断することなく、あたりに目を配っている。

五間《けん》ほど前を提灯が行く。四人連れの武家だ。あるじと、一歩下がってうしろを行く家臣。あとの二人は中間《ちゅうげん》だ。

あるじと家臣は楽松の客だった。自分たちより先に店を出たのを、勘兵衛は見ていた。番町に住む旗本にちがいないが、誰かはわからない。見かけたことくらいはあるだろうが、面識のある男ではどうやらなかった。

勘兵衛は先ほどから、殺気のような妙な気配をとらえていた。自分に対するものではなく、前の四人組へ当てられているように思える。最後尾を行く中間もそれを感じているのか、ときおり落ち着かなげに振り返る。

的中した。前を行く四人が表二番町通を目前にしたとき、左横から影が躍《おど》り出たのだ。何者かが旗本屋敷の軒下にひそんでいた。提灯の灯りをぎらりと映じたのは、振りかざされた刀だ。

それが稲妻《いなずま》のように動き、供《とも》の持つ提灯が叩き落とされた。なにが起きたのかわからない様子のあるじの前に何者かは立つや、存分に刀を振りおろした。

あるじは、大木にのしかかられたように腰が砕け、尻《しり》からべたりと倒れた。手を刀に置いてはいたが、抜いてはいなかった。

「殿《との》っ」

家臣が叫び、駆け寄ろうとしたが、その前に襲撃者が立ちはだかった。

「何者っ」

家臣はあわてることなく刀を抜いた。

見たところ、家臣はかなりの遣《つか》い手だった。腰はどっしりと落ち、かまえに隙はない。

しかし襲撃者のほうがはるかに上であることは、直後、明らかになった。

襲撃者は家臣に躍りかかった。刀が自ら意思を持っているかのようになめらかに動いて家臣の刀をすり抜けた。ずん、と鈍い音がし、家臣の体がぐらりと左に傾いた。

家臣は、本当に握り締めているのかいぶかるように抜き身をじっと見つめた。次の瞬間、膝《ひざ》から崩れ、横向きに倒れこんだ。うめき声とともに寝返りを打つように仰向《あおむ》けになったが、そのあとはぴくりともしなかった。

提灯を叩き落とされた中間は腰を抜かして地べたに座りこんでいる。

もう一人の中間は気丈《きじょう》にも長脇差を抜いていた。しかしそれだけで、動かない。動けないといったほうが正しいのだろう。

眼前で繰り広げられてる光景を信じられずにいるのは、勘兵衛も同じだった。

はっと我に返った。駆けだし、抜刀《ばっとう》した。五間の距離がひどく長く感じられた。

襲撃者は勘兵衛に気がつき、刃《やいば》を向けた。

このとき、襲撃者が頭巾《ずきん》をしていることに勘兵衛はようやく気づいた。

路上でちろちろと燃える提灯の火が闇ににじみだしている。そのわずかにもたらされる灯《あか》りのなか、勘兵衛を見た目がみはられた。勘兵衛も、見覚えのある目だ、と直感した。

襲撃者はさっと体をひるがえした。夜へ逃げこもうとしている。

勘兵衛は追った。追ったが、無駄だった。酔いのためか、情けないことにすぐに息があがってしまった。ばてて足色が鈍った勘兵衛を尻目に、襲撃者は闇のなかへ姿を消した。

胸を押さえ、勘兵衛は息を整えた。襲撃者が消えた方向をにらみつけていたが、すぐに道を取って返した。

「ああ、ご無事でしたか」

滝蔵と重吉が駆け寄ってきた。

勘兵衛は滝蔵と重吉を交互に見た。

「どちらが足がはやい」

いきなり問われ、二人は戸惑った。

「どちらかといえば、重吉のほうですが」

「では重吉、飯沼さんへ知らせてくれ」

「承知いたしました」

重吉は勇んで走りだした。

「滝蔵は屋敷に、少しおそくなることを知らせてくれ」

「はい、承知いたしましたが……」

言葉をにごし、滝蔵は旗本の中間を見やった。勘兵衛を一人にするのにためらいを持っている。もしこの前の襲撃者があらわれたら、と考えていた。

「大丈夫だ、心配するな」

勘兵衛は力強く請《う》け合った。

「では、すぐに戻ってまいりますので」

走り去る滝蔵を見送って、勘兵衛は二人の供に近づいた。

「大丈夫か。怪我はないか」

二人はぎょっとし、勘兵衛を見た。なにをきかれたかわかっていない。勘兵衛は同じ言葉を繰り返した。

「あの、どちらさまでしょう」

脇差《わきざし》を手にしている中間が問う。

「おい、失礼なことをいうな。このお方が追い払ってくれたのだぞ」

もう一人がとがめる。気持ちがようやく落ち着いてきているのが知れた。

「いや、かまわぬ」

勘兵衛は名と身分を告げた。

「ご無礼《ぶれい》を申しました。それがし、原田家《はらだけ》の中間で正助《しょうすけ》と申します。怪我はございません」

正助と名乗った男は抜き身を鞘《さや》にしまい、勘兵衛に一礼した。

勘兵衛はもう一人を見た。

「お気づかいありがとうございます。あっしも大丈夫です」

やはり知った顔ではなかった。

勘兵衛はひざまずき、あるじの死骸《しがい》を見た。

刀がよくなかったのか、斬撃《ざんげき》の鮮やかさとは裏腹に、斬《き》り口はすさまじく、肉がずたずたに引き裂かれている。

子さえ見受けられた。よほどのなまくらだったのだろう。鎖骨《さこつ》など力まかせに叩き折られた様
浪人かもしれぬな、と勘兵衛は思った。

それにしても、あの目はどこで見たのか。考えたが、思いだせなかった。

「原田どのと申したが、この先のか」

「はい、御徒組《おかちぐみ》の原田与右衛門《よえもん》さまです」

同じ町に住むだけに名と屋敷は知っていたが、それだけだった。

徒組といえば、水練で有名だ。夏に大川で行われる訓練の成果をお披露目《ひろめ》する場で、将

軍の目にとまった者は栄達を約束される。徒組は全部で二十組あって、それぞれに徒頭《かちがしら》が一人、その下に組頭が二人ついている。一組につき組衆は二十八名で、俸禄《ほうろく》は七十俵《ぴょう》。

「原田どのの歳は？」

「四十九歳です」

人生五十年というが、死ぬにはまだはやいように感じられた。

「家族は？」

「奥方《おくがた》とお子が三人。いずれも男の子です」

「一番上の歳は？」

「十六です」

当主の横死《おうし》とはいえ、うまくやりさえすれば、家督を継ぐことはできるだろう。

「原田家の家禄は？」

「五百石です」

しかし、減封《げんぽう》は覚悟しなければならない。四百石を保てれば上出来だろうか。

「こちらは？」

勘兵衛は家臣の死骸を見つめた。

「用人《ようにん》の岡本源三郎《おかもとげんざぶろう》さまです」

用人の死骸もひどかった。こちらもあるじと似たようなもので、袈裟《けさ》に斬られた体は鎖骨が折れ、ばらばらにされたあばらから肉がはみだしている。

「岡本どのの歳は？」

「四十八です」

「襲ってきた男に心当たりはあるのか」

勘兵衛は立ちあがり、正助を見つめた。

「いえ、それがしにはまったく」

「今の男は、原田どの、岡本どのの命を奪うことのみを目当てにあらわれたのはまちがいない。二人は、なにかうらみを買ってなかったか」

「それがしが心当たりがないと申しますのは、渡り中間で、原田家にお仕えして半年足らずにすぎないからです。原田さまや岡本さまのことはほとんど存じません」

「そうなんです。正助は、お供にいつもついている男が風邪をひき、今日はその代わりをつとめていただけなんで」

もう一人の男が口を添えた。

「おぬしは古株のようだな。心当たりはないのか」

男は、半六《はんろく》と申します、と名乗ってから答えた。

「あっしにもまるで。まさかこんなことになるなんて。実にいいお方だったのに……」

半六は道先を見た。

「あの、お屋敷に知らせてきてよろしいでしょうか」

「そうだな。はやく行ったほうがいい」

「正助を置いてゆきますんで、よろしくお願いします」

半六は一礼し、走り去った。

「しかしいったい何者かな。すごい遣《つか》い手だったが」

勘兵衛は独り言をつぶやくようにいった。

「まったくです」

話しかけられたと思ったか、正助が深くうなずいた。

「おぬし、襲われる前、気配を嗅《か》いでいたのではないか。うしろを振り返ったりして、妙に落ち着きがなかった」

「ご存じでしたか」

正助は息をつくように言葉を洩《も》らした。

「気配を嗅いでいたというほどのものではありませんで。ただ、なんとなく胸騒ぎがしてならない、そんな感じでございました」

勘兵衛は正助を見た。痩《や》せて無駄な肉はどこにもついていないが、気配を感じ取れるだけの剣の技量があるかは定かではなかった。

「あの目なんだが、俺は見覚えがある」

語ることで心に浮かぶものがあるのを期待して、勘兵衛はいった。

「本当ですか。あの、どこででしょう」

正助は一歩下がって、勘兵衛を仰《あお》ぎ見るようにした。

「いや、それがわからぬのだ。いずれ、思いだすかもしれぬが」

足音がきこえた。勘兵衛が見ると、滝蔵が急いで走ってくるのが見えた。四名の家臣がうしろに続いている。

滝蔵たちの次にあらわれたのは、原田家の者だった。半六をはじめとして、八名がいた。二枚の戸板を用意している。

半六が勘兵衛の前に来て、頭を下げた。

「遺骸《いがい》を引き取らせていただきます」

麹町《こうじまち》や他町からの帰りらしい旗本衆が足をとめ、なにがあったのかと話をかわしていた。近くの屋敷からも人が出て、遠巻きに興味深げな眼差しを送っている。

「わかった、俺から徒目付《かちめつけ》に申しておく」

「お手数をおかけいたします。よろしくお願いいたします」

原田家の者たちは二つの死骸を戸板で運んでいった。正助も深い色をたたえた目で勘兵衛を見つめてから一礼し、去っていった。

十四

四半刻《しはんとき》後、重吉とともに飯沼麟蔵がやってきた。かなり急いだらしく、荒い息を吐いていた。もっとも、歩けば半刻かかる距離だ。それを走ってきたのだから、息が荒くなるのも当然だった。配下が四人ついている。

勘兵衛を認め、麟蔵はずんずんと大股《おおまた》に近づいてきた。

「だいたいの話はきいた。死骸はどこだ」

勘兵衛は経緯を説明した。

「仕方あるまい。武家として当然のことだ」

勘兵衛はあたりを見まわした。道にはもう誰もいなかった。

「襲ってきた者はどんな男だ」

勘兵衛は思いだせる限りのことを語り、つけ加えた。

「背丈《せたけ》は五尺五寸ほど、体に無駄な肉はついていないように思えましたが」

「浪人のように思えたというのは？」

勘兵衛はそれも話した。

「そうか、傷口はそんなにひどかったか」

麟蔵はかたく腕組みをした。

「襲われたとき、二人は賊の名を口にしなかったか」

「何者だ、と用人がいっただけです」

「殺された家臣もかなりの遣い手と感じたといったが、その二人を倒した剣に見覚えは？」

「いえ、知っている流派では。見覚えがあるといえば」

勘兵衛の言葉をきいた麟蔵は色めき立った。

「目に見覚えがあるだと？　どこで見た」

「それがわからぬのです」

「思いだせ」

勘兵衛は必死に考えたが、首を振った。

ちがいないか」

「仕方あるまい。思いだしたら教えろ。二人を殺すために男があらわれたというのは、ま
「二人めがけてまっすぐ斬りかかってゆきましたから」

「名を確認することはなかったのだな」

「ええ、無言でした」

「二人を知っていたのか……今日の二人の動きも知っていたのだろうな」

「あの二人は楽松からの帰りです」

「おぬしも飲んでいたのか。よく行くのか」

「それほどでも」

麟蔵は、遠慮がちに口にした勘兵衛を見て、薄笑いを浮かべた。

「おぬしの懐《ふところ》事情をきいたわけではない。あそこは予約せねば、なかなか席を設けるのはむずかしい店だよな」

「あらかじめ約しておいたほうが無難なのはまちがいないでしょう」

「原田も予約していたのだろうな」

「そのことを賊は知っていたと?」

「でなければ、待ち伏せはできまい」

楽松か、と勘兵衛は思った。あそこであの目を見たのだろうか。

「いずれ力添えを頼むかもしれぬ、そのときはよろしくな」

麟蔵は、さっきの襲撃者との対決を想定している。あの男とやり合うかもしれぬのかと

思うと、勘兵衛の背筋に冷たいものが流れた。

「ああ、それからな、勘兵衛」

鱗蔵は言葉を続けた。

「この前頼まれた件はもう少し待ってくれ。今、調べている」

鱗蔵と別れ、勘兵衛は屋敷に戻った。蔵之丞に顚末《てんまつ》を話した。

「そうか、殺されたのは原田どのか」

蔵之丞は深刻げに眉根を寄せた。

「ご存じですか」

「たいしたつき合いがあったわけではないがな」

「うらみを買うようなお人柄でしたか」

「うらみで殺されたのか」

「断言はできませぬが、おそらくは」

「どうであろうか。人柄まではわしも知らぬ」

勘兵衛は奥に行った。美音は心配していた。

「お怪我は?」

「大丈夫だ。刀を合わせたわけではない」

鱗蔵から助太刀《すけだち》を暗に依頼されたことは伏せた。

「しかし、驚かれたでしょう」

「ああ、すごい遣い手だったからな」

「ところで」

不意に美音が声を落とした。

「なにかお隠しになっては？」

「なんのことだ」

「飯沼さまに、なにか頼まれごとをされたのでは？」

「なぜそのようなことを思う」

「いつもは私の目を見て話をされるのに、ときおり目をそらされるときが。そういうときは、私に心配をかけまいとする思いが瞳にあるように感じられて」

美音は静かに続けた。

「今日、道場に出かけられるときはそのようなことはなく、つまり私に心配をかけたくない、との気持ちは飯沼さまに会って芽生えたのではないか、と思えたのです」

美音の顔には寂しげな色があらわれていた。勘兵衛は美音を抱き寄せた。

「すまなかったな。俺が愚かだった。夫婦なのに」

「では？」

勘兵衛は麟蔵からの依頼を話した。美音は顔をあげた。

「勝てる自信はおありですか」

「どうかな、わからぬ」

美音の目を見て、真摯《しんし》にいった。

「でも、本当にやり合うことになるかはわからぬ。これは美音に心配をかけたくなくていっているわけではないぞ」

ふふ、と美音は笑った。

「わかっております」

勘兵衛は美音を畳に横たえた。

「今宵《こよい》は刻限がはやいとはいわぬだろうな」

「そのような無粋《ぶすい》、申したことがございましたか」

美音はうれしそうに勘兵衛の首に両腕をまわしてきた。


麟蔵は原田家を訪問し、夜具に横たえられた二つの死骸を見た。

勘兵衛からきいてはいたが、あまりの傷のすさまじさに心の底から驚いた。切れ味とは無縁の傷。まさに力まかせだった。勘兵衛がいっていたように、相当のなまくらで殺害されたのはまちがいない。

妻のお重《しげ》は泣くだけで、ほとんど語ることはなかった。三人の子は突然のできごとに呆《ぼう》然《ぜん》としていた。跡継《あとつぎ》で十六歳の仁之助《じんのすけ》だけは毅然《きぜん》とした態度をとろうとしていたが、あふれ出る涙をとめることはできなかった。

二人が、一月《ひとつき》前から楽松を予約してあったことはわかった。毎月一度、二人で必ず行くことにしており、今日も帰り際《ぎわ》、来月の予約をしてきたはずとのことだ。

与右衛門は、石野家《いしのけ》というこちらも御徒衆《おかちしゅう》の家から原田家の婿《むこ》におさまっていたが、婿に入ってすぐどこからか源三郎を呼び寄せた。そして、三年後、それまでの用人が死去すると同時に源三郎をその地位につけたという。

どこから源三郎がやってきたか、誰も知らなかった。源三郎が用人になってから迎えた妻も、前身をきかされてはいなかった。

おそねという源三郎の妻は、ともに暮らして十六年になりますが、あの人のことはなに一つ知らず終わってしまいました、と涙ながらに語った。二人のあいだに子はなかった。

伊兵衛ははっと目をあけた。眠る気はなかったが、まどろんでいた。喉《のど》がひどく渇《かわ》いている。唇もかさかさだ。

人の気配がしたような気がする。伊兵衛は体をかたくし、耳をすませた。

物音はきこえず、なんの気配も感じられない。

勘ちがいだったのだろうか。あるいは、吹き渡った強い風が庭の梢《こずえ》でも騒がせたのかもしれない。

伊兵衛はため息をついた。身じろぎし、ゆっくりと上体を起こした。座敷は真っ暗だ。目は闇に馴《な》れている。ひどく疲れていた。

気持ちを奮《ふる》い立たせるために、なにか楽しいことを思いだそうと試みた。

浮かんできたのは、はじめて店を持ったときのことだった。

およそ十年の行商ののち、ついに念願がかなったのだ。あのときの昂揚《こうよう》感。それまでの人生で、最も晴れがましい瞬間だった。

ついていた、と思う。ほんの十年で店を持てる者など、そうはいない。いないどころか一生、行商のままで終わる者のほうがはるかに多い。同業の者にはうらやましがられたし、おそらくねたまれもした。

しかし、伊兵衛は気にしなかった。それ以上に誇りがあった。ねたまれようが憎まれようが、なに一つとして恥じることはなかった。正々堂々と商売をし、客の信頼を得て、自らの城を持つに至ったのだ。

あの頃、まさかこんなことになるなんて誰が予想できただろう。

また暗い谷底に落ちこむような気分になってきた。伊兵衛は首を振った。

今の場所を選んだのは、お有だった。吾妻橋《あずまばし》が近く、人通りも多い。その割に店賃《たなちん》は安かった。なにかわけありなのでは、と疑ったりもしたが、以前、伊兵衛から雪駄《せった》を買ったことがある大家《おおや》が、そのときの好印象から格安にしてくれたということがあとになってわかった。

八年後には、家屋敷を買い取ることもできた。そのときも大家は格安の値をいってくれたが、このときはそれに甘えることなく、相場といえる額を支払った。

店にはじめて入ってきた客の顔は今も忘れていない。結局なにも買うことなく出ていったが、それでも、ありがとうございました、と声を張りあげたのを覚えている。

五つになった吉太郎も一緒になって声をだしてくれた。あの頃から、商売上手だったように思える。

不意に伊兵衛は背筋に冷たいものを感じた。また人の気配がしたような気がする。ずんずんと廊下を進んでくる姿が見えるようだ。

今にも襖《ふすま》がからりと音高くあけ放たれるように思え、伊兵衛は口許《くちもと》を引き締め、ぐっと腹に力をこめた。

十五

「旦那、こちらです」

土手の上で七十郎を迎えたのは、岡っ引の徳五郎だった。八月二十九日の朝は明けたばかりで、刻限はまだ六つ半（午前七時）になっていない。

低い雲から顔をのぞかせた太陽が、向島《むこうじま》一帯を照らしはじめている。向島といっても広いが、七十郎がいるのは隅田村《すみだむら》の鎮守《ちんじゅ》で水神《すいじん》さんと呼ばれる隅田川神社の近くだった。

死骸は、隅田堤《づつみ》から東へ二十間《けん》ほどはずれた小川に顔を突っこむ形でうつぶせていた。丈《たけ》の長い草に隠されて、小川沿いの土手を歩いている分には、とても見つけられそうにない。

「よく死骸があるのがわかったな」

「村の子供がかわいがっている犬が見つけたそうです」

七十郎は死骸を引きあげさせ、むしろの上に寝かせた。腹を切られており、血にまみれた着物から臓腑《ぞうふ》がはみだしている。白目をむいた表情は苦悶《くもん》にゆがんでいた。

「若いな、まだ」

「ええ、二十三、四といったところでしょうか。なかなかいい男ですよ、こりゃ。相当女を泣かしている面《つら》ですね」

いい男といえば、覚妙寺の彦八が思いだされた。まさかと思って見直したが、優男《やさおとこ》であるのが共通しているだけで、顔は似通ってはいなかった。歳もだいぶちがう。

「身許《みもと》はわかったのか」

「まだです。手下に当たらせています」

徳五郎は遠巻きにしている村人たちを手で示した。

「ここで殺されたのかな」

「いえ、よそでやられ、ここに逃げこんで絶命したようです」

七十郎は徳五郎を見た。

「ええ、腹を押さえてよたよた走っているのを村人たちが見てます。それにしても、もう少しがんばりゃよかったものを。そうすりゃ、旦那が出張《でば》るまでもなかった」

憎々しげにいって徳五郎は小川の向こう岸に目を向けた。そこには隅田川神社の塀《へい》がある。

「もっとも、寺社方が探索に当たったところで犯人をとらえられるかどうかは神のみぞ知るといったところでしょうから、仏さんの無念を晴らすためにもここでよかったということになるんでしょうかね」

「走っている姿を見られたのはいつだ」

「おとといの朝五つ半（午前九時）すぎくらいです」

「どこからここへ」

「まだわかっておりません。わかっているのは今のところ、北からやってきたことだけです」

七十郎は死骸を凝視した。

「これだけ重い傷を負って、誰にも助けを求めなかったのか」

「そのようですね」

七十郎は、男の懐が少し盛りあがっているのを見た。

「なんだ、これは」

手を入れて探ると、紙包みだった。中身は饅頭《まんじゅう》で、数は十二個。赤子《あかご》の拳《こぶし》ほどもない小さな饅頭には『太』の焼印《やきいん》が押されている。

「浅草今戸町《いまどちょう》の太鼓屋《たいこや》のじゃないですかね」

清吉がいった。

「その焼印と形、大きさからして、まちがいないと思います」

つぶれてしまっているが、もとはきっと太鼓のような形をしていたのだろう。

「うまいのか」

「病みつきになる者も多いとききます。あっしもその一人ですが」

「となると、この男もよく買いに行っていたかもしれんな」

七十郎は立ちあがった。

その前に一つきいておくことがあった。七十郎は、手下と話をしている徳五郎を手招きした。

「ところで、鈴野屋の一件だが、怪しい舟は見つかったか」

徳五郎は恐縮したように身を縮こませた。

「申しわけございません、いまだ」

「そうか」

「まだ続けますか」

「続けてくれ。なにかひょんなことで見つかるかもしれん」

承知いたしました、と徳五郎はいった。

「ああ、村人でこの男を知っている者はいないようです。数日前にこの男らしい者が歩いているのを見かけた者がいるだけで」

七十郎は、その村人を連れてくるように命じた。

目の前に来たのは、四十すぎの百姓だった。なにかまちがいをしでかしてしまったのか、とおびえているような小柄な男。目がとにかく小さく、顔の奥にひっこんだようになっている。

七十郎は死骸を見せた。

「見かけたのはこの男にまちがいないか」

百姓はすぐに目をそむけた。

「はい」

「見かけたのはいつだ」

「六、七日ほど前ですか、朝の五つ（午前八時）すぎだったと思います」

百姓は、道の東側に広々とひらけている田んぼを指さした。

「あそこで野良《のら》仕事をしていて、顔をなにげなくあげたとき、隅田堤を一人歩いているのが見えました。天気のいい日で、のんびりと散策を楽しんでいる風情《ふぜい》でしたけど」

七十郎は目を転じ、百姓のいった隅田堤を見た。堤は上を道が走っていて、桜の名所として名高い。

「どちらへ向かっていた」

「南です」

散策ではなく、あるいは饅頭を買いに行こうとしていたのか。

「どこから来たかわかるか」

「いえ、わかりません」

これで百姓は解放した。七十郎は隅田堤にあがって、北側に目を向けた。

堤上の道は、このあたりでは大川からだいぶ東へ離れている。名所らしく、さすがに桜の木が目につく。ほかにも多くの木々が茂っており、秋の日差しを浴びて、どことなく寂しげな影を道に落としている。堤上に人影はほとんどない。遠くに親子らしい二人連れが見えるだけだ。

「徳五郎、この先にはなにがあったかな」

「名所としては、あそこの木母寺《もくぼじ》。あとは、これも向島七福神の一つ、多聞寺《たもんじ》ですかね」

七十郎は木母寺に目をやった。大川と隅田堤のあいだに建つこぢんまりとした寺だ。水路に橋がかかり、それを渡って境内に行けるようになっている。

「南へ行けば、白髭《しらひげ》神社、長命寺《ちょうめいじ》、牛午前《うしごぜん》、三囲《みめぐり》神社とありますが」

「北へ人をやって、男に心当たりを持つ者がいないか、探ってくれ」

「承知いたしました」

七十郎は大川の対岸を見た。宏壮《こうそう》な大名屋敷が見える。

「清吉、あれは酒井屋敷だな」

「そうですね、姫路十五万石の拝領屋敷です」

伊兵衛がかどわかされた場所は酒井屋敷の向こう側だ。舟で渡れば、目と鼻の先といっていい。これはただの偶然なのか。

あるいは関係があるのかもしれないが、今はとにかく男の身許だった。七十郎は清吉をうながし、南へ歩きはじめた。

寄合《よりあい》の加藤家《かとうけ》三千六百石の屋敷をすぎると、右側に入る道がある。その道を二町ほど進むと、渡しが見えてくる。橋場《はしば》の渡しだ。大川を舟に乗って対岸へ行く。海から吹きあげてくる風が頬に心地よい。

船着場をあがって道に出、南へ六町ほど向かう。

浅草今戸町は浅草寺からは離れているが、人通りの多いごちゃごちゃした感じの町で、七十郎はこの喧噪《けんそう》がけっこう気に入っていた。

太鼓屋は町の東の端にあった。左に長昌寺《ちょうしょうじ》、前が法源寺《ほうげんじ》という寺の塀に囲まれた店で、店先で饅頭を蒸《む》しあげていた。餡《あん》の甘い香りが漂っている。その香りに誘われたか、十名近い町人が行列をつくっていた。

十五、六と思える娘が一人で応対している。目のくりっとした器量よしで、この娘を目当てに買いに来る者も少なくないのでは、と思われた。

七十郎は行列がなくなるのをじっと待った。町人たちに話をきかれたくなかった。さして待つほどもなく、行列は消えた。

娘は男を覚えていた。

「うちの饅頭をすごくお好きみたいで、よく来てくださっていました。あの人がどうかしたのですか」

顔と声に心配が出ている。どうやら娘は男にあこがれていたようだ。

「名を知っているのか」

「いえ、存じません」

「男が最後に来たのはいつだ」

「確かおとといの朝です」

「いくつ買ったか覚えているか」

娘は顎《あご》に人さし指を当てた。

「確か十三個でした。一つはここでお食べになって。あつあつがお好きだったようです」

つまり、男はここからの帰りに殺されたことになるのか。しかし、一人で残り全部を食べる気だったのか。

七十郎はそのことを娘にいった。

「でも、一人でそれぐらいぺろっとたいらげる方は珍しくないですよ」

娘の目が一瞬、清吉に向いた。七十郎は内心、苦笑した。

「よく来ていたといったが、その前に来たこともあるのだな」

「はい。その前は七日ほど前だったのではないか、と。その日も十三個だったと思います。やはり一つをここでお食べになって」

「住みかを口にしたことは？」

「そのようなことは一度も……」

娘は知りたかったらしいが、さすがにきけなかったようだ。

「あの人がどうかしたんですか」

七十郎は一つ間を置き、それから口をひらいた。

「残念だが、あの男は永久に饅頭を買いに来ることはあるまい」

言葉の意味をさとって、娘は息を飲んだ。

十六

勘兵衛は虎の間《ま》につめている最中、あの瞳をどこで見たのか、ずっと考えていた。

「どうされた、久岡どの。なにか考えごとをされているようだが」

中食《ちゅうじき》のとき、三郎兵衛が話しかけてきた。

「そうだな、ずっと深刻そうな顔をされているが、なにかお悩みか」

松左衛門も顔を寄せてきた。

「ええ、ちょっと」

「ははあ、なるほど」

三郎兵衛が納得した表情を見せた。

「奥方と喧嘩《けんか》されましたな」

「三郎、そんなことで暗くなるか」

「でも、久岡どのはべた惚《ほ》れらしいですから」

「久岡どの、本当に夫婦喧嘩が理由ですかな」

真実を語るわけにはいかず、実を申せばその通りでして、と勘兵衛は答えた。

「ほう、珍しく三郎が当たったか」

三郎兵衛は得意げに胸を張った。

「長引きそうなのかな」

「いえ、たいした理由でもありませんので。でも、お二人の仲のよさを見習わないといけませんね」

「なにしろ古いつき合いですからな」

松左衛門がいった。三郎兵衛がうなずいた。

「幼い頃から知っていると申しても、でも本当に親しくなったのは、道場に入ってからですね」

「そうだな、三郎が十一だったか」

「お互い伸びない者同士で気が合ったといいますか」

「おまえはともかく、俺が伸びなかったのは、おまえの面倒を見たせいだ」

「いいわけの種ができて、よかったではないですか」

「いいわけなどではないわ。おまえは本当に手がかかった」

その通りでした、と三郎兵衛はいった。

「道場の先輩にのされたときも、松左どのはかばってくださったし」

「おまえはどうしてか、目の敵《かたき》にされたのだよな。とにかく、ぼろ切れのようにされたおまえをわしはさすがに見かねたのだ」

「大きな声ではいえぬのですが、悪所に連れていってもらったのも松左どのが最初でした。あれは十何年も前ですか、法外な値をふっかけられたことがありましてね」

「そんなこともあったな」

「半年ばかり前にも、こんなことがあったのですよ」

三郎兵衛が渋い顔で口にした。

「たそがれどきに、二人でいつもの料理屋へ行こうとしていて、それがしが角《かど》で出会い頭に浪人とぶつかってしまったのです。たいしたことはないはずなのに、その浪人は大袈裟《おおげさ》に痛がりましてね。腕が折れたとか申し、治療代と称して金を取ろうとしました」

「それを通りがかりの別の浪人が追い払ってくれたのですが、それだけでは終わらなかったのです」

苦い顔で松左衛門がいった。

「そう、今度はその浪人が仲介料を求めてきたのです」

「ぐるだったのですね」

「さすがにこれには、なめるなという気持ちがふつふつと沸《わ》きあがってきまして」

「でも、最初の浪人とは比較にならない腕の持ち主のようで、あれは怖かったですよ。目つきも鋭くて、おそらく何人も人を殺しているんじゃないですかね」

三郎兵衛は松左衛門を尊敬の眼差《まなざ》しで見やった。

「でも松左どのは一歩も引かず、毅然とした態度で浪人と相対《あいたい》しまして、結局浪人はあきらめて道を去ってゆきました」

松左衛門は額の汗をぬぐった。

「あのときは心中、汗がだらだらでしたよ。浪人が背を向けて歩きはじめたときは、膝からへなへなと崩れ落ちそうでした」

「ですから、それがしは松左どのには借りがけっこうあるのです。いつかまとめて返そうと思っています」


太鼓屋から向島へ戻ろうとしているところに、使いがあった。貞蔵からで、驚くべきことを知らせてきた。

「まことか」

思わず声が裏返った。

「はい。橋場町の第六天社《てんしゃ》近くで見つかりました」

第六天社というのは、七十郎の知る限りで江戸に十八ヶ所ある。橋場町のものというと、町奉行所の手が届く朱引《しゅびき》内ぎりぎりに建っているのがそうだろう。あの神社は、確か荒川《あらかわ》沿いにある。

「百姓が届けてきました」

「伊兵衛はどうしている」

「浅草橋場町の自身番です」

七十郎は急行した。

走りながら話をきいたところでは、伊兵衛は目隠しをされ、腕と足には縛《いまし》めをされた格好で第六天社近くの道に横たわっているところを百姓が見つけたという。身なりはさらわれたときと同じで、さすがに憔悴《しょうすい》しきっているが、命に別状はないとのことだ。

しかし、意外といえば意外だった。まさか生きて帰すとは。もっとも、金をまんまと手に入れたのだから、これ以上罪を重ねる意味がないといえばないのだが。

ただ、これまで二人殺していることから、伊兵衛を殺そうが殺すまいが、つかまれば死罪はまちがいないのだ。さらにいえば、かどわかしだけで死罪はまぬがれないのだった。

自身番では、貞蔵が事情をきこうとしていた。貞蔵は七十郎を見て、おう来たか、とばかりに手をあげた。

七十郎は会釈《えしゃく》を返してなかにあがり、戸をしっかりと閉じて奥のあいているところに座を占めた。

畳《たたみ》に律儀《りちぎ》に正座をしている伊兵衛は、とらわれていた緊張からか、四十四というには少し老《ふ》けているように見えた。たっぷりと茶が入れられた大きめの湯呑《ゆの》みが置かれている。

「賊は何人だった」

貞蔵が質問をはじめた。

「五人でした。首領と思える者は五十二、三歳、細い目は底光《そこびかり》を放っていかにも油断がならないといった印象でした。総髪《そうはつ》で、白髪《しらが》が目立ちました。額に二本の深いしわがありました。声は低く、しわがれていました」

けっこう詳《くわ》しく覚えているのだな、と七十郎は思った。

「他の者どもはどうだ」

「いずれも三十代の鋭い目をした連中といったくらいで、あまり。上方《かみがた》の言葉をつかっていましたが」

「かどわかされたあと、舟に乗せられたのだな」

「はい、商家の別邸らしい場所に連れていかれました」

「舟にはどのくらい乗っていた」

「どうでしょうか、四半刻《しはんとき》も乗っていなかったと思いますが」

伊兵衛は、別邸でのできごとを詳細に語った。

「なるほど。三通の文を書いてからは?」

「また縛めをされ、転がされていました」

「それで?」

「その日は五人は姿をあらわさず、手前も寝てしまいました。なにも与えられず、空腹と喉の渇きにはまいったのですが、睡魔には勝てず」

「やつらはいつ戻ってきた」

「昨日の夜です。おそらく四つ（午後十時）に近かったのではないかと思います。それまでずっと一人にされていましたから、ついに来たかと手前も覚悟を決めかけましたが、意に反して足の縛めが取られました。逃げようとしたら殺す、と首領に脅《おど》されました。このとき、もしかしたら助かるのかと。この言葉は、おとなしくしていれば殺さないことを意味しますから」

失礼します、と伊兵衛は湯呑みを手に取り、茶をすすった。

「その後、舟に乗せられて再び足に縛めをされ、目隠しもされました。ただ、向かっているのは上流ではないかと思いました。舟はかなり揺れましたし、舳先《へさき》に当たる波しぶきが激しくかかってきましたから」

「舟にはどのくらい乗っていた」

「およそ四半刻でしょうか。舟が岸につけられ、今度は縛めを取られることなくかつぎだされました。それで地べたに投げだされたのです。そのとき首領と思える男が、本来なら命を取るところだが我らの最後の仕事ゆえ見逃してやる、ありがたく思え、と。そのあと気を失わされました」

最後の仕事か、と貞蔵がつぶやいたとき、外が騒がしくなった。戸がひらき、お有が顔を見せた。

「あなた、あなた」

叫ぶようにいって畳にあがりこみ、伊兵衛に抱きついた。

「これ、皆さまが見ている」

「でもでも」

お有は顔を伊兵衛の胸にこすりつけている。涙をおびただしく流していた。

「よくぞご無事で」

「うむ、心配をかけたな」

伊兵衛はお有の背中をなでている。

「せっかくの再会に水を差すようですまんのだが」

貞蔵がやさしく声をかけた。

伊兵衛がお有にうなずきかけ、静かに脇《わき》にどかせた。それから貞蔵をまっすぐに見た。

「賊どもは、どこそこへ行くようなことを口にしていなかったか」

「いえ、そのようなことは一言《ひとこと》も。もしきいていたら、手前はおそらく……」

言葉の意味をさとったお有がびくりと夫の横顔を見つめた。

「七十郎、なにかききたいことはあるか」

「では、一つ二つ」

七十郎は伊兵衛の顔を向けさせた。

「第六天社近くに置き去りにされる前、舟に乗せられたときだが、舟はすぐに大川に出たのか」

伊兵衛は考えこんだ。

「いえ、しばらくかかったように思います」

「では、その屋敷からじかに大川に出たわけではなかったのだな」

「そう思います」

「舟が大川に出たとき、どちらに舟は揺れた」

伊兵衛はやや面食《めんく》らった様子を見せた。

「おぬしはさっき、舟は上流へ向かったと申したな。大川へ西から出てきたのなら舟は左に揺れるだろうし、逆なら右に揺れるだろう。俺がききたいのは、大川のどちら側から舟が出てきたか、ということだ」

「なるほど、それでやつらの隠れ家がどっちの岸にあったか知れるか」

貞蔵が感心したようにいった。

「どうでしたでしょうか」

伊兵衛はうつむき、首をひねった。

「右に揺れたような気もいたしますが……」

「では東岸か」

貞蔵が勢いこむ。伊兵衛は困った表情をした。

「いえ、そのあたりははっきりとは……」

かなり細かいところまで覚えているのに、この程度のことがわからないというのは少し不思議な気がしたが、目隠しをされて舟底《ふなぞこ》に転がされていればそんなものかもしれんな、と七十郎は思った。

お有が心配そうに伊兵衛を見ている。

「樫原さん、今日はこのへんにしませんか。鈴野屋も疲れているでしょう」

「おう、そうだな。だいたいのことはきけたからな」

貞蔵は、自身番から追いだす格好になった浅草橋場町の家主《やぬし》を呼んだ。

「駕籠《かご》を頼む」

「わかりました」

五十すぎと思える家主はていねいに一礼してから、歩み去った。

貞蔵は伊兵衛に笑いかけた。

「鈴野屋、大丈夫か。駕籠は怖くないか」

伊兵衛は苦笑した。

「今はただ、歩かずにすむのがありがたく思えるだけでして。白昼堂々、やつらも狙ってこないでしょう。もう手前どもに金子《きんす》がないのを知っているでしょうし」

十七

伊兵衛が駕籠に乗りこみ、お有が斜《なな》め脇《わき》についた。店の奉公人三人が取り囲むようにして駕籠は動きだした。

七十郎は駕籠を見送って、町を歩きはじめた。腕組みをして下を向き、眉を寄せた。

「どうされました、旦那。浮かぬ顔をされていますが」

うしろから清吉が声をかけた。

「ちょっと気にかかることがあってな」

「当ててご覧に入れましょうか」

七十郎は振り返った。

「なぜ金を手にした賊は逃げださず、伊兵衛を解き放つために戻ってきたのか」

「それもある」

「えっ、まだあるんですかい」

清吉は考えはじめた。しばらく考えていたが、あきらめた。

「いずれ話す。清吉」

七十郎は寄るように命じた。

「賊が身の代《しろ》を受け取ったのが、二十七日の夕刻。隠れ家に戻ってきたのは二十八日の深《しん》更《こう》。その間、やつらはなにをしていたのか。伊兵衛が最後の仕事であるなら、わざわざ隠れ家に戻ってくる必要はない。清吉のいう通り、確かに疑問だな」

「逃げるための算段ですかね」

「かどわかす前にそのくらいの工夫はつけているだろう」

「伊兵衛を飢《う》え死にさせるのが忍びなかったとか」

「無慈悲に二人殺した連中だ。そんな情け心があるとは思えん」

「なにか思惑《おもわく》ちがいでも起きたんですかね」

「それはあり得るな」

「ところで旦那、ききたいことがあるんですが」

「当ててみようか」

七十郎は笑いかけた。

「どこへ向かっているか、だろう」

内神田《うちかんだ》の岩本町《いわもとちょう》へ足を踏み入れた。

老舗《しにせ》らしく田村屋は立派な店がまえだった。道を歩く人たちからよく見えるように、細長い板にずらりと雪駄《せった》をはじめとする履《は》き物が立てかけられている。一見していい物がそろえてあるのがわかり、足許《あしもと》を見おろした七十郎は、一つほしいな、と思った。

田村屋に無心すれば、どうぞお好きな物を、といわれるのはわかっていたが、そんなことはしたくなかった。

奥に通された七十郎に、茶と茶うけの干菓子《ひがし》がだされた。

盆栽《ぼんさい》がいくつか並べられた庭に面した風通しのいい座敷で、床の間には山水を描いた高価そうな掛軸が下がり、備前《びぜん》らしい花器には一輪の菊が飾られていた。

廊下に人の気配がし、失礼いたします、と声がかかった。障子《しょうじ》があき、田村屋喜八が入ってきた。

「たいへんお待たせいたしました」

喜八は座布団をうしろに押しやり、畳の上に正座をした。

「すまんな、忙しいときに」

「いえ、別段忙しいということもございませんで。あるじが忙しいのでは、その店は逆に心配になってしまいましょう」

仕事は練達の番頭や手代《てだい》にまかせ、同業者同士のつき合いや町の有力者として町のために力を注ぐというのが、あるじとしてすべきこととされている。

「今日はなにか」

七十郎は茶を味わった。

「鈴野屋伊兵衛を存じているな」

「もちろんでございます。同業の者として、いえ、そういう関係を除いても親しくおつき合いさせていただいています。一緒にいて気持ちのいいお人ですから」

「二十六日の夜のことなんだが、鈴野屋がかどわかされた」

七十郎はずばりと口にした。

「ええっ、まことでございますか」

喜八は驚愕《きょうがく》し、立ちあがらんばかりになった。失礼いたしました、と座り直す。

「二十六日の夜と申しますと、もしや」

「ああ、片倉《かたくら》での宴が終わったあとだ」

喜八は首を揺り動かした。

「あのとき、手前は鈴野屋さんにかどわかしに用心するよう申したのです。それがうつつになってしまったのか……」

「片倉の者にきいたが、あのとき鈴野屋は最後まで座敷に残っていたそうだな」

「久しぶりのお酒だったらしく、少々すごされたようです。しかし、まさかそのようなことになるとは思わず、手前もお先に失礼したのですが……」

「片倉を選んだのはおぬしだったな」

「先代《せんだい》からの馴染《なじ》みで、料理人の腕も抜群ですから」

「ほかに馴染みで料理人の腕がいい店に心当たりはないのか」

「二、三ございますが、それがなにか」

「いや、かどわかしを心配しておきながら、夜になれば人けのほとんどなくなる店を選んだというのが不思議な気がしてな」

喜八は恥じ入って、顔を自らの胸にうずめるようにした。

「稲葉さまのおっしゃる通りです。思慮が足りませんでした。あの店には抜群の料理人がおりまして、その包丁の冴《さ》えを皆さんに味わっていただきたくて、選んだのですが。ところで、鈴野屋さんは今？」

話の方向を変えるようにきいた。

「無事、戻ってきた。今朝、橋場町の第六天社近くで見つかった」

「ああ、そうですか。それはよかった」

喜八は深い安堵《あんど》の息を洩《も》らした。

「賊はつかまったのですか」

「いや、残念ながら」

「では、鈴野屋さんは身の代を？」

「三百両を支払った。……なんだ、意外そうだな」

「はあ。鈴野屋さんは、万が一があったとしても支払いには応じないと申されてましたから。ああ、お有さんですか」

「その通りだ。あるじの意に反するが、命には代えられない、と」

「当然のことでしょうね。しかし、三百両ですか」

「おぬしは千両だったな。この差はなんだと思う」

喜八は下からすくうように七十郎を見た。

「こう申すのはなんですが、暖簾《のれん》の古さと商《あきな》いの大きさのちがいだと」

「だろうな」

「お有さんが奉行所に届けたのは、では鈴野屋さんが戻ってきてからですね？」

「さらわれた直後だ。供が知らせてきた」

喜八は、えっ、という顔をした。

「それなのに、金は賊に渡ったのですか」

七十郎は苦笑した。

「そのあたりはきくな」

「申しわけございません」

「今日、足を運んだのは、賊のことを今一度ききたいからだ。それと鈴野屋のことも」

「はあ、鈴野屋さんのこともですか」

七十郎は湯呑みを手に取り、半分残っていた茶を干した。喜八が、おかわりをお持ちいたしましょうというので、言葉に甘えた。

熱い茶を一すすりして、たずねた。

「あれから半年、賊のことでなにか思いだしたことはないか」

喜八は目を伏せた。

「いえ、なに一つ。手前といたしましては、はやく忘れたいと願うばかりでして」

「そうか。では、鈴野屋のことをきこう」

「存じている限りのことはお答えいたしますが……」

喜八は不思議そうにしている。

「なぜかどわかされた本人のことを知りたがるのか、か」

喜八は控えめにうなずいた。はっと気づいて、面《おもて》をあげた。

「まさか稲葉さまは……」

「狂言のことか」

「しかし、いくらなんでもございませんでしょう」

「どうしてそういいきれる」

「そのようなことをやる意味がないですし、鈴野屋さんの人柄《ひとがら》からしてもとても」

七十郎は、喜八の気持ちをほぐすように笑った。

「賊を追いつめるのに、かどわかされた者がどのような生き方、暮らしをしてきたのか、知っておいて損はなかろう」

喜八は納得したようなしないような顔だ。

「鈴野屋の創業は？」

七十郎はかまわず問いを発した。

「はっきりとは存じませんが、今の場所に店をだしたのは、十年ほど前です」

「最初は行商らしいな」

「行商をはじめたのは、二十年近くも前ではないでしょうか。手前は覚えておりませんが、うちから仕入れたこともあったようです」

「そんな者が店を持てたのが気に食わぬ口ぶりだな」

「滅相《めっそう》もございません」

喜八は蠅《はえ》を払うように手を振った。

「店は鈴野屋さんの努力と苦労のたまものです。他の者は知らず、気にくわないとかねたむとかいう気持ちは、手前にはさらさらございません」

「ねたむ者がいるのか」

「それは商売で、やったりやられたりはございますから、鈴野屋さんの成功を祝福する気持ちでいる者ばかりではございますまい」

「たとえば誰だ」

「それはご勘弁ください」

よかろう、と七十郎はいった。

「鈴野屋の出は？」

「存じません。お百姓のせがれだったことはきいたことはございますが」

「江戸に出てきたのか。潰《つぶ》れ百姓かな。……お有はいつめとった」

「それも存じません。手前が鈴野屋さんと知り合ったときには、すでにお二人は」

喜八は思いついたように口をひらいた。

「そういえば、だいぶ前の懇親の席で、押しかけ、と話してらっしゃいましたね」

「お有が押しかけか。そんなふうには見えんな」

喜八は、確かに、と小さくつぶやいた。

「屋号の意味を知っているか」

「行商のとき、鈴を鳴らしながらまわったから、ときいておりますが」

「ほう、鈴をな」

ほかにきくことはないか、七十郎は自問した。見つからなかった。

「長いことすまなかったな」

「いえ、とんでもございません。あまりお役に立たなかった気もいたしますが」

「そんなことはない。いろいろ貴重なことを知ることができた」

口外《こうがい》をかたく禁じて、七十郎は店を出た。

十八

八つ(午後二時)まで詰所で執務したのち、飯沼麟蔵は城をあとにした。もっとはやく出たかったのだが、わずらわしい雑務や書類仕事が山積みだった。

四半刻後、石野家にいた。

石野家は徒組《かちぐみ》で、六百石。屋敷は番町の裏四番町にあり、富士見坂《ふじみざか》の最も高い場所に位置していた。屋敷に入る前、霊峰《れいほう》を麟蔵は十分に堪能《たんのう》した。さすがに富士見坂と呼ばれるだけのことはあって、江戸のどこで見るよりも近くに見えた。もっとも、富士見坂と呼ばれる坂は府内にいくつもあるのだが。

富士はまだ雪をかぶっていないが、日に日に冷たさを増してくる大気から、見事に雪化粧した姿を目にできるのもそう遠くはないだろう。

富士を見ると元気が出てくるのはなぜだろうと思うが、これはおそらく自分だけではない。江戸の者すべてに共通することだった。

当主の石野孫六郎《まごろくろう》と奥の座敷で会った。

孫六郎は三十七歳。濃い眉毛と潤《うる》んだような瞳を持つ男で、衆道《しゅどう》に走りそうな印象を麟蔵は受けた。子供は四人。一番上は十二で、じき元服《げんぷく》というところまで来ていた。

麟蔵には、四人も生まれてしかもいずれも無事育っていることがうらやましく感じられた。自分とのちがいはいったいなんだろう、と、しげしげと孫六郎を見つめた。歳もさして変わらないというのに。

「あの、なにか」

「ああ、いえ、なんでもありませぬ」

麟蔵は軽く咳払《せきばら》いをした。

「しかし驚かれたでしょう」

「もちろんです。与右衛門どのが斬殺《ざんさつ》されたなど。これから通夜《つや》にまいりますが、どのような顔をすればいいものやら……」

鱗蔵も通夜には顔をだす気でいた。どういう顔ぶれがやってくるか、見ておかなければならない。そのなかに、犯人がいるかもしれない。

「さっそくですが、原田どのにうらみを持つ者に心当たりはありませんか」

「徒目付頭《かちめつけがしら》どの自らまいられるということで、それがしもじっくりと考えてみたのですが、与右衛門どのにうらみ、憎しみをいだく者、そして与右衛門どのが斬殺されなければならぬ理由には思い当たりませぬ。もっとも、事情がわかるほど与右衛門どのと親しく行き来していたわけでもないのですが」

そのあたりのことは事前に調べてある。二人にはつき合いというほどのものは確かになかった。

「ちょうど二十年前、当時二十九歳だった原田どのはこちらから原田家へ婿養子《むこようし》に入ったとのことですが……」

「ええ、今は亡き父が与右衛門どのを養子にし、原田家へ婿にやりました」

孫六郎はよどみなく答えた。

「与右衛門どのがこちらの養子になる前、なにをしていたかご存じですか」

「いえ、存じませぬ」

「与右衛門どのに関して、お父上はなにかいわれてはいなかったですか」

孫六郎はいいにくそうにした。

「あの、これはそれがしの口から出たことは伏せていただきたいのですが」

「むろんです」

「与右衛門どのが原田家の出戻り娘、つまりお重どののことですが、を孕《はら》ませたのが婿となった理由だという話を、酔った父からきいた覚えがあります」

　鱗蔵はお重を思い浮かべた。たおやかな雰囲気を持つ女で、四十六という歳よりはるかに若く見えた。とても出戻りで、結婚前に子を孕むような女には見えなかったが、人それぞれ表に見せているものだけではないことは鱗蔵自身、重々承知している。

「それにしても、最初の子はどうしたんでしょう。跡継《あとつぎ》の仁之助どのは十六歳、二十年前にお重どのが孕んだ子でないことになりますが」

「そのことも父は申していました。死産だったそうです」

　死産か、と鱗蔵は胸が痛んだ。おきぬも一度目はそうだった。

「与右衛門どのがどこでお重どのと知り合ったかをお父上は？」

「いえ、そこまでは申しませんでした」

「与右衛門どのは、もとは侍なのでしょうか」

「だと思いますが」

「出自《しゅつじ》がはっきりしていない以上、旗本や御家人《ごけにん》ではないのでしょうね」

「どこぞの大名の家臣だったと？」

　その筋が最もあり得る、と鱗蔵は思っている。

「あるいは裕福な百姓、町人」

　裕福な、に力をこめて鱗蔵がいうと、孫六郎はぎくりとした。

「まさか、父が株を売ったと？」

「こちらは孫六郎どのが継がれているので、旗本株を売ったということはありませぬ。しかし株を売らずとも、金で与右衛門どのを養子に迎え入れたという話はあり得ぬことではない気がします」

旗本株、御家人株の売買というのは、窮乏、借金に耐えきれなくなった旗本、御家人衆が金で町人、百姓を養子に迎えることをいう。値は一石につき一両ともいわれている。もちろん旗本や御家人に株という明確な物があるわけではないから便宜上そう称しているだけだが、とにかくおのれの身分が大金に化けることもあって、貧乏御家人や家禄《かろく》の少ない旗本を中心に、家督の売り買いは跡を絶たない。

「確かに内証《ないしょう》は苦しかったのでしょうが、しかし父がそのようなことをしたとは信じたくありませぬ」

気持ちはわかるが、ほかに与右衛門を養子にした理由は見つからない。

「金で養子に入れたことがもしはっきりしたら、重罪ですね」

黙りこんだ徒目付頭に、おそるおそる孫六郎がきいた。

「死罪です」

麟蔵は素《そ》っ気《け》なく答えた。孫六郎は息を飲んだ。

「しかし、当事者はもうこの世の人ではありませんので、罪に問うことはありませぬ」

「では、我が家に累《るい》は？」

「二十年前にもし露見《ろけん》していれば、まちがいなく改易《かいえき》だったでしょう。しかし孫六郎どのがご存じだったのならともかく、今はもう罪に問われることはございますまい」

「それがしはなにも存じませぬ」

孫六郎は身の潔白を力説した。

麟蔵は少し間を置き、新たな質問をした。

「用人の岡本源三郎どのについてご存じのことは？」

「いえ、なにも」

「与右衛門どのが用人に迎えたのがわかっているだけで、岡本どのの出自についてもなに一つわかっていないのですよ」

「はあ、そうなのですか」

孫六郎は意外そうな顔をしたが、それ以上のことは引きだせなかった。

十九

勘兵衛は八つ（午後二時）に下城し、八つ半には屋敷に戻った。

庭に出て、半刻ほど、秋の日を全身に浴びつつ木刀で汗を流した。

蔵之介も木刀を振った庭なのだ、とこれまで一人で稽古《けいこ》をするたび考えたことが、また頭に浮かんできた。土にも蔵之介の汗がしみこんでいる。ときに、蔵之介に会いたくてたまらなくなる。蔵之介を殺した連中は一人残らずあの世に送りこめたが、蔵之介を失った悲しみはいまだ消えない。

そのときだった。不意にひっかかるものを覚えた。それがなんであるかわからぬままに、違和感は霧のように消えていった。

美音が廊下を急ぎ足で歩いてきて、縁側に膝をついた。

「お義兄《にい》さまから使いがまいっております」

四半刻《しはんとき》後、勘兵衛は古谷家にいた。枕頭《ちんとう》に腰をおろしている。

「お多喜、大丈夫か」

夜具に横たわっている古谷家の女中頭のお多喜は顔を真っ赤にしている。息が苦しそうだ。

「大丈夫でございます。ただの風邪ですから」

「しかし、もう三日も寝こんでいるそうではないか。なぜもっとはやく知らせなかった。俺に心配かけたくなかったか」

「それもありましたが、風邪はうつると申しますから」

「うまいことをいうな、お多喜」

横から、笑いを含んだ顔で兄の善右衛門がいった。

「具合が悪くてもがんばるたちだからな、それでひどくなったのであろう。風邪をひくのは十何年ぶり、しかも三日寝こんだのははじめてで、別の病《やまい》ではと疑いはじめたようなのだ。ついには、死ぬ前に一目《ひとめ》勘兵衛さまのお顔を、と気弱なことを申してな、それで使いをやったというわけだ」

お多喜は夜具に顔をうずめた。

「医師の見立ては？」

「風邪だ。今、はやっているからな。咳《せき》がいっときひどかったが、もうおさまった」

善右衛門は立ちあがった。

「勘兵衛、しばらく相手をしてやってくれ」

襖《ふすま》をあけ、静かに出ていった。

「熱はあるのか」

勘兵衛はお多喜の額に手を当てた。

「ふむ、下がってきているようだな」

「熱などもともと出ておりません」

「赤い顔をしていう言葉ではないな」

お多喜はこほんと小さく咳をした。

「しかし、お多喜を寝こませるなど、今年の風邪はたいしたものだな」

幼い頃の記憶をたどっても、お多喜が風邪にやられて、といった光景はよみがえってこない。相当たちが悪いのはまちがいなかった。

「まあ、いくら頑丈《がんじょう》な樽《たる》でも、ときに大風に転がされることはあるさ。俺の先輩の一人も久しぶりに風邪をひいて、鬼の霍乱《かくらん》、とまでいわれたからな」

お多喜は勘兵衛をにらみつけた。

「誰が頑丈な樽ですか」

「いや、もののたとえだ。お多喜を指しているわけではない」

今は夜具に隠れているが、お多喜の体つきは樽を想像させる。

「ところでお多喜、前からききたかったことがあるのだが」

勘兵衛は姿勢を正した。

「はい、なんでございましょう」

「その前に加減はどうだ。話を続けても大丈夫か」

「もちろんでございます」

勘兵衛の気づかいにお多喜は力強いうなずきを返した。

「では、きこう。前に、赤子《あかご》だった俺に乳をやったことがあると申したな」

「はい、勘兵衛さまは私のお乳で育ったようなものでございますよ」

「ということはだ、お多喜は子供を産んだことがあるのだよな」

お多喜はこっくりと首を上下させた。

「はい、男の子を。ほんの五日ばかりの命でしたけど」

「そんなにはやく……」

勘兵衛は言葉を失った。夭逝《ようせつ》は決して珍しいことではないが、生まれてくる小さな命を楽しみにしていなかったはずがなく、お多喜の悲しみはいかばかりだったろうか。

「その後一月《ひとつき》ほどで勘兵衛さまがお生まれになり、私がお母上の代わりに」

「そうか。母上は乳の出が悪かったそうだな」

勘兵衛は顎《あご》をなでさすった。

「お多喜が子を産んだのは、この屋敷か」

「はい」

「しかし、それはいったい……」

勘兵衛は次の言葉をためらった。

「誰の子か、とおききになりたいのですね。もちろん私の夫です」

「結婚していたのか」

「中間《ちゅうげん》でした。渡り中間などではなく、駿河《するが》以来のれっきとした……。私は十六の歳にこちらに奉公にあがりました。お互い好き合っているのを、勘兵衛さまのお父上がお気づきになり、別になんの問題もなかろうということでめあわせてくれました。私が二十のときです。とてもやさしい人でした」

「名は？」

「惣八郎《そうはちろう》と申しました。私と一緒になったときは二十六でした」

「惣七《そうしち》の血縁か」

惣七というのは古谷家の用人で、先ほども勘兵衛をこころよく迎えてくれた。

「いえ。たまたま名が似ただけのようにございます」

それにしても、その名に勘兵衛は記憶がなかった。

「勘兵衛さまが覚えていらっしゃらないのも無理はございません」

察してお多喜がいった。

「惣八郎は子供が生まれる直前、亡くなりましたから」

「どうしてだ」

「病でございます。ただの風邪のはずでしたのに、急に激しい咳がとまらなくなりまして。胸の痛みと息苦しさを訴えて床につき、その三日後に。あっけないものでした。一緒になって六年めでようやくできた子で、生まれてくるのをすごく楽しみにしていたのに……」

「お多喜、まさか胸に痛みがあるんじゃないだろうな」

だからお多喜は俺を呼んだのか、と勘兵衛は思った。

「そのようなことはございません。咳がとまらなかったときは怖かったですけど」

勘兵衛は胸をなでおろした。

「それで、お多喜は我が子のように俺をいつくしんでくれたのだな」

「私の子は、そんなに大きな頭ではございませんでしたけど」

勘兵衛は鬢《びん》のあたりを指でさわった。

「しかしその割に安産だったのだよな、俺は」

「とんでもない。初産《ういざん》だったこともあって、難産でした」

以前、叔父《おじ》からきかされた話とちがう。

お多喜は鼻にしわを寄せ、笑った。

「申しわけございません。安産でした」

「冗談をいえるくらいなら、だいぶ元気が出てきたようだな」

「勘兵衛さまがいらしてくれたおかげです」

お多喜は真顔《まがお》でいった。

「勘兵衛さまが赤子のときもそうでした。お乳を夢中に吸われているときはいいんですが、ちょっと飽《あ》きると、すぐまわりをご覧になって。そのとき頭がぐらんぐらんと大きく揺れるんです。首が折れてしまうのでは、と私は心配でなりませんでした。でも、その勘兵衛さまのおかげで私がどれだけ元気づけられたことか」

「俺でも役に立つことがあったのだな」

「そのように卑下《ひげ》されるいい方をなされますな。勘兵衛さまは、人の気持ちをあたたかくさせるものをお持ちです。それは、今の時代、得がたいものでしょう。美音さまもきっとそこにひかれたのでございますよ」

「くすぐったいな」

ところで、とお多喜はいった。

「お子さまはまだですか」

「今のところ、兆《きざ》しはないな」

「そうですか。お子ができたら、是非、私に取りあげさせてください」

「お多喜、産婆《さんば》もできるのか」

「誰が勘兵衛さまを取りあげたとお思いです」

「えっ、そうだったのか。俺が安産だったのも、お多喜の腕がよかったからか」

当然でございます、とばかりにお多喜はほほえんでみせた。

二十

六つ（午後六時）前でまだ太陽は西の空に残っていたが、通夜ははじまっていた。

門には灯《ひ》が入れられた提灯が二つ掲げられているが、その灯が日の光にかすれたように見えるのが、どこか空虚さを覚えさせる光景となっていた。

なかに入ってゆくことはせず、麟蔵は門外で出てくる者を待ちかまえた。

さして待つこともなかった。徒衆《かちしゅう》で、与右衛門と同じ組の者を見つけた。

「土屋《つちや》どの、少々話をうかがいたいのだが」

いきなり横合いから話しかけられ、土屋建之丞《たてのじょう》は驚いた顔で麟蔵を見返した。

「これは徒目付どの」

歩をとめて、一礼した。二人の供もあるじにならった。

「話というと、原田どののことでござりますな」

麟蔵はうなずき、人目をひかぬよう近くの空き屋敷の門前まで建之丞を連れていった。

人が住まなくなっておよそ一年ほどたつ屋敷は荒れはじめているように見え、門柱の上にも草が数本かたまって生えていた。

「原田どのですが、人にうらみを買う人柄でしたか」

草の真下に立って、麟蔵は問うた。

「いえ、そのようなことはまったく」

建之丞は即答し、それでは言葉が足りないと思ったか、つけ加えた。

「とても人柄のいいお方で、あのお人にうらみを持つような者はいないでしょう」

「仕事ぶりに最近、変わった様子は？」

建之丞は、今度はじっくりと考える姿勢を見せた。四十三という歳にふさわしい思慮深さが面《おもて》に出ている。実際、建之丞は実直さで知られており、いい男を引き当てたものだと鱗蔵はひそかに思っていた。

「いえ、そのようなことは別に。いつもの快活さに変わりはありませんでした」

確かに身のまわりに異常を感じていたり、誰かに狙われているという意識があったとしたら、いくら相手が遣《つか》い手だったとはいえ、簡単に殺害されることはなかっただろう。与右衛門も源三郎も予期していなかったできごとだったために、あっけなく命を奪われたのだ。

鱗蔵は続けて三人の徒衆から話をきいたが、土屋建之丞と同じ言葉しか得られなかった。最近買ったうらみではないのだな、と鱗蔵は結論づけた。きっと、与右衛門が原田家に婿に入る以前にさかのぼらなければ駄目なのだ。もちろん、そんなに前のことではないのかもしれないのだが。

ただ、なぜ犯人がそれだけときをあけたのかというのが問題だった。

勘兵衛が古谷屋敷を出たときは六つを四半刻ほどすぎていた。あたりは暮色《ぼしょく》に包まれ、人の顔も見わけがたくなっていた。

飯を食っていくよう兄と兄嫁のお久仁《くに》にいわれたが、帰りがおそくなることで美音に心配をかけたくなく、勘兵衛は固辞した。

「傘をお貸しいたしましょうか」

門を出る前、大気を嗅《か》ぐ仕草をした惣七がいった。

「雨になるのか」

勘兵衛は空を見あげた。星の瞬《またた》きは見えなかった。厚い雲が南から波のように折り重なって張りだしてきているのがぼんやりと見える。

「通り雨でしょうが、じき降ってまいりましょう。しかもかなり激しい降りに」

久岡屋敷まではほんの二町ほどだが、できるなら濡《ぬ》れたくはなかった。風邪をひいて寝こむようなことがあれば、つとめに支障が出る。

「惣七の天気は当たるからな。よし、貸してもらおう」

古谷屋敷の門前を南北に走る成瀬《なるせ》小路《こうじ》を南に向かい、表二番町通に出たときには雨が降りだしてきた。真夏の夕立を思わせる大降りだ。雷も鳴りはじめ、巨大な光の鉈《なた》が天空に振るわれるや、耳をふさぎたくなるような轟音《ごうおん》が追いかけてくる。

雷が苦手な勘兵衛としては走って帰りたいくらいだったが、供の手前、そういうわけにもいかず、悠然と草履《ぞうり》を懐《ふところ》にしまい、傘をさした。供の滝蔵と重吉はもともと裸足《はだし》だが、あっという間に着物はびしょ濡れになった。

「すまぬな、俺だけ」

「いえ、そんなことはいいんですが、しかしすごい降りですねえ」

滝蔵が手のひらで雨粒を受けた。

「これだけすごいと、逆に気持ちがいいですね」

道に人けはほとんどなく、夜が急速に訪れて、闇は深くなっていた。冷たい風も強まっている。

決して油断していたわけではなかった。ただ、久しぶりに古谷家の者に会ったことが勘兵衛の心をゆるませていたかもしれない。

屋敷まであと一町足らずまでやってきたとき、稲妻《いなずま》が夜空を走り、あたりは昼の明るさに包まれた。

勘兵衛は、猛烈な剣気《けんき》が迫ってくるのを感じ、左右から猛然と走り寄る二つの影を見た。続けざまの稲妻を、二本の抜き身が獣の目のようにぎらりと撥《は》ね返す。二人とも頭巾《ずきん》を深くかぶっていた。

この前、臨興寺で襲ってきた二人であるのを瞬時にさとった勘兵衛は、右側の敵に傘を突きだした。左側の敵は姿勢を低くして、一気に突っこんできた。

刀を抜いていては間に合わず、逆胴に振られた刀を勘兵衛は飛びのくことで避けた。着物が裂かれ、左腕に痛みを感じた。傷を見る余裕はなかった。

傘を刀が突き破ってきた。勘兵衛は体をひねり、これもぎりぎりでかわした。左側から刀が袈裟《けさ》に振りおろされたのを感じた。

体を前に投げだし、道を転がった。道は泥濘《でいねい》と化しており、泥にまみれた体は急に重くなった。

泥に足を取られながら立ちあがろうとしたときには、右側の敵が眼前にいて、刀を振りおろそうとしていた。

勘兵衛は握り締めた泥を投げつけた。

泥は男の首に当たった。男は一瞬、小柄《こづか》でも刺さったと感じたようだ。呆然《ぼうぜん》としたように左手をやり、なにもないことを知って、怒ったように刀を振りおろしてきた。

すでに刀を抜き放っていた勘兵衛はがきんと打ち払った。

「殿っ」

ようやくなにが起きたのか理解した滝蔵が叫んだ。

「手をだすなっ」

二人の賊は、勘兵衛に供がいるのを承知で襲ってきた。つまり、供の加勢は勘定に入れているのだ。男たちの自信のほどが知れた。滝蔵と重吉が勘兵衛のために命を懸《か》けても、おそらく薄紙を張るも同然でしかない。

しかし、長脇差《ながわきざし》を抜いた滝蔵が勘兵衛の前に立った。重吉も同様で、長脇差をかまえた。

二人ともけなげで、自分を想ってくれているのはありがたくうれしかったが、やり合えば一つしかない命を落とすだけだった。

「やめろっ、下がれ」

勘兵衛は滝蔵の肩をつかみ、うしろにどかせた。滝蔵が下がるのを目にした重吉は一人取り残されるのを怖《おそ》れたように背後へ動いた。

二人の賊は雨に打たれつつ、刀を正眼《せいがん》にかまえている。ときおり思いだしたように光る稲妻に照らされて、刀身《とうしん》からぽたりぽたりと水滴が落ちるのが見える。

雨はまだ激しいが、強風に追いやられたように稲妻は急速に北へ遠ざかっていて、落雷の響きもかすかなものになっていた。

ぐっしょりと濡れて肌に吸いつく頭巾のなかから、まばたきをしない四つの瞳が勘兵衛をじっとにらみ据《す》えている。目にたたえられているのは、紛《まぎ》れもなく憎しみだった。

「なぜ俺を狙う」

勘兵衛は語りかけた。臨興寺のときと同じく、返答はなかった。

問答無用か、と勘兵衛は思い、闘志が体にみなぎるのを感じた。今なら二人を叩き斬れる。その思いが心の壺《つぼ》からあふれようとしていた。

勘兵衛の自信を感じ取ったか、二人はいきなりきびすを返した。黒い雨の幕にさえぎられ、その姿はあっという間に見えなくなった。てめえら、と叫んで滝蔵が駆けだそうとしたが、勘兵衛はとどめた。

「戻るぞ」

静かにいって勘兵衛は刀をおさめ、傘を拾いあげてさっさと歩きはじめた。なぜ襲ってくるのか足を運びつつ考えたが、やはり思い当たることはなかった。

「殿っ」

うしろから滝蔵の切羽《せっぱ》つまった叫び声がした。勘兵衛は顔をあげた。目の前に、翼を広げた怪鳥《けちょう》を思わせる黒い影が迫ってきた。逃げたのは見せかけにすぎなかったのか。

雨粒を切り裂いて、刀が振りおろされた。

勘兵衛はかいくぐり、刀を引き抜くや、胴に払った。刀は空《くう》を切った。勘兵衛はそのまま二間《けん》ばかりを駆け抜けた。背中で刃《は》音《おと》をきいた。勘兵衛は身をひるがえし、同時に斬撃《ざんげき》を撥《は》ねあげた。

ちがう、と感じた。先ほどの二人ではない。剣法が明らかに異なる。

敵は連続攻撃を仕掛けてはこなかった。距離を置き、剣尖《けんさき》を勘兵衛に向けている。

勘兵衛は刀を正眼にかまえ、敵を見据えた。

一人だった。この男も深く頭巾をしている。

「きさま、原田どのを殺した男だな」

男はびくりと体を揺らした。

「なぜ俺を狙う。口封じか」

ということは、この男は勘兵衛とどこで会ったのか思いだしたのだろう。

男は一気に間合《まあい》をつめた。刀を袈裟《けさ》に振りおろす。勘兵衛は撥ねあげた。がきんという音とともに散った火花は、雨粒に瞬時にかき消された。

男の左腋《わき》にわずかな隙《すき》が見え、勘兵衛はそこを狙った。軽やかに刀をかわした男は勘兵衛の左側に出、狙いすました強烈な斬撃を見舞ってきた。稲光《いなびかり》を思わせるはやさで刀が迫ってくる。

しまった、と勘兵衛は思わなかった。誘われたのはわかっている。

勘兵衛は完璧に見きって刀を避け、男の右肩めがけて突きを入れた。

男は体をひねることでよけ、胴に刀を払ってきた。勘兵衛は叩き落とすように男の刀を打ち、返す刀を逆胴に持っていった。

男は背をそらすことでかわしたが、泥に取られた足がずるりと滑《すべ》り、体勢を崩した。

これ以上ない機会がやってきたことを知った勘兵衛は深く踏みだし、峰《みね》を返すや猛然と刀を振りあげた。

そのときだった。次に訪れる運命を知って、男の目が大きく見ひらかれた。

そのときだった。頭上に残っていた最後の稲妻が、雲を貫いて強烈な光を放った。

しまった。勘兵衛は恐怖にとらわれ、体がかたまった。

直後、大太鼓を百も重ねたような轟音《ごうおん》が耳をつんざいた。雷を受けたのを勘兵衛は直感し、目を閉じかけた。

まぶたの隙間から、半町ほど先の屋敷の樅《もみ》らしい木が燃えあがったのを勘兵衛は見た。

押し潰《つぶ》された感のある喉奥《のどおく》から、安堵《あんど》の息をしぼりだす。

その隙に、なにが起きたかわからない風情《ふぜい》の男は立ちあがり、泥を跳《は》ねあげて駆けだした。

追えなかった。膝ががくがく震《ふる》えていた。供に目を向ける。

二人とも道に伏せている。滝蔵がおそるおそる顔をあげた。泥が顔一杯についている。

「二人とも起きろ」

膝の震えがおさまるのを待って、勘兵衛は命じ、刀を鞘《さや》にしまった。

滝蔵が立ちあがった。着物から泥がずるずると滑り落ちてゆく。

「ご無事でしたか」

勘兵衛は思わず苦笑した。

「それは、雷にやられなかったのかときいているのか。まあいい。戻ろう」

屋敷の門をくぐった。

用人の蟹江《かにえ》万右衛門《まんえもん》が三人を見て、どうされました、と声をあげた。無理もなかった。勘兵衛はずぶ濡《ぬ》れだし、供の二人は泥まみれだ。

「まさかまた」

万右衛門は呆然《ぼうぜん》と勘兵衛を見た。

「二人に水浴びをさせてくれ。それから、飯沼さんに人を」

勘兵衛は詳細を万右衛門に語った。

「承知いたしました。さっそく」

勘兵衛は義父に帰宅の挨拶をした。

「ずぶ濡れではないか」

蔵之丞はむっと勘兵衛を見直した。

「その腕はどうした」

勘兵衛は視線の先に目を当てた。左の袖《そで》が三寸ほどにわたって切れている。

「また襲われました」

蔵之丞は顔をしかめた。

「話はあとだ。先に風呂に入りなさい」

勘兵衛は言葉に甘え、湯舟につかった。左腕の傷がしみたが、たいしたことはなかった。

着替えをすませ、蔵之丞の座敷に向かった。

部屋には美音もいた。心配そうな眼差しを向けてくる。

勘兵衛は義父と妻に経緯を説明した。

「二人組に加え、原田どのを殺害した者にも……その者が誰か思いだせないのか」

蔵之丞がきく。

「いまだに」

勘兵衛は短く答えた。

「それにしても、同じ者が二度も襲ってきたというのは、執念の証《あかし》であろう。それだけ深い憎しみ、うらみを持たれる心当たりは本当にないのか」

「残念ながら」

蔵之丞は気がかりの濃く出た目を勘兵衛に向け、ため息をついた。

「身辺に注意するしかないな。美音も当分、他出せぬことだ」

すでに麟蔵へ使いをやったことを話し、勘兵衛は美音とともに夫婦の部屋に向かった。

部屋に落ち着くや、美音が左腕を見せるようにいった。大丈夫だ、といおうとしたが、妻の目は少し怖く、勘兵衛は黙って袖をめくった。

美音は薬を塗り、晒《さら》しを巻いてくれた。ほれぼれする手際《てぎわ》だった。

「美音、医師をやれるのではないか」

美音は軽口を封ずるように傷の近くをぴしりと叩いた。

「なんだ、なにを怒っている」

「怒ってなどおりませぬ。ただ、なにも思いだそうとされないことに腹を立てているだけでございます」

「やっぱり怒っているのではないか」

美音は勘兵衛を見つめた。

「あのとき、なにか思いだしかけたのではございませんか」

あのときとは、と問い返そうとしたが、また叩かれるのが怖かった。

あのことか、と勘兵衛は納得した。

「剣の稽古《けいこ》をしていたとき、確かになにかが頭をかすめた。だがよくわかるな」

「夫婦ですから。そのとき、なにを考えていらっしゃいました」

「蔵之介のことだ」

勘兵衛は即答した。美音の頬に微笑が浮かんだ。

「兄上のことですか。それから？」

「それだけだ」

「兄上のなにを思いました」

美音は辛抱強く質問をしている。

「会いたいと思った。いなくなって寂しいとも。ほかには……」

勘兵衛は腕を組んだ。

「なにを考えたかな。ああ、蔵之介を殺した連中は一人残らずあの世に送りこめた、と考えて……」

言葉をとめ、天井《てんじょう》の一点を見つめた。

「そうか、これか」

「本当に一人残らずか、ですね。そういえば、臨興寺であの二人は、古谷勘兵衛だな、と申しました。これは、あなたさまが古谷を名乗っていたとき関わったことをあらわすなによりの証でございましょう」

勘兵衛は、一人一人、二年前の植田家の謀略に関わった者の名を心のなかであげていった。一人だけ、命を長らえた者がいることに気づいた。

「そういえば、お豊《とよ》という女がいた。松永《まつなが》屋敷の女中だ」

松永太郎兵衛《たろべえ》。この男は植田家の家臣で、勘兵衛の実弟の弥九郎《やくろう》殺しに関わるなど、二年前の謀略では大きな役割をになっていた。

「植田家の企《たくら》みに加担した者で生きている男は一人としていないが、お豊は一人逃げおおせた。つかまったとの話もきかぬ。もっとも、お豊はたいしたことをしたわけではないが」

「確か、お寺にあなたさまにそっくりな絵を見に行くよう、勧めたのでしたね」

「その通りだ」

「二人組がお豊の血縁かもしれぬのは、否定できぬでしょう。お豊は太郎兵衛の女だったのかもしれませぬし」

「太郎兵衛の敵討《かたきう》ちに俺を襲わせたのか」

「もしそうなら、ずいぶん身勝手な振る舞いでございますが、闇討ちを仕掛けてくる者に理を求めても仕方ありませんでしょう」

勘兵衛は腕組みを解いて、座り直した。

「しかし、なぜあれから二年もたった今になって、というのは気になるな。その気になれば、いつでも襲うことはできたはずだ」

二十一

耳をつんざくような泣き声が、戸を突き破ってきこえてきた。小躍《こおど》りした伊兵衛は一緒にいてくれていた夫婦に礼をいい、路地をまたぐようにして長屋の戸をあけた。

振り向いたお浜《はま》が取りあげた赤子を、高々と掲げた。

「男の子だよ」

伊兵衛は産着《うぶぎ》にくるまれている赤子を見つめた。肥《こ》えているお浜とくらべると、赤子は熊に抱かれているみたいに小さかった。

「元気ですか」

「よすぎるくらいさ、泣き声でわかるだろ」

「ありがとうございます」

伊兵衛は、奥の壁際《かべぎわ》で夜具にくるまれて座っているお有に勢いよくにじり寄った。

「大丈夫か」

「はい、なんともありません」

少しやつれを感じさせるが、どこにもおかしなところはなさそうだ。

「よくがんばったな」

「あなたの子供ですもの」

お浜がいなければ抱き締めてやりたかった。

「抱いてみるかい、伊兵衛さん」

伊兵衛はおそるおそる受け取った。けっこう重い。しわくちゃの顔をしているが、自分の子だと思うと、いとしさがこみあげてきて、自分でも気づかぬうちに頬ずりをしていた。

「あなたにそっくりでしょう」

お有がのぞきこんだ。

「そうかな」

見直したが、正直、よくわからない。

「やさしげな目元なんてそっくりです」

伊兵衛は赤子の鼻をなで、頬をつついた。

「鼻筋が通っているところと輪郭はおまえに似ていると思うな」

お有はうれしそうにほほえんだ。

「いつもながら仲がいいねえ」

「見せつけてくれるよなあ」

「どうだい、伊兵衛さん、父親になった気分は?」

うしろから次々に声がかかった。見ると、戸口に長屋の者たちが鈴なりになって顔を並べていた。

伊兵衛は頭を下げた。

「ご心配をおかけしました。無事、生まれました」

赤子を長屋の者に見えるようにした。

「やったな、伊兵衛さん」

「やったのはお有さん。男なんてしこむ以外、なにもしちゃいないんだから」

「じゃあ、でかしたな、お有さん」

「じゃあ、はよけいだよ」

「あたしの腕もほめてもらいたいね」

お浜がいう。

「そうだな、安産だったものな」

「やっぱりお浜さんは名人だ」

「このあたりじゃ並ぶ者なしだぜ」

お浜は胸を張った。

「もっといっとくれ」

「みんな、もうやめとけ。これ以上ほめると、お浜さん、うしろにひっくりかえっちまう」

「一度倒れたら、なかなか起きあがれねえもんな。普請場《ふしんば》の大石だ。綱がいる」

「そんなに重たいわけないだろ」

伊兵衛は口をとがらせるお浜に向き直った。

「本当にありがとうございました」

あらためて深く礼をいった。お有も声をそろえた。

「よしとくれよ。同じ長屋の者同士、当たり前のことしたまでの話じゃないか」

涙もろいお浜は目尻《めじり》を拭《ぬぐ》った。

「伊兵衛さん、お有さんがなにかいいたいことがあるみたいだよ」

お浜がいい、伊兵衛は妻を見た。

「名はなんと」

これも目を潤《うる》ませたお有がきく。

「吉太郎《よしたろう》はどうだ」

お有はにっこりと笑った。

「とてもいい名です」

「ずっと考えていたんだ」

ふと、体を揺すられているのに伊兵衛は気づいた。はっとして、目をあけた。

見馴《みな》れた天井。そこは居間だった。

夢だったか、と伊兵衛は思った。久しぶりに風呂に入ったことでさすがに疲れが出たか、うとうとしていた。

お有がのぞきこんでいる。

「お客さまです」

田村屋喜八だという。

「お会いになりますか」

「会おう。座敷に通してくれ。今、何刻《なんどき》かな」

「先ほど暮れ六つ（午後六時）の鐘が鳴りました」

半刻近く寝ていたことになる。伊兵衛は首筋をもんだ。

座敷に入ると、畳の上に正座していた喜八が深く頭を下げた。隅《すみ》に灯《とも》された行灯《あんどん》が、喜八の心配そうな瞳を照らしだした。

「このたびはたいへんなことに。とにかくご無事でなによりでした」

伊兵衛は喜八に座布団を勧め、自分も座布団に座った。

「今さらとぼける気はないのですが、どなたからそのことを」

「稲葉さまにはかたく口どめされましたが、お仲間の一大事ですから、取るものもとりあえず駆けつけさせていただきました」

喜八が説明する。

「ありがとうございます」

「しかし、鈴野屋さんのかどわかしに関して、稲葉さまは妙なことをきかれましたよ」

「ほう、どのような」

喜八はつまびらかに同心とのやりとりを語った。

「なぜあのような辺鄙《へんぴ》な店を選んだのか、きつくたださされましたし」

「災難でしたね。稲葉さまはあの店のうまさを、ご存じではないのでしょう」

「確かに町方《まちかた》が通える店ではないですが。それはともかく、稲葉さまはことに鈴野屋さんの前身を気にしておられました」

伊兵衛はくすりと笑った。

「田村屋さんも、どうやら同じ興味をお持ちのようですね」

喜八は目を細め、額に手を当てた。

「ばれましたか」

「前も申しましたが、百姓ですよ」

「鈴野屋さんの物腰を拝見していますと、とてもそうは見えないですね」

「うまく化けただけです」

「失礼ですが、どちらのご出身です」

「あまり思いだしたくないですが、五ヶ月以上も雪に閉ざされる越前《えちぜん》の山里です。土地は痩《や》せ、作物はろくに育たない、しかし年貢《ねんぐ》は重い。次々に百姓が逃散《ちょうさん》するようなところでした。逃散が相次げば、その者たちの分まで年貢が降りかかってくる。それでついに手前どもも耐えきれなくなり、ほとんど着《き》の身《み》着《き》のままで逃げだしました。江戸には、一月《ひとつき》後、ようやくたどりつきました」

「それはいつのことです」

「ずいぶん詳しくお知りになりたいのですね。稲葉さまに頼まれましたか」

伊兵衛がいたずらっぽく笑うと、喜八は大仰《おおぎょう》に手を振った。

「とんでもない。頼まれたのだったら、稲葉さまの名などだしませんよ」

「道理ですね。そうですね、あれは今からちょうど二十年前です」

「それから、雪駄《せった》の行商を？」

「最初はつくり馴れていた草鞋《わらじ》でしたが」

「お茶をお持ちしました」

障子の向こうから声がし、伊兵衛が応ずると、お有が入ってきて茶と干菓子を二人の前に置いた。一礼して、出ていった。

「どうぞ、召しあがってください」

喜八に勧めて伊兵衛は干菓子をつまんだ。

「一家でといわれましたが、ではご両親も？」

「父母はすでになく、祖父と一緒でした。祖父は江戸に着いてから間もなく亡くなりました。それまでの疲れが一気に出たのでしょう」

「それはお気の毒です」

喜八は頭を下げた。茶で喉《のど》を湿《しめ》らせる。

「お有さんですが、確か押しかけ女房といわれましたね」

「押しかけというのは手前の照れでして、実際には呼び寄せたのですよ」

「では、同じ里ですか」

「そうです。前から惚《ほ》れていました」

「その仲のよろしいのがずっと続いているわけですね。うらやましい。手前など、ほとんど相手にされませんから。女房の目は子供ばかりに向いていて」

喜八は気づき、申しわけなさそうに眉を伏せた。

「これは失礼いたしました」

「いいのですよ。せがれのことは忘れようとつとめていますから」

「でも、まだ五ヶ月ほどしかたっていないのでは？」

「あれがせがれの寿命だったとあきらめています。もっとも、やはり忘れられるはずもないですが。今も月命日《つきめいにち》には必ず墓参りを。田村屋さんのところは三人でしたか」

喜八はほっとしている。

「ええ、女の子ばかりですから、変な虫がつきやしないかと心配でならないですよ。ああ、そうだ。こんなことをいいにうかがったわけではなかった」

ぱちんと手のひらを打ち合わせ、身を乗りだした。

「鈴野屋さんをかどわかした賊ですが、やはり五名ばかりだったのですか」

「そうです」

「しかし、よく解き放たれましたね」

「運がよかったのでしょう。手前が最後の仕事ということで、奉行所に届けたことを知りつつも無駄な殺生《せっしょう》は避ける気になったようです」

喜八は目をみはった。

「最後の仕事ですか」

「ええ、手前を解き放つ寸前、首領と思える男がそういったのです。その言葉を信じるなら、田村屋さんも一安心ということになりますが」

「信じられませんよ。犬にも劣る連中の言葉など」

喜八は吐き捨てた。

「一刻もはやく獄門台に送ってほしいものです」

「確かに畜生《ちくしょう》以下の連中ですね。それだけに、いつ嚙《か》み殺されるものかと本当に怖かったですよ。田村屋さんのいわれた恐怖を心の底から味わいました。もう二度と味わいたくないですね」

「さらわれてからは、どうされていたのです」

伊兵衛は語った。

「身の代《しろ》の三百両は、やつらの手に渡ったのですよね」

どういうふうに受け渡されたのかも伊兵衛は話した。

「手桶《ておけ》に入れてですか。こう申してはなんですが、なかなかうまい手ですね」

「その通りです。まったく知恵のまわる連中です」

屋根を叩く雨音がきこえてきた。夕立のような激しい降り方だ。

「ああ、これはお疲れのところを長居《ながい》してしまって申しわけございません。今日のところはこれで失礼いたします」

喜八はそそくさと腰をあげた。外で待っていた二人の屈強そうな供をしたがえて、道を歩き去ってゆく。伊兵衛が貸した傘に大粒の雨が降り落ちている。

雨とともに急速に濃さを増してきた闇にいだかれて小さくなってゆく喜八のうしろ姿は、淡い霧のようなはかなさを覚えさせた。

六つ半（午後七時）をすぎた頃、雨が降りだしてきたのにはまいった。雨具の用意はなかった。

近くの旗本屋敷の門に麟蔵は身を寄せたが、渦巻く風がとても冷たく、吹かれ続けていたら体の芯《しん》まで冷えてきた。

この雨のせいだろうか、弔問客《ちょうもん》がだいぶ減ったのを見計らって、麟蔵は原田屋敷を訪問した。刻限は五つ（午後八時）を少しまわっていた。

奥座敷には棺桶が安置されていた。家族はその前に集まっていた。

仁之助は落ち着いてきているが、下の二人はまだ泣きじゃくっていた。声をあげ、涙を流している女たちは目を腫《は》らしている。

座敷に入ってきた麟蔵を見て、誰もが非難の目を向けた。こういう目には馴れている。

麟蔵はかまわず歩を進め、お重の前にやってきた。畳に正座をし、語りかける。

「お話をうかがいたいのですが」

仁之助がすっくと立ち、母をかばうように立ちふさがった。

「せめて明日にしてもらえませんか」

「かまわぬが、先へ延ばすほど犯人捕縛《ほばく》は遠のく」

「それはわかりますが……」

「いいのです、仁之助。下がっていなさい」

「母上」

お重が諭《さと》す目で見ると、仁之助はわかりました、といってもとの場所に戻った。

「ここではなんですから」

お重のあとをついて廊下を歩いた麟蔵は、座敷から二間《ふたま》置いた部屋に導かれた。

お重が襖《ふすま》をきっちり閉めようとするのでとめ、逆に大きくあけた。夫を失ったばかりの女と二人きりになるのはまずい。

お重自らだしてくれた座布団に、麟蔵は腰をおろした。

「お知りになりたいこととはなんでしょう」

お重は懐紙《かいし》で涙をぬぐった。

「お二人のなれそめといいますか、知り合ったきっかけです」

瞳になつかしむ色があらわれた。顔も上気し、いくつか若返ったように見えた。

「あれは、弟の墓参りでした。もう二十年前のことです。その日は風が強く、線香に火がなかなかつかず難儀しているところに、手を貸してくれました」

「お寺はどこです」

「小日向台町《こひなただいちょう》の竜信寺《りゅうしんじ》です」

「与右衛門どのも墓参りだったのですか」

「どうでしょうか。私はその頃、弟の月命日には必ず墓参りには行くようにしていましたけれど、与右衛門どのの縁者があの寺に葬《ほうむ》られていたとは思えませぬ」

麟蔵はうなずいた。

「いい方は悪いですが、はなからお重どのを狙っていたのでしょうか」

「石女《うまずめ》ということで離縁された女ですから、たぶらかすのはたやすいとでも思ったのかもしれませぬ」

「しかし、どうしてお重どのに目をつけたのでしょう。婚家から戻ってきた旗本の息女。さほど珍しい事例ではないと思いますが」

「ある中間《ちゅうげん》と与右衛門どのは知り合いだったのではないかと。その中間は酒で体を壊して、死んでしまいましたけど」

お重は小さく息をついた。

「二人が知り合ったのはおそらく賭場《とば》です。中間は祖父の代から仕えている者で、確か虎《とら》吉《きち》とかいいましたけど、私にも色目をつかってくるような男で、賭《か》けごとがとにかく好きでした。あの頃の与右衛門どのには、虎吉と同じ匂いがわずかながら漂っていました」

どういうことか考えるまでもなかった。与右衛門と知り合った虎吉が、博打《ばくち》の借金を肩代わりしてくれたら耳寄りな話を教えよう、とでも持ちかけたのだろう。

与右衛門は、そのまたとない話に乗ったのだ。なんといっても跡継《あとつぎ》だった弟を亡くした姉の婿におさまれば、旗本五百石の当主の座が約束されるのだから。

「仮に、はなからそういう狙いであったとしても、与右衛門どのには感謝しています。私が石女でなかったことを明かしてくれましたし、いい夫で、とても幸せな日々でしたから」

お重の目元にはうっすらと涙がにじんでいる。

「知り合ってからはどうしました」

「竜信寺に行くたび、与右衛門どのは私を待っていました。最初はかまえる気持ちもあったのですが、与右衛門どのとお会いするのがだんだんと楽しみになってゆき、いつか弟の墓参りはおざなりになってしまいました」

二人して出合茶屋《であいぢゃや》にでもしけこむようになったのだろう。

「私は与右衛門どのの子を宿し、そのことを父上に正直に話しました。父上は驚かれましたが、激怒されることはありませんでした。私と同じく、むしろ子ができたことを喜ばれた様子で、一度その男を連れてくるように、と穏やかに申されました。与右衛門どのは父上に気に入られました。その後、父上が親しくされていた一族の石野家にお話をされ、それで婚約が整いました」

「お父上は石野家に謝礼は？」

「高額の謝礼を支払ったようです」

「それはお父上がだされたのですか」

「与右衛門どのでしょう。父上に、それだけの余裕があったはずがありませんから」

「与右衛門どのは、どうしてそのような大金を持っていたのでしょう」

「さあ、存じませぬ」

「先ほど、与右衛門どのからは博打好きの匂いが漂っていたと申されましたが、犯罪の匂いはしなかったですか」

「いえ、そのようなことはありませんでした。感じなかったというのが正しいのかもしれませんが。私は、あるところにはあるものだなと漠然と思っていました。もしかしたら博打で、と考えたこともありましたが」

ありえない。賭場でそんなに儲《もう》けさせてくれるところがあるなら、麟蔵が行きたいくらいだ。

麟蔵は顎《あご》をなで、考えをまとめた。

「つかぬことをおききしますが、弟御《おとうとご》の死因は？」

お重は息を飲んだ。

「まさか、私の婿におさまるために与右衛門どのが弟を殺したと？」

「念のためです」

お重は思いだす目をした。

「弟は病《やまい》を苦にしての自殺です。遺書もありました」

「遺書は弟御の手跡《しゅせき》でしたか」

ふふ、とお重は笑った。どことなく娘めいた笑みだ。

「さすがお徒目付《かちめつけ》ですね」

「疑《うたぐ》り深いのも役目のうちです」

「まちがいなく弟の手跡でした」

麟蔵は視線を畳に落とした。

「与右衛門どのは、生まれたときから浪人だったのでしょうか」

「ちがうと思います。どこかの大名家に仕えていたのではと思います。いずこの家中《かちゅう》だったか、与右衛門どのが話したことはありませんでしたが」

話さなかったのは、なにか事情があったからか。

「その気持ちはあったのですが、なぜかできませんでした。知ってしまったら、この幸せな暮らしが壊れてしまう気がして。ただ」

「ただしたことは?」

お重は言葉を切った。

「どこか上方《かみがた》の家中だったのでは、と思います。ときおり、源三郎どのと話をしていてそのような言葉が出ましたから」

二十年ほど前、改易《かいえき》になった上方の大名を調べてみよう、と麟蔵は思った。

これ以上きくこともなさそうだった。お重の父治右衛門《じえもん》が健在なら、またちがった話がきけたかもしれないが、惜しいことに一年前に他界している。

麟蔵は、通夜の席に押しかけて申しわけなかったことを告げ、原田屋敷をあとにした。

時刻は四つ(午後十時)に近かった。雨はあがっていて、空は星が一杯だったが、これから組屋敷まで戻ることを思うと億劫《おっくう》だった。

せっかく番町まで来たのだから勘兵衛に会っていこう、とも考えたが、この刻限では迷惑なだけだろう。

二十二

前夜の雨が大気を洗濯してくれたようで、市中はずいぶんと明るく感じられた。大小の水たまりが、秋の日差しをまぶしく照り返している。

　七十郎は鈴野屋の奥座敷に腰をおろしていた。目の前には伊兵衛。

　刻限は八つ（午後二時）を少しすぎていた。あけ放された障子《しょうじ》から入る風は、庭に配されたれた木々の香りを運びこんでくれている。

　伊兵衛は店に帰ってから、ずっと床に伏せていたらしい。すっかり回復したとはいえないが、昨日より顔色はよかった。

　横にお有がつき添っている。不意にやってきた七十郎を歓迎しているとはいいがたい。

　七十郎はだされた茶を喫《きっ》してから、伊兵衛を見つめた。

「かどわかされる前、なにかおかしなことを感じなかったか。あるいは、変だと思うことはなかったか」

　伊兵衛はうつむいた。

「いえ、これといってなにも」

「おぬしはどうだ」

　話を振られて、お有は戸惑いを見せた。

「私もそのようなことはなにも……」

　七十郎は伊兵衛にたずねた。

「賊のことでなにか思いだしたことは？」

「いえ、それもなに一つ。申しわけございません」

　七十郎は少し間を置いた。

「ところで、もとは百姓ときいたが、出はどこだ」

伊兵衛は目を丸くした。

「なんだ、どうかしたか」

「いいえ、最近、同じ問いを受けたばかりのものですから」

誰に、とはきかずともわかった。喜八だろう。おそらく昨日、やってきたのだ。

伊兵衛は、出身といつ江戸に出てきたかを語った。

「そうか、越前から二十年前に。住み着いたのは？」

「深川蛤町《ふかがわはまぐりちょう》の裏店《うらだな》です。八兵衛店《はちべえだな》といいました。近くを十五間《けん》川が流れておりまして。大家さんがとてもいい人で、事情をきいて請人《うけにん》になってくれました。残念ながら先年、亡くなったとの話をうかがいましたが」

七十郎はお有に目を向けた。

「おぬしは押しかけ女房ときいたが、本当か」

「はい、故郷が同じで、どうしてもこの人に会いたくて……」

伊兵衛が口を添えた。

「手前も同じ気持ちで、文《ふみ》をだし、居《い》どころを知らせました」

「それで二人して商売をはじめたのか」

夫婦はそろって頭を下げた。

「すまなかったな、疲れているところを。ゆっくり養生《ようじょう》してくれ」

今日のところはこれで十分だった。七十郎は立ちあがった。お有が紙包みを差しだしてきたが、さすがに固辞した。

道に出ると、清吉が近づいてきた。

歩きながら、狂言だったのではないか、とぶつけたほうがよかっただろうか、と七十郎は考えた。それで、伊兵衛がどんな顔をするか見たほうがよかったのではないか。

いや、しかしあの男が面《おもて》にだすとは思えなかった。それに、狂言をやる意味がわからない。事情をきく限り、あれが狂言だったとも思えない。

四半刻後、深川蛤町に七十郎はいた。八兵衛店は簡単に見つかった。

今の大家に話をきき、昔から住んでいる者を教えてもらった。

そこは長屋の一番奥で、家全体からいかにも古株といった雰囲気が漂っていた。

なかはせまかった。二畳の部屋に三尺の土間《じゃくどま》があるだけ。こういうところに伊兵衛夫婦は住んでいたのか、と七十郎は感慨深いものを覚えた。

「ええ、よく覚えていますよ。とても仲のいい夫婦で」

おきみという六十をいくつかすぎた年寄りだが、瞳はいきいきと輝いていて、口もよくまわった。歯もちゃんと上下ある。

「二人して一所懸命仕事して、無駄づかいは一切せず。かといって、遮二無二《しゃにむに》貯《た》めているという感じはなかったんですよ。子供が生まれたとか、娘の結婚が決まったとか、職人の独り立ちがなったとか、うれしいことやお祝いごとがあると、必ず上等のお酒を差し入れてくれたものです。お有さんがまた包丁が達者で、いろいろつくってくれたりもして。今でもあの味は忘れられないですよ」

おきみは恍惚《こうこつ》とした表情になった。

「二人はどれぐらいここに」

「そうですねえ、十年くらいですか。吉太郎ちゃんが生まれて、五年ほどで越していきましたから。ついに店を持つということで」

「最初は伊兵衛が住んでいて、その後、お有が来たのか」

「そうです、そうです。あれは、泰造《たいぞう》さんが亡くなって二ヶ月後くらいですか」

「たいぞうというのは？」

「伊兵衛さんのおじいさんです。伊兵衛さんは、泰造さんと二人で江戸に出てきたんですよ。お有さんがやってきたのは、伊兵衛さんが来て半年くらいでしたか、最初は妹と紹介されましたけど、三日くらいして実は女房なんです、といわれてえらくびっくりしたのを覚えてますよ。もちろん、大家さんはご存じだったんでしょうけど」

店子《たなこ》の結婚は、大家の同意がなければ成立しない。

「あの大家さんはいい人で、みんなから慕《した》われてましたねえ。おとし亡くなってしまいました。みんな悲しみましたよ」

おきみは本当に涙ぐみそうになっている。

「二人に知り合いが訪ねてきたことは？」

おきみは目尻をぬぐい、しわが目立つ首をゆっくりとひねった。

「あまり知り合いもなかった二人でしたね。訪ねてきた人はほとんどいなかったと思います」

「ほかに、二人について覚えていることは？」

おきみは律儀《りちぎ》に考えてくれた。

「ああ、一つだけ。覚えているというほどじゃないんですけど。お有さんなんですけど、お百姓の出じゃないんじゃないですかね。伊兵衛さんと同郷で、越前の雪深い里から出てきたという話でしたけど」

七十郎はさすがに飛びついた。

「どうしてそう思った」

びくっとおきみは身を引いた。

「いえ、そう思ったのは私だけじゃないんですよ。長屋の者すべてがそう感じていましたよ、口にこそだしませんでしたけど。いえ、けっこうだしてましたね、お有さんは本当はお武家の出なんでしょ、とか、こんなところに住むのははじめてなんでしょ、とか。お有さんは、まさかと笑っているだけでしたけど。包丁だけじゃなく掃除も洗濯もちゃんとできたし、でもここいらに住む者とは匂いがちがうというか。背筋がぴんと伸びていて、なんといったらいいのか……」

「凛《りん》としている、か」

七十郎はお有を最初に見たときの印象を口にした。

「リンとしている。そうですね、その言葉がぴったりの気がしますね」

「伊兵衛のほうはどうだった」

「そうですね。今思えば、伊兵衛さんもお百姓だったのかどうか。人柄というか、骨柄《こつがら》がいいというんでしょうか、あの感じは……」

「人品《じんぴん》いやしからぬ風情《ふぜい》か」

「ああ、それですそれです。お侍のものだった気がしないではないですね。それに、泰造さんが身にまとっていた雰囲気も、百姓町人のものではなかった気がします」

おきみに礼をいって、七十郎は八兵衛長屋をあとにした。おきみは謝礼は出ないのか、といいたげだったが、この程度でいちいち払っていたらこちらの身がもたない。

「しかし、本当でしょうかねえ」

清吉がいう。

「二人が武家だったかもしれないというのは」

「あり得ぬことではないな。二十年前、江戸に出てきたということは、その頃改易になった大名の家中だったのかもしれん」

あるいは、わけありで出奔《しゅっぽん》したのか。

「越前というのは本当でしょうか。越前というと、福井三十二万石くらいしか思い浮かびませんが」

福井松平家。家門と呼ばれる徳川一族の大大名だ。家紋はむろん徳川葵《あおい》。

「越前には松平家だけでなく、ほかにも四、五万石ほどの大名が二、三ある。一、二万石の小さな家も二つばかりあったかな。しかし俺の覚えが確かなら、その頃、越前の大名で取り潰《つぶ》された家はないな」

衣《きぬ》ずれの音がし、障子があいた。お有がお茶を持ってきてくれた。

「ありがとう」

伊兵衛の好みの濃さと熱さだ。うまいな、としみじみいった。

「やっぱりおまえがいれてくれる茶が一番うまい」

お有はじっと見つめている。

「どうした」

「ずいぶん歳を取られたな、と思って。白髪も多くなって……」

伊兵衛は頭をなでた。

「おまえにも苦労をかけたな」

「私なんてなんの苦労もしていません」

「そんなことはないさ。おまえがいてくれなかったら、俺はここまでとても来られなかった」

伊兵衛は、お有が八兵衛店に姿をあらわしたときのことを今も忘れることはできない。

じき夏も終わろうかという季節の夜のことだった。風もなくとにかく蒸《む》す夜で、すでに寝床にいた伊兵衛は、戸を遠慮がちに叩く音をきいたのだ。出てみると、そこにはお有が立っていた。

「どうして……」

それ以上は言葉にならなかった。お有もなにもいわなかった。

見つめ合っているだけではなにもならないことに気づいた伊兵衛は、お有をなかに導き入れた。行灯《あんどん》をつけてお有を座らせた。

「どうしてここへ」

あらためてたずねた。

「ぜひ一緒に捜したいと思いまして……」

お有は思いつめたように答えた。伊兵衛は目をみはった。

「それで一人で江戸まで？」

「はい」

「家族は知っているのか」

「はい」

あの兄では、と伊兵衛は思った。姉を捜しに行くというお有を、厄介《やっかい》払いも同然に追いだしたというのは考えられないことではない。いや、むしろそう考えないのは不自然だった。

「江戸にいるのはまずまちがいないだろうが、しかしとても見つかるとは……」

「では、もうあきらめられたのですか」

「正直にいえば、あきらめたというのも当たらないな。はなからどうでもよかった。俺は前から江戸に出たくてならなかった。その口実みたいなものだ。すでに新しい暮らしをはじめている。これだ」

伊兵衛は、部屋の隅に積まれた草鞋《わらじ》を指さした。

「草鞋を売られているのですか」

「今はな。いずれ履《は》き物すべてを扱うつもりでいる」

お有は戸惑ったように部屋のなかを見まわした。

「あの、おじいさまは？」

「亡くなった。二ヶ月前のことだ」

お有は故人をしのぶように目を閉じた。隅のお膳《ぜん》に立つ位牌《いはい》に気づいた。

「お線香をあげさせてください」

やがて線香の匂いが部屋に満ちた。

「これからどうする」

お有のうしろ姿にきいた。

お有は背筋を伸ばし、伊兵衛に向き直った。

「ここに置いていただけませんか」

万事控えめなお有が、覚悟を決めた口調でいった。

「どうか、お願いします」

伊兵衛は言葉が出なかった。

「おかわりをお持ちしましょうか」

不意に回想は破られた。

「いや、もういい」

「なにをお考えになっていらっしゃるのです」

伊兵衛は妻を見直した。

「おまえも歳を取ったな、ということだ」

お有は、ふふ、と笑った。

「私が八兵衛店に来たときを覚えていらっしゃいますか」

妻に心うちを見抜かれた気がして、伊兵衛は少し驚いた。

「忘れるわけがない」

「これまでずっと秘密にしてきましたけど」

思わせぶりにいって、口を閉じた。

「けど、なんだ」

「故郷にいるとき、私があなたに想いをいだいていることをご存じでしたか」

知っていた。知っていたが、それでどうすることもできるわけではなかった。

「俺がおまえのことを好ましく思っていたことは？」

お有はこくりとうなずいた。

お互いそういう気持ちだった以上、寝起きをともにしているうち、男女の仲となるのは自然のことだった。お有が来て三日目のことで、伊兵衛はそのときはじめて夫婦というものの幸福を知った気になった。

翌日、伊兵衛はさっそくお有のことを大家に話し、二人の婚姻を認めてもらった。

「あれからもう二十年か、はやいな」

「はい、とても」

この暮らしを失いたくなかった。二十年ものあいだ、営々と築いてきたものをなくしたくなかった。伊兵衛はまぶたを閉じ、そっと息を整えた。

二十三

八月三十日八つ（午後二時）どきにつとめを終えた勘兵衛は、麟蔵の詰所《つめしょ》を訪れた。今朝《けさ》出仕《しゅっし》したとき、麟蔵の配下がやってきてだいたいの事情は話したが、つとめが終わったら来るようにいわれていたのだ。といっても、機密を扱う目付《めつけ》の詰所に足を踏み入れるわけにはいかず、近くまで行って麟蔵を呼んでもらった。

「じき下城《げじょう》できるゆえ、そうだな、内桜田門《うちさくらだもん》のところで待っていてくれ」

いわれた通りに勘兵衛はした。結局、半刻《はんとき》近く待たされた。

「すまなかったな、配下の報告を受けていた」

石垣に沿って二人は歩きはじめた。勘兵衛の八人の供《とも》もついてくる。滝蔵と重吉は幸いにも風邪をひくことはなく、今日も元気な顔を見せていた。

「二人組以外に、原田どのを殺害した者にも襲われたとのことだが」

麟蔵は目を光らせた。

「口を封じに来たか。まだおまえは、誰だったか思いださぬのか」

「申しわけありませぬ」

道はやがて麴町に入った。

「ところで、どこへ行くのです」

麟蔵は勘兵衛を見た。

「楽松は近いのか」

「ここからすぐですが」

「入れるかな」

「予約なしではきついですが、頼めばなんとかなるでしょう」

混んではいたが、店主の松次郎《まつじろう》自ら二階座敷に導いてくれた。

壁際の隅に二人はおさまった。頭上に、一輪の菊が描かれた扁額《へんがく》が飾られている。

「はじめてだ。どんな料理が出てくるか楽しみだな」

麟蔵は舌なめずりしている。勘兵衛は不安に駆られた。

「あの、お代は飯沼さんが」

「俺は清貧を地で行く男だ。金はない」

「それがしが持つのですか。しかし、徒目付《かちめつけ》が供応《きょうおう》を受けるのはまずいのでは?」

「供応? おぬしが勝手に連れてきたのではないか」

「えっ」

「俺は楽松が近いか、入れるかどうかきいただけだ」

「ああいうふうにいわれれば、誰だって案内すると思いますが」

「うるさいやつだ。善右衛門がこぼすわけだな」

どうでもよくなってきた。こちらから頼んでいろいろ調べてもらうのに、必要な費《つい》えであると思うことにした。

勘兵衛があきらめたのを知ったか、麟蔵は松次郎が去った障子口へ目を向けた。

「実直そうな店主だな。料理は人柄が出るから、これは期待できそうだ」

相当食べそうだな、と勘兵衛は思い、巾着《きんちゃく》の中身を思いだした。目をむく料金の有名店にくらべたら楽松は一膳飯屋《いちぜんめしや》みたいなものだから、さほど心配はいらないが、麟蔵は朝からなにも腹に入れていないような顔をしている。それがどうにも不気味だった。

案の定、麟蔵は刺身、煮つけなど注文した品がやってくるたびに、どんどん口に放りこんでゆく。勘兵衛はあっけにとられ、ほとんど箸《はし》がだせなかった。

「よく食べますね、歳《とし》の割に」

「歳はよけいだが、健康な証拠さ。おぬしは控えておけよ。腹を満たすと、もし襲われたとき動きが鈍くなるからな。酒はいわずもがなだ」

「ふだんは、おきぬどのが包丁を振るっているのですよね」

麟蔵は刺身をつまみ、酒を飲みくだした。

「いくら包丁が達者でも、このような店に及ぶわけがなかろう」

それから四半刻《しはんとき》ほどして、ようやく麟蔵は一息ついた。

「よし、話をきこう」

なにを話せばいいのか、勘兵衛にはわからなくなっていた。

「ええと……」

「ちょっと待った。厠《かわや》に行ってくる」

すぐに麟蔵は戻ってきた。その間に、勘兵衛はなにをいうべきか思いだしていた。

「例の二人組のことですが」

美音の言葉もまじえ、考えついたことを勘兵衛は語った。

「そういえば、そんな女がいたな」

麟蔵はわずかに苦い顔をした。

「女だからと軽く見て、ろくに追わなかったのはしくじりだったか」

勘兵衛は徳利《とっくり》を傾け、麟蔵の杯《さかずき》を満たした。麟蔵は一息に干《ほ》した。

「しかしなぜ二年も待ったのか、おぬしのいう通り、気になるな」

麟蔵は杯を突きだし、酒を催促した。注《つ》がれた酒をぐびりと喉に流しこむ。

「復讐をはじめられなかったやむにやまれぬ理由でもあったかな」

「たとえば？」

「俺は想像ではものをいわぬ」

麟蔵は刺身のつまを口に入れた。

「お豊のことは調べてみよう。なにかわかったら連絡する」

よろしくお願いいたします、と勘兵衛はていねいに頭を下げた。

「俺のほうでわかったことを少しだけ、教えよう」

勘兵衛は顔をあげた。

「与右衛門はもとは浪人だったようだ」

勘兵衛は目をみはった。

「浪人が旗本の婿に入ったのですか」

そのあたりのいきさつを麟蔵が説明した。

「なるほど、金ですか。しかし、一介《いっかい》の浪人がそれだけの大金を?」

「その金の出どころはまだわからぬ」

「悪事で得た金でしょうか」

「俺は想像ではものをいわぬと申した」

しかし、考えられないことではない。いや、むしろそう考えたほうが自然ではないか。

「原田どのはどこの出です」

「それも調べている」

「そこまで調べたというのは、原田どのが婿入りする前に買ったうらみで殺されたと考えているからですか」

「最近のことではなにも出てこぬからな。誰もかも与右衛門の人柄を褒《ほ》めそやし、うらみを買う人ではないと口をそろえる」しかし、そんなのがこの世にいるものか」

そうかもしれぬ、と勘兵衛は思った。いないし、実際そうだと思うが、しかし現実には何度も襲われている。

麟蔵が小さく笑った。

「実感がこもった顔だな」

二十四

翌九月一日。二十年以上前に取り潰《つぶ》しに遭《あ》った大名家《だいみょうけ》がないか、奉行所内の奥まった一室で七十郎は調べていた。

越前というなら、きっとその近くの大名だろうと思って帳面をめくった。暗い部屋で目が疲れ、こめかみを押さえたそのときだった。

旦那っ、と部屋に清吉が飛びこんできた。

「本当か、それは。いつのことだ」

驚くべき知らせだった。

「昨日の夕刻です。百姓らしい男が文を届けてきたそうで」

「賊からの文か」

「わからないのですが、田村屋宛《あて》の文だったそうです。田村屋はそれを読むや、あわてて店を出てゆき、それっきりだそうです」

最後の仕事ではなかったのか、と七十郎は思いつつ、田村屋に駆けつけた。

田村屋では貞蔵が先に来て、手代《てだい》らしい三十五、六ほどの男に事情をきいていた。

奥の一室で、そこは手代やその他の者たちが寝起きしている部屋だった。六畳間で、けっこう片づいているが、さすがに男臭い匂いが充満している。

おう来たか、と貞蔵が七十郎に右手をあげた。貞蔵は手代に向き直った。

「文はおぬしが受け取ったそうだが、何刻頃《なんどき》のことだ」

手代の目は充血し、顔は青ざめていた。目の下にくまができている。

「日暮れまでにはまだ間がありましたから、七つ半（午後五時）くらいだったと思います。

そのとき旦那さまはお出かけになっていまして、実際に文をお渡ししたのは、戻ってこられた五つ（午後八時）近くだったと思います」

「文を読んだ田村屋は、一人で出ていったのか」

「はい。すぐに戻ってくるから、供はいらないとおっしゃられて」

「で、そのまま朝まで帰らずか」

「はい。これはなにかあったのでは、とおかみさんや番頭さんと相談しまして」

「奉行所に届けたか。金が惜しかったのか」

貞蔵は意地の悪いきき方をした。

「滅相《めっそう》もございません。もちろんかどわかしも考えましたが、本当になにかあったのでは、と心配してのことでございます」

貞蔵はちらりと奥を見た。

「田村屋に女はいないのか」

「おりません」

手代は即答した。

「確信があるようだが？」

「ええ、一度は確かにいらっしゃいました。そのことはおかみさんも承知の上だったのですが、お子さんに知られて、口もきいてもらえなくなりまして」

「それで懲《こ》りたか。今度は決して知られぬよう、おぬしらにも内緒にしている女がいるのではないか」

「そうおっしゃられると、返す言葉はございませんが」

「文は女からで、なにかあって助けてほしいとかいうようなものではなかったのか」

「いえ、あれは女の字ではなかったです」

「なんだ、見たのか」

「いえ、旦那さまがひらかれたときちらりと目に入っただけで、しかもとても下手《へた》な字でしたから、ほとんど読みとれませんでした。ただ、最後に、吾平《ごへい》と書いてあった気もいたしますが、はっきりとはいたしません」

「ごへい？　どんな字だ」

手代は教えた。

「田村屋の知り合いに吾平という者はいるか」

「手前が存じている限りでは、旦那さまのお知り合いにはいなかったと思います」

「ほかに文に関して気づいたことは？」

「いえ、ございません」

貞蔵は少し考えてから口を開いた。

「文面《ぶんめん》だが、長いものだったか」

「いえ、ほんの三行ほどではなかったでしょうか」

「短いな。文を持ってきた百姓だが、名乗ったか」

「いえ、これをご主人に、と手前に文を渡すと、さっさと帰っていきました」

手代は東のほうを指さした。

「ただ、人に頼まれたとは申していました」

「誰にだ」

「きいておりません」

手代はいいにくそうに答えた。

「その百姓がどこの村から来たのかも、その様子ではきいておらぬな」

「申しわけございません」

「百姓はどんな男だった」

「そうですね、年の頃は三十前後、背は五尺三寸ほどでしょうか。色はずいぶん黒かったです。眉は薄く、目はくぼみ、頬《ほお》はこけていました。下唇が突きだすように厚く、顎《あご》のところにいぼなのかほくろなのか、そういうものがありました」

手代は、客を見る鍛錬のたまものか、すらすらと答えた。

「ほっかむりはしていなかったのだな」

「顔は見せておりました」

「金で頼まれた、というのはどうやらまちがいないようだな」

貞蔵は七十郎に同意を求めた。七十郎はうなずきを返した。

「着物は木綿《もめん》の薄手《うすで》のもので、はだけた胸元にはあばらが浮いていました」

貞蔵の目が向くのを待って、手代は続けた。

「ほかには?」

「そうですね、お百姓には珍しくもないですが、裸足《はだし》でした」

「その百姓には、もう一度会えばわかるか」

「はい、それはもう」

手代はそれだけはまかせてくれといわんばかりの表情をつくった。

「なにかきくことはあるか」

貞蔵が七十郎に問うた。七十郎は軽く唇を湿《しめ》らせた。

「文を読んだ田村屋だが、どんな様子だった」

「はい、文を読み終えられた直後、血相《けっそう》を変えられ、どんな男がこれを持ってきたと」

「田村屋は男といったのか」

「はい。それで手前は、お百姓が、とお答えしました」

「それで?」

「もう一度文に目を落とされ、なにごとか考えていらっしゃいました。それから、出かけられて、それっきりです。それにしても、あんな血相の旦那さまを目にしたのは、はじめてです。あのお変わりようは驚きではなく、むしろ怒りのためのように手前は感じました」

喜八はなにに怒りを覚えていたのか。

「その百姓は、文をいつ頼まれたか申していなかったか」

もし昨日だったら、やつらは少なくとも昨日までは江戸にいたことになる。もちろん、これが賊どもの仕業《しわざ》であるとしてだが。

「いえ、そのようなことはなにも。……いや、待てよ」

顎に手をやり、手代は下を向いた。

「ああ、そういえば、去り際《ぎわ》になにかいっていました。あれは、なんで一日置いたのかな、とつぶやいていたのではないかと」

「おぬし、さっきはそのようなことといわなかったではないか」

　横から貞蔵がとがめる。

「申しわけございません。今、思いだしたものですから」

「確かにそう申していたのか」

　七十郎は確認した。手代はほっと息をついた。

「はい」

　昨日は八月三十日。一日置いたとなると、頼まれたのは八月二十八日。

「二十八日といえば、七十郎」

「鈴野屋が解き放たれたのが、その日の夜です。やつら、鈴野屋をおっぽりだす前後にその百姓に頼んだのかもしれません」

「とすると、百姓の住む村もしぼれてくるかな」

「もし伊兵衛を解き放ったのと同じ頃に頼んだとするなら、第六天社近くということになりますね」

「橋場町だな。七十郎、行ってくれるか」

「もちろんです」

　一面にきれいな田が広がっている。

稲は間近に刈り取りが迫ったのを知っているのか、覚悟を決めた罪人のように穂を重たげに垂れている。どうも最近は暗いほうばかりに考えていかんな、と七十郎は思い、あらためて田を眺めた。

やや西に傾いた日を浴びて、金色に光る稲穂《いなほ》はときおり吹く風にさざ波のように揺れ、きらきらと輝く豊かな海を思わせた。

橋場町は広いが、清吉と手わけして野良に出ている百姓に話をききまわっていたら、昨日、岩本町の履き物屋に文を届けた百姓がいることはすぐに突きとめることができた。

男は升吉《ますきち》といい、第六天社から南へ十町ほど離れたところに住んでいた。

青物の様子を女房らしい女と一緒に見ていた升吉は同心に呼ばれ、不審の色を見せつつ道にあがってきた。うしろを女房が続く。

升吉は手代がいっていた通りの体つき、顔つきをしていた。左顎《ひだりあご》には、ぺたりと貼りつけたようないぼがあった。

「昨日、岩本町の田村屋に文を届けたな」

升吉は、えっ、という顔をした。

「文を頼まれたのは、二十八日か」

升吉は少し考えていたが、顎をかすかに下げた。

「はい、二十八日の夜でした。たぶん九つ（午前零時）前くらいでとっくに寝ていたんですが、戸が叩かれ、誰だこんな刻限にと思いながら出てみると、見知らぬ男が立っていました」

「一人だったか」

「はい」

「名を？」

「一応、どなたさまでとたずねましたが、答えませんでした」

「どんな男だった」

「それが暗い上に、ほっかむりをしてましてよくわからなかったんです」

「年の頃もか」

「そうですね、三十から四十歳くらいでしょうか。もっと上かもしれませんが」

「背丈《せたけ》は？」

「そうですね、あっしと同じくらいだったでしょうか」

升吉は五尺三寸くらいか。

「声はどんなだった」

「どすのきいたというんですか、低く押し殺した声でした」

「男は、文を八月三十日に届けるよう頼んだのだな」

「そうです」

「なぜ一日置くのか、理由はいってなかったか」

「なにも。ただ、必ず八月三十日の夕刻に、といわれました。それよりはやくてもおそくても駄目だときつく念を押されました」

「金はもちろん置いていったのだろうな」

「はい。……二分《にぶ》です」

升吉は渋々口にした。

「安心しろ。取りあげるような真似はせん。しかし文を届けるだけで、ずいぶん多いとは思わなかったか」

なんといっても一両の半分だ。これまで二人が見たことのない大金だろう。

「はい、正直驚きました。なにか悪いことをさせられるのでは、と思い、断ろうかとも思いましたが、結局……」

「文だが、なかを見たりはしなかったのか」

「見ておりません。でも、二分の文にはどんなことが書いてあるのかと思い、隣の金助《きんすけ》に読んでもらおうかと考えましたが、なにがあるかわからないからよしときなさい、とこいつにとめられまして」

升吉は女房を示した。

そう、読もうと思えばこの男にも読めたのだ。読まれてもかまわなかったのだろうか。

百姓に字が読めないのは珍しくないとはいえ、それにしても安易すぎないか。

「なぜおぬしを選んだか、男はわけを話したか」

「いえ、そのようなことは一言も」

「どうして選ばれたと思う。橋場町にどれだけの人が住むのか知らんが、そのなかからおぬしが選ばれたのだ」

「さあ、あっしにはさっぱりです」

「もう一度、男の顔を見たら、わかるか」

升吉は申しわけなさそうにした。

「まずわからないと思います」

「おぬしはどうだ」

女房にきいた。

「すみません。うしろでやりとりをきいていただけなので」

そうか、と七十郎はいった。

「すまなかったな、忙しいところを。これで終わりだ」

二人は小心な百姓夫婦にすぎず、事件に関わってはいない。七十郎は体をひるがえした。

七十郎は岩本町に戻ってきた。

貞蔵は居場所を自身番に移していた。

「そうか、やはり頼まれただけだったか。しかし二分とは奮発したものだな」

貞蔵は締まり屋で、配下の岡っ引にもしわい。

「そうだ、店を出た田村屋の足取りがわかったぞ。途中までだが」

七十郎は背筋を伸ばした。

「田村屋の取引先の番頭の話だが、なんでも昨日の五つ（午後八時）すぎ、吾妻橋ですれちがったそうだ。店の提灯を持っていたので、すぐにわかったそうだ」

「田村屋が向かったのは鈴野屋では？」

「ちがう。その番頭が鈴野屋からの帰りで、田村屋さんもですか、ときいたが、ちょっと急いでいるのでと、とっとと行ってしまったらしい。鈴野屋にも人をやったが、田村屋が訪ねてきたのは一度だけ、それきりということだ」

七十郎は、長さ七十六間《けん》ある橋の姿を思い浮かべた。

「吾妻橋を渡れば、向島《むこうじま》はすぐですね」

「向島へ行ったというのか」

貞蔵は思いついた顔をした。

「そういえば、身許《みもと》知れずの死骸の一件も片づいてないな。つながりがあると?」

「わかりませんが、もしやとは思えぬでもありません」

「そうか、ではご苦労だが、七十郎、行ってくれるか」

七十郎は自身番を出た。清吉がうしろにつく。

「しかし、なんで旦那ばっかり。樫原さまもたまには行かれたらいいのに」

七十郎は振り返った。清吉の肩越しに遠ざかる自身番が見えた。

「こぼすな。外にいるほうが、ずっと楽しいではないか」

「でも旦那が一番年若《としわか》だからって、ひどいんじゃないですか」

「俺が喜んでいるのだから、ひどいことなど一つもない」

「旦那がそうおっしゃるんなら、いいんですけどね」

清吉は三十二歳だ。七十郎にかこつけているが、本当は自分がきついのだろう。

「清吉、今夜、久しぶりに一杯やるか」

「えっ、ほんとですかい」

満面に喜色《きしょく》を浮かべた。清吉は大の酒好きだ。

「こんなときだから深酒はできんが。店はどこがいい」

「楽松がいいですねえ」

「本気か」

高いとはいえないが、同心風情の手が出る店ではない。

「冗談です。でも、また行ってみたいですね」

「そうだな。そのうち久岡さんに頼んでみるか」

「またおごってくださいますかね」

「そうなればいうことないが、しかし婿だからな。あまり期待せんほうがいいな」

「でございましょうねえ。今頃きっと、くしゃみされていますよ」

二十五

うしろから大きなくしゃみがきこえた。勘兵衛は振り向いた。

鼻をぐしゅぐしゅさせて急ぎ足で近づいてきたのは、三郎兵衛だった。

「大丈夫ですか。風邪をひかれたのでは?」

立ちどまった三郎兵衛は鼻をくすんと鳴らした。

「かもしれません。松左どのがまたやられたくらいですから」

その通りだった。松左衛門は今日、つとめを休んでいた。

「あの、久岡どの、これからなにか予定がおありですか」

ちょうど下城《げじょう》の時刻で、大玄関は混《こ》み合っている。

「いえ、別に」

「でしたら、ちょっと一杯つき合っていただきたいのですが」

酒か、と勘兵衛は思った。できるなら避けたいところだった。

「はあ、かまわんですが、なにか」

「ええ、ちょっと松左どののことで」

三郎兵衛はいいにくそうにした。

「悩みごとがあるようなのですよ。いい解決策はないものかと思いまして。今日も実はそのことで休んだのでは、と思うのです」

「え、そうなのですか。しかし、いったいどのようなことです」

「それは飲みながらお話しします。それがしの馴染《なじ》みの店でよろしいですか」

外桜田門を出たところで二人はほとんどの供《とも》を帰し、それぞれ二人ずつにした。

勘兵衛と三郎兵衛は道を歩きはじめた。

安芸広島浅野家《あきひろしまあさのけ》四十二万石や近江彦根《おうみひこね》井伊家《いいけ》三十五万石の広大な上屋敷が建ち並ぶのを見ながら永田町横丁通《ながたちょうよこちょうどおり》に出、そこから赤坂御門《あかさかごもん》を抜けた。堀沿いを進み、紀伊国坂《きのくにざか》をのぼり、紀伊和歌山徳川家五十五万石の中屋敷の北側の道を西へ歩いた。四ッ谷仲町通《よつやなかまちどおり》にぶつかり、道を左に折れる。鮫ヶ橋坂《さめがばしざか》の長い坂を南へくだり、鮫ヶ橋を渡り、さらに安珍坂《あんちんざか》をおりた。町は権田原三軒家町《ごんだわらさんげんやちょう》に入った。

城を出て、すでに半刻《はんとき》近くかかっていた。勘兵衛は『杉沢《すぎさわ》』の二階座敷に落ち着いた。

六畳の一室に二人きりだった。

入口はせまかったが、奥行きの深い店だった。つくりは高級で、かなり値が張るのはまちがいなく、懐《ふところ》が心許《こころもと》ない勘兵衛はまずいなという気持ちになったが、相談に乗っていただくので今日はそれがしがおごります、と三郎兵衛がいってくれたので、ほっと息をつくことができた。

「お好きな物をなんでも頼んでください」

三郎兵衛は太っ腹なところを見せたが、さすがに勘兵衛は三郎兵衛のお薦《すす》めにまかせた。

店はさほど混んでおらず、注文の品は次々に運ばれてきた。

店主も三郎兵衛に挨拶に来た。腰の低い五十すぎの男で、自身、包丁を握るらしいが、いかにも腕の立ちそうな雰囲気を漂わせている。楽松の主人と似通っているところがあり、味には十分すぎるほどの期待が持てた。

期待にたがわなかった。料理も酒もよく吟味《ぎんみ》されていて、楽松にまさるとも劣らず、勘兵衛は、まだまだこういう店はあるのだな、と自らの世間のせまさを知った。

「いかがです、おいしいでしょう」

はやくも赤い顔をした三郎兵衛が自慢げにいう。

「すばらしいですね」

勘兵衛は正直な思いを口にした。

「ところで、近藤どのの悩みとはどういうものですか」

三郎兵衛が酔わないうちにきいておきたかった。

「ああ、そうでしたね。なぜここに来たのか料理に夢中で忘れてましたよ」

三郎兵衛は杯《さかずき》を干《ほ》した。勘兵衛は徳利を傾けた。

「ああ、すいません」

三郎兵衛は酒を一息に喉《のど》に流しこみ、杯をとんと置いた。

「これは決して他言《たごん》しないでいただきたいのですが」

「むろんです」

「松左どのは、奥方《おくがた》が密通しているのでは、と疑っていると思えるのです」

勘兵衛は腰を浮かしかけた。

「まことですか」

「前に久岡どのは、両国で松左どのとばったり会ったと申されましたね」

「ええ、手妻《てづま》小屋の前です」

「あのとき、松左どのは奥方のあとをつけていたのでは、と思えるのです」

勘兵衛は思いだした。あのときの松左衛門は確かにおかしかった。

「あのとき、奥方は芝居小屋にいたのではと思えるのです。もちろん相手は、松左どのの存ぜぬ殿方《とのがた》です」

「奥方はおいくつです」

「松左どのより四つ下ですから、二十八ですか。名は須江《すえ》どの」

「その須江どのですが、そういうことができる方ですか。露見《ろけん》すれば死が待っています」

このことは八代将軍吉宗《よしむね》の時代にできた御定書百箇条《おさだめがきひゃっかじょう》に、はっきり記されている。

『密通致し候《そうろう》妻、死罪』と。

「いえ、それがしにはとても信じられませぬ。少し派手《はで》好きな面がないとはいえぬのですが、それは須江どのだけではありませぬし。しかし美しい方ですから、他出先で殿方と知り合い、もしいい寄られたら少々心許ない面はあるかもしれませぬ。須江どのには、そういう隙《すき》がなきにしもあらずと思えますので」

よく人柄を知っているのだな、と勘兵衛は思った。

「須江どのは妹の友達で、幼い頃からよく屋敷に遊びに来ていましたから」

勘兵衛の思いを察したように三郎兵衛がいった。

「その密通のことは、近藤どのからじかにきいたのですか」

「まさか。松左どのは一言も口にしませぬ。しかし長いつき合いですから、松左どのがなにを考えているか、それがしには手に取るようにわかります」

「そのことが本当だとして、うまい解決策がありますか」

三郎兵衛は手酌《てじゃく》で杯を満たし、苦い顔でぐいとあおった。勘兵衛はさとった。

「まさか、近藤どのは」

「ええ、そのまさかです。松左どのは、二人が密会しているところをばっさりやるつもりでいるのでは、と思えるのです」

勘兵衛は松左衛門を思い浮かべた。穏やかな男で、とてもそんな激情を心に秘めているとは思えないのだが。

「あれで怒らせると怖いのですよ。まあ、二人を成敗《せいばい》すること自体、法で認められています し、二人を重ねて殺さぬ限り、松左どのの面目《めんぼく》が立ちませぬから、それに関してはそれがしはかまわないだろうと考えています」

戦国の遺風が残っていた頃は重ねて殺すことは珍しくなかったらしいが、今は夫が見て見ぬふりをすれば波風も立たないこともあって、自然にやむのをじっと待つ者がほとんどだ。妻に通じた男が金を支払って示談にすることも多い。なんといっても、刃傷沙汰《にんじょうざた》になって家の恥が表に出ることで、改易《かいえき》に追いこまれた旗本家もあるくらいなのだ。

「それがしが怖れているのは、その逆があり得ることなのです。前にも申しましたが、松左どのは剣はからっきしですから」

三郎兵衛は徳利を持ち、勘兵衛に酒を勧めた。勘兵衛は受け、杯に口をつけた。ここに呼ばれた理由がわかった気がした。

「そのとき、是非、久岡どのに助太刀《すけだち》をお願いしたいのです」

三郎兵衛はがばと座り直し、畳に額《ひたい》をこすりつけた。

「本来ならそれがしがすべきことですが、それがしも剣は松左どのと大差なく、なんの役にも立たぬことは明白。むざむざと松左どのを殺させたくはございませぬ。久岡どの、お頼み申す、どうか」

勘兵衛は三郎兵衛の顔をあげさせた。

「須江どのの相手が誰かは、まだわかっていないのですね」

「はい」

「須江どのが本当に密通をしているかどうかもまだはっきりとはしていないのですね」

「その通りです」

「知り合いに徒目付《かちめつけ》がおりますが、そちらに話したほうがいいのでは？」

勘兵衛は勧めた。

「いえ、いくら口のかたい徒目付といえども、ろくに顔も知らぬ者に松左どのの恥をさらすような真似はしたくありませぬ」

「刃傷沙汰になるよりいいと思うのですが」

「徒目付にとめられて女敵《めがたき》を討ち果たさぬでは松左どのの面目が立ちませぬし、徒目付の言《げん》を受け入れて女敵討ちをやめたという風評が立てば、それこそ松左どのは侍をやめねばなりますまい。あるいは切腹して果てるやもしれませぬ。松左どのの顔を見ていると、その覚悟がひしひしと伝わってきますから」

勘兵衛は気がつかなかった。松左衛門がそこまでの思いをいだいていたとは。

「わかりました。もしそのときが訪れたら、呼んでください。できる限りの力添えはいたします。ただし、それがしは近藤どのを守るだけです。それでよろしいですか」

「ありがとうございます。十分です。これでほっとしました。肩の荷がおりた気分です」

勘兵衛は喉の渇きを覚えた。杯の酒をすすった。

「しかし小島どのは、本当に近藤どののことを慕《した》っておられるのですね」

「ええ、この前もお話しいたしましたが、子供の時分から松左どのにはずいぶんと世話になっているのです。命を助けられたこともあります」

それは初耳だった。

「あれはもう二十年近くも前の夏のことです。仲間五、六名と大川に注ぐある川で水遊びをしていたとき、それがし、死にかけたのです」

そこは、河童《かっぱ》が棲《す》むといわれる淵《ふち》のそばだった。河童を信じていないことはなかったのだが、強がった三郎兵衛は松左衛門の目を盗んでその淵近くまで泳いでいったのだ。

淵にあと数間《すうけん》というところまで迫ったとき、足を誰かにひっぱられた。直後、足に激痛が走った。三郎兵衛は声をあげようとしたが、水が口のなかに押し寄せ、息ができなくなった。誰もここに来たのを知らぬのを思いだし、三郎兵衛は恐慌におちいった。必死にもがいたが、それは逆に底近くを動く水流に身を取られる結果を呼んだ。

息ができず、もう駄目だと思ったとき、力強く腕をつかまれ、ぐいと体が持ちあげられた。自分を包む明るさが急激に増したのを感じた瞬間、顔が水を突き抜けた。

息が通り、次に激しく咳《せ》きこんだ。背中をやわらかくさすってくれる手を感じつつ、三郎兵衛は岸へ運ばれていった。

「もちろん助けてくれたのは松左どのです。松左どのがいなかったら、それがしは今頃この世にいなかったでしょうね」

どこか自分と蔵之介の関係に似ていることを勘兵衛は思った。今も生きている対象として語れる三郎兵衛がうらやましかった。

四半刻《しはんとき》後、店を出た。

時刻は五つ半（午後九時）を少しすぎたくらい。人通りは思っていた以上に多い。

四ッ谷仲町通を北に歩いて四ッ谷御門を抜け、表二番町通の角で、三郎兵衛とは別れた。別れ際《ぎわ》、三郎兵衛は深々とこうべを垂れた。

「本日は無理な願いをおきき届けいただき、感謝の言葉もございませぬ」

勘兵衛は、三郎兵衛が麹町の大通りに入ってゆくのを見送ってから善国寺谷通に足を向けた。

酒はたいして入っていない。ここで襲われたとしても撃退できる自信があった。

空は晴れていて、秋らしい輝きを放つ月が南に浮かんでいる。

なにごともなく屋敷に着き、座敷で蔵之丞に帰宅の挨拶をした。

義父は気がかりそうな顔をしている。

「だいぶ飲んだのか」

「いえ、杯で二杯ほどでしょうか」

勘兵衛の言葉をきいて、蔵之丞は笑った。

「ずいぶん遠慮したものだな」

「その分、料理はいただきました」

「店は楽松か」

勘兵衛は、はじめて連れていかれた店であるのをいった。

「杉沢か。以前、二、三度行ったことがある。楽松に劣らぬ店だ」

その後しばらく談笑してから、勘兵衛は奥に向かった。美音に着替えを手伝ってもらいながら、おそくなったことを詫《わ》びた。

美音はやわらかく首を振り、冗談ぽく告げた。

「ご無事でなによりでした」

二十六

日はあらたまり、九月二日になった。

昨夜の飲み疲れもなく、この日も朝はやくから七十郎は仕事に精をだしていた。とはいっても、ろくに手がかりはないのだが。

昨日も得るものがなにもないまま向島で夕刻を迎え、むなしく八丁堀に引きあげている。

今も向島にいる。以前、喜八が妾《めかけ》を住まわせていた別邸があるということで、調べてみたが、今は人手に渡っていて、今度の一件にはなんの関係もなかった。

喜八がひそかに妾を抱え、新たな別邸を購入したということもなかった。富裕な商家のあるじといえども、それだけの大金を自由にできるはずがない。以前の別邸も、筆頭番頭の同意を得てのものだ。妾の存在がばれたのも、その番頭からだった。

昼を迎え、好物の蕎《そ》麦《ば》切りで腹を満たした直後、貞蔵から使いがあった。

すぐ田村屋まで来てくれというもので、使いの顔にはただならない緊迫感があふれていた。七十郎は清吉とともに急行した。

田村屋の奥座敷には、七十郎の知っている男が座っていた。田村屋と同業の伊豆見屋甚《いずみやじん》五郎《ごろう》だった。

甚五郎は三十代半ば、澄んだ瞳が印象的だ。小柄で、五尺はおそらくない。ただ、商人としてそれなりの腕を誇っているようで、その自信が背丈より大きく見せていた。

「読んでくれ。伊豆見屋が持ってきた」

手渡されたのは文《ふみ》だった。七十郎は目を落とした。みみずがのたくった、というい方がまさにぴったりな汚い字だ。

「また千両ですか」

七十郎はため息をつきたい思いだった。

「田村屋では用意すると申してはいるが」

七十郎は甚五郎に目を向けた。

「どうしてこれを」

甚五郎はかしこまり、一礼した。

「はい、いつの間にか店先に置いてあったんです。宛名《あてな》はなく、なかを読んだ手代が驚いて手前のもとに持ってきまして、それで手前がここまで。田村屋さんがかどわかされたなど信じられませんでしたが、もし本当のことなら放っておくわけにはいきませんでしたから」

「店は小石川の西青柳町《にしあおやぎちょう》だったな」

急げば、半刻《はんとき》もかからずにここまで来られる。

「手代が文に気づいたのはいつだ」

「はい、四つ半（午前十一時）すぎでしょうか。それでこちらに着いたのが、九つ（正午）を少しすぎた頃だったと思います」

七十郎は文をもう一度読み、貞蔵にきいた。

「七つ（午後四時）が出立《しゅったつ》の刻限になっていますが、それまでに千両を用意できるのですか」

「店の者はできると申している」

「第六天社に人はもう？」

「やったが、本当にそこが受け渡し場所なのかという疑問は大いに残るな」

「この字は、田村屋を呼びだしたものと同じでしょうか」

「確信はないそうだが、おそらくそうではないか、と手代は申している」

七つちょうどに番頭が馬に千両箱を載《の》せ、店を出た。

番頭は平兵衛《へいべえ》といい、文が指定してきた男だ。歳は四十七。筆頭番頭で、喜八の信頼が最も厚い男とのことだ。

四十七といえばとうに暖簾《のれん》わけされていい歳《とし》だが、平兵衛は酒癖がいいとはいえず、そのために喜八はためらっていたとのことだ。

喜八の妾がばれたのも、同業者同士の飲み会で、つい飲みすぎて放言してしまったゆえときいた。ふだんはまじめすぎるほどまじめで、仕事は抜群にできるという。

いつまでたっても暖簾わけされぬのをうらみに思っている様子はないのか、と貞蔵がひそかに店の者にきいたが、平兵衛の忠誠心に嘘はなく、むしろ老舗《しにせ》の筆頭番頭でずっといるのを望んでいるらしいこともわかった。

背中にむしろをかけられた馬はゆっくりと町を行く。馬があばれて千両箱が落ちることのないように、平兵衛が気をつかっている様子が見受けられた。

町人《ちょうにん》の格好をした七十郎たちは半町ほどあとを、なにげない顔でついていった。道筋に多くの者が配されているのは、伊兵衛のときと同じだ。

結局、誰一人として平兵衛に近づくことはなく、人馬《じんば》は無事、第六天社に着いた。

神社の向こうには、荒川が悠々と流れている。身の代《しろ》の受け渡しに舟がつかわれるかもしれないことはむろん考慮されていて、上流、下流とも多くの舟が張っている。

鳥居《とりい》の前で馬をとめた平兵衛は竹筒を取りだし、水を飲んだ。さすがに緊張を隠せずにいる。

店を出て、ほぼ一刻《いっとき》がたっていた。あたりは急速に夕闇に包まれ、さらに靄《もや》もにじみだしてきており、平兵衛の姿は見わけがたくなってきた。

どこからか暮れ六つ（午後六時）の鐘がきこえてきた。靄に吸いこまれたわけでもないだろうが、その音は頼りなく、どこかはかなげだった。

付近に人けはなく、つい半刻ほどまで田畑で働いていたはずの百姓たちの姿も見えない。今頃は食事を終え、寝ている者も多いのだろう。日の出とともに起床し、日暮れとともに就寝するというのが百姓の日々の暮らしだ。

第六天社の境内を囲む木々に、烏《からす》が十数羽とまっていた。七十郎たちを警戒したのかしばらく激しく騒いでいたが、闇が深くなるにつれ、鳴き声は静まっていった。

氷が溶けだすようにじりじりとときがすぎてゆき、深夜九つ（午前零時）をまわった。

七十郎たちはひたすら平兵衛を見守ったが、誰もあらわれない。しかし、平兵衛に帰れともいえなかった。帰れと命じたところで、おそらく平兵衛はこのまま朝を待つ道を選ぶはずだった。それに、この墨《すみ》を流しこんだような深夜、道を戻るのは逆に危険だった。

誰かに見られている気がして、七十郎は頭上を見た。空には雲が一杯のようで月はなく、一粒の星たりとも見えなかった。

大気はじっとりと湿って重く、吹くのを忘れたかのような風は木々の枝をそよとも動かさない。ときおりうなるような声で鳴くのは、樹上で見守っているふくろうたちだ。

結局、朝が来た。明け六つ（午前六時）の鐘が響いてくる。どんよりとした低い雲が空をおおっていることに変わりはないが、少し風が出てきていた。太陽は顔を見せず、わずかに雲の下のほうをほの白く染《そ》めただけだった。

五つ（午前八時）すぎまで我慢強く平兵衛は立ち続けたが、第六天社近くの林から指揮を執《と》っていた与力《よりき》の寺崎左久馬の指示にしたがって、名残《なごり》惜しげに馬の手綱《たづな》を引いた。

立ちこめる靄のなか、人馬は進んでゆく。平兵衛の足取りがややおぼつかないのは、立ち放しがこたえているからだ。

ゆっくりと歩を運んだ平兵衛はなにごともなく店に帰ってきた。

店からは待ちかねていた数名の者が飛びだしてきた。口々に首尾をきいている。

平兵衛は力なげにうつむいている。答えるのがつらそうだ。

「どういうことだと思う」

　岩本町の自身番に落ち着くや、貞蔵がいった。

「賊どもが思っていた以上に警戒がかたかったかな」

　畳敷きのさほど広いとはいえない部屋には、家主や書役《かきやく》などほかに三名がいる。

「いえ、あの程度、予期していなかったはずがないのですが」

　七十郎は疑問を口にした。

「本当に賊どもは金がほしかったのでしょうか」

「ほしいからこそ、要求してきたのだろう」

「だとしたら、もう少しうまい手立てを考えたのでは、と思えるのです」

「なるほど。鈴野屋のときを考えれば、確かにその通りだな」

「それに、田村屋がかどわかされたというより、呼びだされたというのがやはり気になります。仮に田村屋に吾平《ごへい》という知り合いがいたとして、家族や店の者が知らない者の名を賊はつかったことになります。賊は、どうやってそのような者を知ったのでしょう」

「文を読んだ田村屋が怒ったというのも気になるな」

「樫原さん、ちょっと外へ出ませんか」

　妙な顔をしたが、貞蔵は素直に草履《ぞうり》をはいた。

「なんだ、自身番ではいえぬことか」

　少し歩き、しもた屋の建つ裏の道に二人は入りこんだ。

「町役人《ちょうやくにん》の前ではいいにくいことですね」

七十郎は立ちどまった。

「もし、賊と田村屋が知り合いだったとしたら？」

貞蔵はのけぞった。

「そのようなことを考えていたのか。そりゃ、この町の者にはいえんわな」

むずかしい顔で腕を組んだ。

「だとして、両者が知り合ったのはいつだ。昔からの知り合いだったわけではあるまい。そうか、かどわかされたときと考えているのか。文を読んだ田村屋が怒っていたというのは？」

「それはまだわかりません」

ただ、七十郎には一つ考えていることがあった。ある約束が果たされなかったのでは、ということだったが、さすがにまだそのことは口にできなかった。

「しかし七十郎、すごいことを考えついたものだな。だが両者が知り合いだとして、この呼びだしはどういうことだ」

「わかりません」

「それに、なぜ賊はまた千両もの金を要求してきたのか」

「あれは、形だけにすぎぬのではないでしょうか。はなから受け取るつもりのない金だから、待ちぼうけを食らわせた」

「なるほど」

「ふむ、きこう」

貞蔵は首を上下させた。

「しかし、七十郎」

暗い顔で呼びかけてきた。

「田村屋は生きて帰ってくるのかな」

「どうでしょうか。虎口《ここう》に自ら飛びこんでいった感がなきにしもあらず、ですね」

二十七

一刻《いっとき》後、七十郎たちは橋場町にいた。第六天社から西へ五町ばかり離れた、林近くの草むらだった。

そこには、死骸が一つうつぶせていた。近くの百姓が見つけ、届けてきたのだ。

貞蔵が中間《ちゅうげん》に命じて、死骸をひっくり返させた。

「心の臓を一突きか。手馴《てな》れているな」

喜八は薄目をあけていた。苦悶《くもん》の表情は浮かべていない。

「殺されてからどのくらいたっていましょう」

七十郎は貞蔵にたずねた。

「そうさな、丸一日以上といったところか。呼びだされた直後、始末されたようだな」

貞蔵が死骸の懐《ふところ》を探った。

「文はないな。賊が持ち去ったか」

喜八の家族や店の者が駆けつけた。呆然としている。ひざまずいた妻が喜八にすがりつく。三人の娘も父親を揺さぶった。

「あなた、あなた、目を覚ましてください」

喜八はぴくりともしなかった。

「どうしてこんなことに」

妻は非難の目を向けてきた。半年前かどわかされたとき、届け出なかったことで奉行所にきつく叱られ、その結果、今度は届けざるを得なくなった。そのことを強く責めている瞳だった。

「そのような目をするものではない」

貞蔵が細めた目で妻を見据《みす》えた。

「気持ちはわからぬでもないが、おぬしらが届けてきた頃にはすでに田村屋は……」

その言葉をきいて、妻は死骸の上に泣き崩れた。

「賊は必ずとらえる」

貞蔵は強くいって、その場を離れた。

「七十郎、ちょっと来てくれ」

貞蔵はうしろも見ずにずんずんと歩いてゆく。二人は近くの林に足を踏み入れた。心身を解き放ってくれるような木々の香りに包まれて、七十郎は深く呼吸をした。

貞蔵は大木の陰で立ちどまった。

「なあ、七十郎。人というのはどんなときに怒る」

「文を受け取った喜八のことですね。そうですね、裏切られたとき、だまされたとき……」

「七十郎、とうに思い当たっているのだろう。素直に吐け」

七十郎は苦笑した。抜けているところもあるが、こういう抜け目のないところもある。どうにもとらえどころのない人だ。

「わかりました」

七十郎は自らの推測を語った。

「なるほど、十分に考えられるな」

貞蔵は納得の表情を見せた。

「半年前、田村屋は賊と、鈴野屋をかどわかし殺す約束をかわしたのでは、か。鈴野屋に文を書かせ、身の代を要求したまでは筋書き通り。しかし賊どもは身の代三百両をまんまとせしめ、鈴野屋を無事に返した。それで激怒していたところに賊から文が来、田村屋は説明を求めに向かった。そして殺された」

「おそらく田村屋の支払った千両という、それまでになかった高額の身の代には、鈴野屋を殺《や》る仕事料も含まれていたのでしょう」

「自分から上積みしたというのか。もしそれが事実なら、田村屋という男は相当にしたたかだったということになるが、しかしそんな約束をかわした理由は？」

「商売の上で鈴野屋が邪魔になったのでは、と思います」

「確かに鈴野屋は、売上を伸ばしてきているらしいな」

「以前は仕入れに来ていた行商が、今では自分たちを越すまでの勢いを誇っている。老舗の主人として、決しておもしろいことではないでしょう」

「だが、田村屋は商売人として力のある男ときいたぞ。仕事のことなら仕事で返せばいいのではないか」

「そんなきれいごとをいっている場合ではなかったのでしょう」

七十郎は田村屋の店先を思いだした。

「何度か田村屋に行ったことがあります、以前ほどのにぎわいはありませんでしたし。おそらく、古くからの客が鈴野屋に流れていったのでしょう。それに、力があるからこそ、それ以上にのしてくる男を認めがたかったのではと思います。なんの力も持たない男なら、はなからあきらめます」

「鈴野屋は伊兵衛でもっているといわれている。あの男をこの世から消してしまえば、以前の隆盛を取り戻せると田村屋が考えたとしても不思議はないか」

腕組みを解き、貞蔵は手をぶらぶらさせた。

「以前、こんなことを小耳にはさんだことがある」

鈴野屋が、田村屋などたいしたことはない、三年で必ず廃業に追いこんでやる、と同業者にいったことがあるというのだ。

「それに、こういうこともあったそうだ」

鈴野屋が行商人として田村屋に出入りしていた頃のこと、いくら鈴野屋といえどもうまくゆく日ばかりではなく、田村屋への入金がとどこおったことが一度あり、そのときかなり厳しいことをまだ見習いも同然だった喜八にいわれたというのだ。商売のやり方を嘲笑され、別の道を選んだほうがいいようなことも。

そのときはなんとか代金は来季でいいということになったそうだが、その屈辱を鈴野屋はずっと胸に秘めていたのでは、というのだ。

「鈴野屋の性格からして、田村屋を廃業になどという言葉を吐くとはとても思えんがな」

貞蔵はおもしろくなさそうに、ぺっと唾を吐いた。

「七十郎、戻るか。賊どもを捜しださねばな」

二十八

今日も松左衛門は休みだった。

もっとも、休んでくれてほっとしたというのも事実だった。あんなことをきかされたあとでは、どんな顔をすればいいかわからない。三郎兵衛は終日、気がかりそうな顔をしていた。

八つ（午後二時）につとめを終えた直後、勘兵衛は麟蔵から使いをもらった。

詰所近くまで行くと、麟蔵が廊下を渡ってきた。

「一つ教えておきたいことがある。飯でも食いながら話すか」

勘兵衛はぎくりとした。

「楽松とはいわぬ。ああいうところで食うのも考えものだ。ほかで食えなくなってしまうからな。楽松は、そうだな、半年に一度でいいぞ」

まだたかる気でいるのにはあきれたが、勘兵衛は正直ほっとした。

「露骨なやつだな。俺だって、おまえの懐具合は心得ておる。安心しろ」

麟蔵にそういわれて、安心できたためしはない。

「いい店がある。今日は俺がおごろう。ただし、酒は抜きだ」

半刻後、麴町《こうじまち》二丁目にある北橋《きたはし》という料理屋の暖簾を二人はくぐった。麴町は子供の頃からなじんできただけによく知っているが、この店ははじめてだった。

大通りからやや奥まった位置にある二階屋で、渋く黒光りする柱に歴史を感じた。落ち着いた趣《おもむき》のある店で、勘兵衛は気持ちがやわらぐのを覚えた。

「いい店を知っているな、という顔だな。善右衛門に教えてもらったのだ」

二人は、二階座敷の隅に腰をおろした。

「役目柄、めったに二人で飲むことはないが、二月《ふたつき》ほど前か、久しぶりに一杯どうだということで、な」

不意に麟蔵が見つめてきた。

「またたかったのか、といいたげだな。そんなことはしておらぬ」

麟蔵はきっぱりいったが、すぐににやりと笑った。

「やつのほうからおごると申したのだ」

麟蔵が、これにしろ、これがうまいから、と勧める鰻《うなぎ》を食べた。

うまかった。川魚より海の魚のほうが勘兵衛は好きだが、鰻だけは別格だった。

「な、うまかろう。鰻にしてよかっただろうが」

同じものを食している麟蔵が飯粒《めしつぶ》を飛ばしかねない勢いでいう。

「さて、話にするか」

食い終わり、満足げに茶を喫《きっ》して麟蔵がいった。すっと声を落とす。

「原田与右衛門のことで、新たな事実が出てきた。やつは十年ほど前、浪人を一人殺している」

日中、町を歩いているときだった。浪人がいきなり与右衛門に斬りかかってきたのだ。いちはやく気づいた岡本源三郎が浪人の斬撃《ざんげき》を撥《は》ねあげ、与右衛門は難を逃れたが、浪人は執拗に斬撃を繰り返し、結局、源三郎の太刀《たち》を受けそこねてたたらを踏んだところを、与右衛門が踏みこみ、一撃で斬り殺した。

「容赦《ようしゃ》のない一撃だったらしいが、二人が罪に問われることはなかった。浪人がいきなり刀を抜き、なにか叫んで斬りかかっていったのを何人もの人が見ている」

浪人の身許《みもと》は、二日間わからなかった。帰ってこないことを心配した浪人のせがれが、浪人が無礼《ぶれい》討ちにされたとの噂《うわさ》をききつけて奉行所にやってきて、それでようやく知れたのだ。死骸は引き取りが許されたという。

「浪人の名は最上杢左衛門《もがみもくざえもん》」

一度も耳にしたことはなかった。

「せがれは幾太郎《いくたろう》」

この名にも心当たりはなかった。

「そのせがれは今どうしているのです」

「調べている」

「原田どの殺しは、そのせがれの仕業《しわざ》でしょうか」

「そう考えぬのは不自然だろうな。そしておぬしを襲ったのもだ」

最上幾太郎。この男とどこかで出会っているのか。

「ただ、疑問がないわけではない。なぜ幾太郎は十年も待ったのか。もっとも、理由がないわけでもない。杢左衛門が死んだとき、幾太郎はせいぜい十四、五歳。二人を殺《や》るにはまちがいなく腕が足りなかろう」

ということは、今は二十四、五。自分と似たような歳だ。

「気になることが一つある」

麟蔵は試す目で勘兵衛を見つめた。

「浪人が、なにか叫んで、というくだりですね。なんと叫んだのです」

「それもまだわからぬ。調べがつけば、斬りかかった理由も知れよう。そうすれば、与右衛門の前身もはっきりするかもしれぬ」

「しかし、原田家の者は、この浪人の一件についてなにもいってなかったのですね」

「なにごとにも体面を重んずるのが武家だ。珍しいことではない」

勘兵衛は尿意を催《もよお》し、中座した。階段をおりて厠《かわや》に向かった。

厠は中庭の奥にあった。小用を足し、手を洗った。

手を拭《ふ》きつつ、庭を眺めた。庭はせまいながらも木々や石が絶妙に配された感があって、古刹《こさつ》の名園のような雰囲気が漂っていた。

商人らしい四十すぎの男が二人、廊下に並んで庭を鑑賞している。穏やかに笑い合って、石と木々の関係を談じていた。勘兵衛が見ているのに気づき、右側の男がちらと視線を向けてきた。

勘兵衛は歩きだそうとして、とどまった。ひらめくものがあった。これと同じ場面をどこかで経験している。

目を閉じて、考えた。

あれは楽松だった。あのときは左源太たちと飲んでいたのだ。月のいい夜で、金色の光が降るように地上に注いでいた。

その光の粒を一杯に浴びた庭を、楽松の廊下から眺めていた二人の男がいた。そう、その右側の男だ。一瞬だったが、目が合い、男は小さく会釈《えしゃく》してきたのだ。

月明かりを映じた目はずいぶんと澄《す》んでいた。きれいな目をした男だな、と目礼《もくれい》を返しながら思ったのを勘兵衛は思い起こしている。

あの目こそ原田与右衛門を襲った男の目だ。まちがいない。

座敷に戻った勘兵衛はそのことを麟蔵に話した。麟蔵はさすがに色めき立った。

「知っている男か、会釈したといったが」

「いえ、知らぬ男です。会釈は、礼儀としてのものだと」

「本当に同じ瞳なのだな」

「まずまちがいないものと」

麟蔵は天井をにらみ据《す》えた。

「ということはだ、幾太郎が商人になっているということか」

勘兵衛は、それではおかしいことに気づいた。

「いや、しかしあの商人は四十をすぎていました」

「まあいい。勘兵衛、楽松に行くか」

二人は、ゆったりと吹く風が梢《こずえ》を三度ほど騒がせた間に楽松に着いた。

麟蔵は松次郎を外に呼びだした。

「先月十二日、ここに来ていた客のことを教えてもらいたい」

松次郎はむずかしそうな顔をした。

「二人連れだ。商人で、歳はいずれも四十代」

「そういうお方は多いですから」

「二人とも、庭が好きな男だろう」

「庭目当てで来られるお客さまも多いものですから」

「その日、何人くらいの客がいた」

「おそらく百人はくだらないと思いますが」

「勘兵衛、その商人を見たのは何刻《なんどき》だ」

「六つ半（午後七時）くらいだったと思います」

「その刻限に来ていた商人だ」

「しかし、店は七つ（午後四時）にあけます。六つ半ですと、最も混んでいる刻限になります」

「目が澄み、身なりのいやしくない商人だ」

鱗蔵はさらに突っこんだが、松次郎は残念そうに首を振った。

「勘兵衛、ほかに気づいたことはないのか」

背丈は五尺五寸くらい、体に無駄な肉はついておらず、顔は面長《おもなが》。勘兵衛が語れたのはこのくらいだった。

それをきいても、松次郎は思いだせなかった。

不意に鱗蔵は暖簾《のれん》をくぐった。どこへ、と勘兵衛はきいた。

「庭だ。その男がどこから眺めていたのか、位置を知りたい」

廊下のほぼ中央に立った鱗蔵は、手水鉢《ちょうずばち》のそばにいる勘兵衛を見た。

「勘兵衛、ここでいいのだな」

それから、廊下の端に控えめにたたずんでいる松次郎に目を向けた。

「ここに立って庭を眺めるのが好きな男だ。どうだ」

「いえ、しかし……」

客のほとんどがそこに立ちたがるだろうことは、誰にでも想像できる。

「思いつくだけでもいい。名をあげろ」

困った顔をした松次郎は立ちすくんだように動かない。

勘兵衛はようやく気づいた。名が浮かんでいないはずがないが、松次郎としては自分の口からいいたくないのだ。

「いいか、その男は二人の侍《さむらい》を斬殺《ざんさつ》したのだ。情けなどかける必要はない」

麟蔵に厳しくいわれ、松次郎は唇を嚙《か》み締めた。

「しかしめったなことを申し、関係のない方にご迷惑をおかけしたくないのです。ときをいただければ、なんとかできるかもしれません。店の者にも話をきけますし」

二十日近くも前のことだ。これが精一杯だろう、ということで麟蔵もあきらめた。

「よかろう。思いだしたら、すぐに使いをよこせ。いいな」

脅《おど》すようにいって、さっさと廊下を歩き去った。

「すまぬな。悪い人ではないのだ。仕事熱心なだけだ」

勘兵衛がいうと、松次郎はにこやかな笑みを見せた。

「よくわかっております。あれだけお食べになる方が、悪いお人であるはずがございません」

二十九

翌日は非番で、勘兵衛は古谷家を訪問した。時刻は四つ半(午前十一時)をかなりすぎている。じき昼だ。

奥の座敷で、兄の善右衛門に対面した。兄も今日は非番であるのは知っていた。

「この前はすまなかったな」

善右衛門が軽く頭を下げた。

兄の横には妻のお久仁《くに》。二歳になった彦太郎《ひこたろう》を膝に乗せている。彦太郎は勘兵衛をじっと見ているが、眉根を寄せた顔には気むずかしさと謹厳《きんげん》さがあらわれているようだ。兄上にそっくりだな、と思い、勘兵衛は内心おかしくてならなかった。

「彦太郎、大きくなったな」

声をかけると、彦太郎はにっこりと笑い返してくれた。

「この子がこんな顔をするなんて……」

お久仁が驚いたようにいう。

「さすがに勘兵衛どのですね」

善右衛門が息子をのぞきこむ。

「そうだな、俺にも滅多《めった》に見せることはない顔だ」

お久仁は彦太郎の頭をなでた。

「お多喜が申すには、子供の頃のこの人もこんな感じだったそうです。いつもなにが気に入らぬのか不機嫌そうで」

「男ですから、にやけているよりいいでしょう。だからこそ、ときに見せる笑顔がたまらなく思えるのでしょう」

勘兵衛はお久仁に笑いかけた。

「確か義姉上《あねうえ》は、兄上のそんな笑顔に惚《ほ》れたようなことを以前、申されませんでしたか」

「ま、勘兵衛どの」

お久仁は頬をぽっと染めて、夫を見た。兄は照れたのか、気づかない顔をしている。

「ところで、今日はどうした」

咳払《せきばら》いをして、善右衛門がいった。

「その後、お多喜はどうしているかと思いまして」

「もう元気に働いている。この前、来てもらったのがよかったようだ。どれ、呼ぶか」

「いえ、こちらからまいります」

兄は意外そうにしたが、すぐに納得した顔になった。

「どうやら昼を狙ってきたようだな」

勘兵衛は頭をかいた。

「ばれましたか」

お久仁がここぞとばかりに突っこんだ。

「勘兵衛どのは久岡家に入られる前、お多喜の味にも飽《あ》きたと強がられましたが、やはり忘れられぬのですね」

「ときにかつえたように食したくなります。特に漬《つ》け物ですが」

「二十数年なじんだ味だからな」

善右衛門がいい、お久仁が続けた。

「それをきいたらお多喜は喜びましょうが、でも美音どのは悲しみましょうね。いえ、聡《そう》明《めい》なお人ですから、きっとお気づきになりますよ」

それは勘兵衛も気がかりだった。

「ま、たまにはよかろう」

善右衛門が取りなすようにいう。

「お多喜が寝こんだのは、おまえがいなくなった寂しさもあるのでは、と俺は思っている。こうして顔を見せに来てくれるのはありがたい。よし、一緒に食べるか」

「いえ、台所でけっこうです」

「千二百石の当主を台所で食わせるわけにはいかぬ」

「兄上の弟であることに変わりはありませぬ。それに、台所のほうがお多喜も気兼ねがないでしょう」

「相変わらずだな。勝手にしろ」

善右衛門は笑っていった。

「勘兵衛さま」

台所に行くと、年頃の娘のような声をあげて、お多喜が寄ってきた。

「すっかりいいみたいだな」

「はい、おかげさまで本復《ほんぷく》いたしました」

元気そうな顔を見て、勘兵衛は安心した。

「いつもの調子を取り戻したようだな。まるで樽《たる》が転がってくるみたいだった」

頬をひきつらせかけたが、お多喜は笑顔をつくった。

「今日は？」

「飯を食わしてもらいたくてな」

「やはり私の味が忘れられないのですね」

お多喜は顔を輝かせた。

「すぐに支度《したく》いたします」

いそいそとかまどのほうへ戻りかけたが、気づいたように眉《まゆ》を曇《くも》らせた。

「このことを美音さまは？」

「いや、内緒だ」

お多喜はすっと背筋を伸ばした。

「お帰りください」

「なぜだ」

「いわずともおわかりでしょう」

お多喜は台所を見まわした。

「さっさとお帰りください。帰らぬと」

かまどに歩み寄り、そこにあった大しゃもじを手にした。目が本気だった。

「わかったわかった」

勘兵衛はあわてて退散した。

腹を空かして屋敷に戻ると、四半刻《しはんとき》ほど前に麟蔵の使いがやってきたことを教えられた。

勘兵衛は身支度をし、滝蔵と重吉を引き連れて道を急いだ。

「おそいぞ」

指定された九段坂《くだんざか》をおりてゆくと、横合いから姿をあらわした麟蔵がいった。

「これでも急いだのですが。しかし、なに用です」

「最上杢左衛門の長屋がわかった。つき合え」

「かまわんですが、しかしなぜそれがしが」

「非番ときいてな。暇つぶしをさせてやろうとの親心だ」

「しかし、休みは久しぶりです」

「どうしてだ。三日に一度だろうが」

「このところ休みがちの者がおりまして、その穴を埋めるために」

「仕事熱心な書院番で休みがちか。珍しいな、誰だ」

口にしたくなかったが、いわないことで麟蔵の興味をひきたくはなかった。

「近藤松左衛門、か。三十二歳、確か千百石取りだな。なぜ休んでいる」

「風邪《かぜ》です」

できるだけ軽い調子で告げた。

「風邪か。まだはやっているのか」

生まれてこの方一度もひいたことのない口調だ。

「ところで、最上どのの長屋というのはどこです」

勘兵衛は話を変えた。

「すぐそこだ」

九段坂から俎《まないた》橋《ばし》を渡らず、元飯田町《もといいだちょう》掘留《ほりどめ》と呼ばれる堀に沿った道を北へ一町半ほど行くと、こおろぎ橋に行き当たる。その橋の手前の道を麟蔵は左へ入っていった。

「ここだ。掘留長屋という」

江戸の至るところにある、ありふれた長屋だった。全部で十四軒の店《たな》が路地をはさんで向かい合っている。

「幾太郎どのは今もここに?」

「おらぬ」

麟蔵は長屋の木戸をくぐり、一軒の家の前でとまった。傘、と障子戸に大書《たいしょ》してある。

「いるか」

知り合いのような声をなかにかけ、麟蔵はどんどんと戸を叩いた。

「なんですかい」

四十すぎと思える男が顔をだした。麟蔵と勘兵衛を見て、眉をひそめた。

「どなたですかい」

つくりかけの傘が大量に、部屋に並べられているのが見える。

「おぬし、ここには長いのか」

男は気位《きぐらい》が高そうな顔をしている。傘を持てる者は金のある者に限られていて、そのことを誇りにしている傘張り職人は少なくない。

「ええ、五年ほどですかね、長いといえば長いでしょうが」

「十年以上、住み続けている者は?」

「隣の星野さまは十五、六年になるらしいですけど」

「わかった。仕事に戻れ」

男は鼻白《はなじろ》んだ顔を見せかけたが、すっと戸を閉めた。

麟蔵は隣の戸を叩いた。ここも傘を内職としている。五十すぎと思える男が出てきた。浪人だった。瞳がよく輝いて、裏店《うらだな》にくすぶる者には見えなかった。

「この長屋に住んでいた最上父子《おやこ》のことをききたいのだが」

「人にものをたずねるときは、まず名乗るのが礼儀と思いますが」

浪人は穏やかな笑みをたたえている。

「これは失礼した」

麟蔵は名乗り、勘兵衛を紹介した。勘兵衛は一礼した。

「徒目付頭《かちめつけがしら》どのか。五十三年生きてきて、はじめてお顔を拝見させていただいた」

笑みを絶やさず浪人は、星野《ほしの》又《また》右衛《え》門《もん》と申す、といった。

「最上父子のことでしたな。十年ほど前、杢左衛門どのは旗本に斬り殺されました。いきなり刀を抜いて斬りかかってゆき、返り討ちにされたそうです」

又右衛門は、麟蔵の顔をのぞきこむようにした。

「どうやらそのことはご存じのようですね」

「なぜ杢左衛門どのが斬りかかっていったかを?」

「存じませぬ。しかし、わけもなく斬りかかるご仁《じん》ではありませんでした」

なるほど、と麟蔵は相槌《あいづち》を打った。

「幾太郎の居場所をご存じですか」

「いえ。八ヶ月ほど前、出ていったきりです」

又右衛門は斜め先の店を指さした。

「そこに住んでいました。今はもう他の人が入っていますが」

「出ていったのは、どこかほかに当てがあってのことですか」

又右衛門はわずかに逡巡《しゅんじゅん》した。

「あったのでしょうね」

「杢左衛門どのの仇《あだ》を討つために住まいを変えたのですか」

「おそらくは」

「どこへをご存じですか」

「いえ」

又右衛門は短く答えた。

「幾太郎は、父親の仇が誰であるか知っていたのですか」

「もちろんです。杢左衛門どのが殺されたその場にいた人たちから話をきいて、家紋《かもん》もわかりましたし、誰であるか噂も教えてくれました」

「しかし、よく十年も待ちましたね」

「仇を討つだけの技量が残念ながらありませんでしたから。幾太郎どのははやる気持ちを抑えきれずにいましたが、それがしが押しとどめました」

「ではこの十年、幾太郎は剣の修行をしていたのですね。独学ですか」

「いえ、師匠につきました」

「師匠はもしや?」

「それがしにそのような腕はありませぬ。傘づくりはほめられますが」

又右衛門は一人の男の名を口にした。

「その園田《そのだ》金吾《きんご》どのは道場主ですか」

「いえ、それがしと同じ傘張りを生業《なりわい》としている浪人です。遣《つか》い手ですよ。なにしろ祖父、父と家中《かちゅう》の剣指南役の血筋ですから。主家《しゅか》が取り潰《つぶ》されなければ、園田どのもまちがいなく指南役におさまっていたらしいです」

「園田どのはどこにお住まいです」

又右衛門はためらうことなく口にし、それから麟蔵を見つめた。

「どうやら幾太郎どのは本懐《ほんかい》を遂《と》げたようですね」

「その通りです」

又右衛門は不思議そうにした。

「まさか逃げたのですか」

「仇を闇討ち同然にし、しかも翌日にはこの男も襲いました」

麟蔵は理由を告げ、勘兵衛を手のひらで示した。又右衛門は呆然とした。

「口封じに襲った……しかし、そのようなことをやる男では……。仇を討ち果たしたあとは、逃げることなく必ず名乗り出ることを申していたのに。そのあとは腹を切るつもりだったのでは、とそれがしは思うのです。仇討願《あだうちねがい》もだしておりませぬし」

奉行所に仇討願をだしていないのなら、正式な仇討とは認められない。単なる犯罪、人殺しに等しい。つかまれば死罪だ。

「なぜ仇討願をださなかったのです」

「ききましたが、答えてくれませんでした」

麟蔵は一拍置いた。

「ところで杢左衛門どのですが、どこの家中だったかを?」

「丹波《たんば》とはききましたが、家中までは存じませぬ」

丹波には一万石から六万石ほどの大名が、六家から七家散らばっている。もし丹波というのが本当なら、そこからしぼるのはむずかしいことではない。

「幾太郎の顔形を教えていただけますか」

「それがしの口から申すことはできませぬ、といいたいところですが、結局、他の者に話をきかれるのでしょうな」

又右衛門は真摯《しんし》に語った。

目はやや垂れて、鼻は鼻筋が通って高く、両唇は薄い。左側に八重歯が一本。笑うと頬に深いしわができる。特に目立つのは耳がとんがっていること。

勘兵衛は、つい最近、耳のとんがっている男を見たのを思いだした。どこでだったか。

ちらりと振り返った麟蔵が又右衛門に向き直り、頭を下げた。

「感謝の言葉もございませぬ」

「しかし、幾太郎どのが逃げ、しかもそちらの方を襲ったなどそれがしにはとても信じられません」

勘兵衛もわからなくなっていた。楽松で見たあの商人然とした男が原田主従を殺したのなら、幾太郎はいまだ本懐を遂げていないことになるからだ。

「勘兵衛、思いだしたか」

掘留長屋をあとにし、こおろぎ橋を渡ってすぐの道を北へ向かっている最中、麟蔵がいった。

「本来なら裏づけを取るために、長屋の者に幾太郎のことをきくつもりだったが、おぬしになにか心当たりがありそうなのがわかったからな」

「まだ思いだせませぬ」

「その頭はどうなっているのだ。一度、診《み》てもらったほうがいいぞ。それともあまりにでかすぎて、しまい場所を捜しにくいのか」

勘兵衛はこめかみのあたりを指で押した。

「そんなことしても小さくならぬぞ」

さすがにむっとしたが、なにもいい返せなかった。

道は武家屋敷が建ち並ぶ小川町台町《だいまち》をすぎ、三崎稲荷《みさきいなり》という神田川の土手上に建つ小さな社《やしろ》に突き当たった。すぐそばの橋を渡り、神田川の流れに沿って東へ二町ほど行き、道を左に折れた。その道を進んで竹町河岸通《かしどおり》と呼ばれる通りに出、そこから北へ十間《けん》ばかり路地を入ったところ、本郷元町《ほんごうもとまち》にその長屋はあった。

「ここか」

やってきたのは、千助長屋《せんすけながや》という日当たりが極端に悪い長屋だった。よどんだ下水の臭いが漂い、あまり長いこといたいとは思わない場所だった。

園田金吾の住まいにも、傘と大きく戸口に記されていた。

金吾は在宅していた。又右衛門と似た歳らしく、五十をいくつかすぎているように思えた。ただ、又右衛門より少しやつれが感じられた。白髪も多い。指南役の血を継《つ》いでいるのは事実らしく、身ごなしに隙《すき》はなかった。

麟蔵は名乗り、間を置くことなく幾太郎のことをきいた。途端に金吾の面《おもて》は曇ったが、きっぱりと答えた。

「確かに剣は教えましたが、今どこにいるかは存じません」

「父親の仇を討つ覚悟でいたことをご存じでしたか」

「星野どのからその旨《むね》、きかされました。最初はそのような剣など教えたくありませんでしたが、教えていただけないなら討ち死にを遂げるまでです、と半ば脅《おど》されまして……」

「幾太郎は本懐を遂げたようです」

金吾ははっと息を飲んだ。

「いつのことです」

麟蔵は日付を口にした。

「先月の二十八日ですか……死んだのですね」

親しい人の遺骸を目の前にしたような悲しげな瞳で確かめる。

「いえ、生きています」

麟蔵は、又右衛門にいったのと同じ言葉を告げた。

「そんな馬鹿な。では、幾太郎を捜しているというのは、人殺しの犯人としてですか」

それには麟蔵は答えなかった。

「稽古《けいこ》の末、幾太郎は遣《つか》い手に？」

「それはもう。もともと筋はかなりのもので、厳しく鍛えてゆくうち、最後には拙者《せっしゃ》も三つのうち二つまで取られるほどになりました」

金吾は手許《てもと》に視線を落とした。

「日に日に上達するのを見るのは楽しみでしたが、強くなればなるほど死にゆく日が近づいてくるわけで、複雑な気持ちで拙者は稽古をつけていました」

「最後の稽古は八ヶ月前ですか」

「ええ、稽古の前に幾太郎は、これまで長いあいだありがとうございました、と深々と頭を下げました。お互い生きて二度と会わぬのがわかりましたから、涙を流しながらの稽古となりました」

金吾は力なく首を振った。

「あの涙に嘘はなかったと思うのですが……命を惜しむような若者ではないですし」

麟蔵は空咳《からぜき》をした。

「最後の稽古の頃、幾太郎に変わったところはありませんでしたか」

「そうですね、極端に口数が少なくなっていったことでしょうか。しかし、それは拙者も同じでした」

「ほかには？」

いわれて金吾は考えこんだ。じっとうつむいていたが、やがて顔をあげた。

「そういえば、口入屋《くちいれや》に出入りしていたようです。傘を入れさせてもらっている店の番頭からきいたのですが。なんでも口入屋でばったり会ったということでしたね。あれはもう一年近く前のことでしょうか」

「どこの口入屋です」

「この先の本郷竹町です。相川屋《あいかわや》といって、角にあるからすぐにわかります」

口入屋か、と勘兵衛は思った。幾太郎はどこか奉公先を捜していたことになるのか。勘兵衛はあっ、と声をあげた。

「失礼ながら、園田どのはいつから浪々《ろうろう》の身に」

勘兵衛にじっと目を当ててから、麟蔵は金吾に瞳を戻した。

「拙者がちょうど十のときでした。主家が改易《かいえき》になりまして」

それで江戸に出てきたのだ。以来、ずっとこういう長屋に住んでいるのだろうか。

「父には厳しく剣を教えこまれましたよ。いつか訪れる仕官の日に備えて。結局、それも無駄に終わりましたが」

「主家は丹波ですか」

「伊予《いよ》です。三万石の小さな家でした」

麟蔵は質問を終えた。なにかきくことはあるかとばかりに勘兵衛を見た。

勘兵衛はうなずき、半歩踏みだした。

「幾太郎どのとは、どこで稽古をしていたのです」

金吾は、おやっという目で勘兵衛を見た。

「さっき申しました口入屋の裏に空き地があるのです。家々にさえぎられて人目につかぬところですから、稽古には都合のいい場所でした」

「差し支《つか》えなければ、そこで立ち合う形で園田どのの型を見せていただけませぬか」

金吾はやりかけの傘を気にしかけたが、よろしいでしょう、といった。なかに戻り、つかいこまれた木刀《ぼくとう》を二本持ってきた。

空き地はほんの二町ほど先にあった。十畳ばかりの広さで、草が一杯に生えていた。四方を囲む家は、背を向け合うようにいずれも壁のみを見せている。

木刀を受け取った勘兵衛は金吾と向き合った。できるな、と金吾を見て思った。

金吾はそれまでの習慣がなせるのか、無言で進んできた。真剣でやり合うような圧倒的な剣気《けんき》が勘兵衛におおいかぶさってきた。

上からと見せかけて、不意に木刀が下にもぐりこんだ。

勘兵衛は打ち返した。突きが入ってきた。勘兵衛は横に払った。今度は袈裟《けさ》斬りが来た。

勘兵衛はすっと一歩下がった。

袈裟斬りはしかし途中で急激に伸びてきた。

これには勘兵衛は面食《めんく》らった。首をひねることでぎりぎり避けた。

金吾の体がわずかに流れたのを勘兵衛は見た。ほんのわずかな隙だったが、見逃すことはなかった。

勘兵衛は体を沈みこませ、そこから逆胴《ぎゃくどう》に木刀を振るった。金吾の脇腹の寸前でぴたりととめた。金吾は木刀を右手一本で伸ばしたまま、かたまっている。

勘兵衛は木刀を引き、一礼した。金吾は大きく息をついた。

「いや、本当に殺られたと思いましたよ」

金吾は額から噴《ふ》きだす汗を手でぬぐった。

「一目見て遣《つか》い手であるのがわかったのでお受けしたのだが、思っていた以上でした。いや、まいりました。幾太郎に狙われて生きていられるはずがないと思っておりましたが、世間の広さを思い知りました」

汗一つかいていない勘兵衛をまぶしげに見やった。

「どうやら、真剣での立ち合いの経験がおありのようだが?」

どう答えようか勘兵衛が迷ったとき、麟蔵が横から近づいてきた。

「遣い手同士というのは、さすがに緊迫感がちがうな。胸を押されるようだった」

勘兵衛は金吾に木刀を返し、麟蔵にきいた。

「わかりましたか」

麟蔵は二人が立ち合っている最中、口入屋に話をきいていた。

「あとで話す。勘兵衛、もういいのか」

「はい、十分です」

勘兵衛は金吾に深くお辞儀をした。

「どうもありがとうございました」

「いえ、こちらこそいい経験をさせていただきました」

ふと、金吾は気がかりそうな目を麟蔵に向けた。

「幾太郎をとらえるのですか」

「そのつもりです」

今度ははっきりと答えた。

「そうですか。では、伝えていただけませんか。仇討などやはりとめるべきだったと拙者が後悔していることを」

金吾は顔をうつむけた。

「我が子も同然の男を行かせるべきではなかった。拙者が父親として、生きることの喜びをもっと教えるべきだった……」

勘兵衛は麟蔵にうながされ、その場を離れた。

「どうだった」

竹町河岸通に出て道を戻りはじめたとき、麟蔵がきいた。

「あの剣を幾太郎どのが遣うなら、原田主従を殺害したのは幾太郎どのではないですね。その翌日、それがしを襲ってきた男こそ、幾太郎どのでしょう」

麟蔵はなにもいわず、歩を進めている。やがて道は広くなり、神田川が見えてきた。

「幾太郎どのの奉公先はわかったのですか」

麟蔵は鼻で笑った。

「ふん、もうわかっているのだろうが」

「原田家ですね」

「耳のとんがった男というのは、原田家の中間《ちゅうげん》だな」

「主従の供《とも》についていた若い男です。正助《しょうすけ》と名乗りました」

そう、あの男が最上幾太郎だったのだ。

「となると、幾太郎は楽松の男の手引きをしたのか。ちがうな。仇を討つために原田家にもぐりこんだのだから。そのために仇討願をださなかったのだろうし」

麟蔵がこういうのにはわけがある。家臣になりすまして仇を討とうとするのは、正式な仇討とは認められないのだ。これは、一度でも主従となれば、子が親を殺すのと同じで、道義上、認められないからだ。

「あの日、これ以上望めぬ機会を得た幾太郎どのは二人を殺す間を計っていたのでしょう。いつも供につく中間が風邪をひき、その代わりだったそうですし」

勘兵衛は、あのとき歩きながら感じた殺気を思い起こした。あれは幾太郎が発していたものだったのだ。

「幾太郎は驚いただろうな。名乗りをあげざま討つ気でいたところに、横合いから別の者があらわれたのだから」

麟蔵は右の頬をぽりぽりとかいた。

「しかし、なぜ幾太郎はおぬしを襲ったのか。うん、どうやら目星《めぼし》をつけている顔だな」

「あのとき、それがしは原田主従を殺害した者の目に覚えがあることを幾太郎どのに話しました」

なるほどな、と麟蔵は納得した。

「それをきいて、幾太郎はおぬしの口封じを思い立ったのか。つまり二人は知り合いで、幾太郎は男をかばったということか。ふむ、二人は同じ家中だったのかもしれぬな。杢左衛門が与右衛門に斬りかかっていったのも、楽松の男が与右衛門を殺したのも、根は同じということか」

麟蔵はすらすらと口にした。

「幾太郎はその何者かに、なにがしかの恩義を受けたことがあるのかもしれぬな」

不意に麟蔵は勘兵衛の肩を叩いてきた。にんまりと笑っている。

「それにしても、おぬしを連れてきたのはやっぱり正しかったな」

二人は原田家を訪れた。

勘兵衛は緊張している。もしかすると、白昼、最上幾太郎とやり合わなければならないからだ。麟蔵はそれなりにできるが、当てにはできない。

幾太郎は姿を消していた。

「ええ、正助はあるじの通夜《つや》が終わった直後、出ていったきりですよ」

正助と親しかったという中間が答えた。

むろん予期していなかったことではなく、やはりな、と勘兵衛は思った。

「行先は？」

「なにもいわず、ほんと、急にいなくなっちまったんです」

「立ちまわり先に心当たりは？」

知りませんねえ、と中間は答えた。

「無口な男でしたから。いつもなにか思いつめているような感じで。話してみるといい男なんですが、やつから話しかけてくることはまずなかったですね」

「やつに女は？」

「いなかったと思いますよ。女のところにしけこむなんて器用な真似ができる男ではないですよ」

ほかの者からも、似たり寄ったりの話しかきけなかった。二人は原田屋敷を出た。

「原田家はどうなるのです」

勘兵衛は、あるじを失って活気を失っていた屋敷を案じた。

「せがれが継《つ》ぐことになろう。しかし不意討ちとはいえ、横死《おうし》だからな、さすがに減知《げんち》にはなりそうだ。そうだな、二百石は覚悟しなければならぬか」

そんなにか、と勘兵衛は思った。暇をだされる家臣も出てくるだろう。

「なんとかならぬのですか」

「俺にいうな。俺が決めるわけではない」

三十

翌日、つとめを引けて座敷で書見《しょけん》をしているところに、また麟蔵から使いがあった。勘兵衛は二人の供を連れ、使いとともに楽松に走った。

「どうやら商人の正体がわかりそうだぞ」

麟蔵は楽松の中庭に立っていた。横に楽松の奉公人の若い女がいる。いつもはにこやかな笑みを絶やさない明るい娘だが、今は緊張を隠せずにいた。

「もう一度きくが、その廊下に二人の商人が並んで立っているとき、その手水《ちょうず》のところにこの男が立っていたのだな」

この男というのは勘兵衛のことだ。

「はい、ちょうどそちらの廊下を行きましたとき」

娘は、庭の左手にある渡り廊下を指さした。

「お二人が並んで庭を観賞され、そちらのお武家が手を洗っていらっしゃるのを見ました」

「この男にまちがいないか」

麟蔵は念を押した。

「はい、よくいらしてくださいますし、それに……」

娘は気づいて口を閉じた。麟蔵が笑ってあとを引き取った。

「これ以上ない目印を持つ男だからな」

娘は申しわけなさそうに目を伏せた。

「その商人の名は？」

「一人はお馴染《なじ》みさまで、よく存じているのですが……」

娘はそばにいる主人を見た。やさしい瞳をしている松次郎は、なんでも話しなさいというように深くうなずいた。

「伊豆見屋さんです。小石川で履《は》き物を扱っているお方です」

鱗蔵はその名を頭に刻みこんでいる。

「その日、原田与右衛門と岡本源三郎が来ていたのもまちがいないか」

「はい、まちがいございません。その渡り廊下をつかったのは、奥の座敷にいらしたお二人へ注文の品を運ぶためでしたから」

「与右衛門は次回の予約もしていったのだな」

鱗蔵は松次郎にたずねた。

「はい、いつもの通りに」

「伊豆見屋と一緒に来ていた商人だが、はじめてだったのか」

「その通りでございます」

「伊豆見屋から紹介されなかったのか」

「されたような気もいたしますが、申しわけございません、忘れてしまいました」

その質問が最後だった。勘兵衛と鱗蔵は楽松を出た。

「なかなか剛毅《ごうき》なあるじだな」

店を振り返って鱗蔵がいう。口許《くちもと》に笑みをたたえている。

「大事な客に紹介されて忘れるはずがないのに、すっとぼけおった。この俺を前にして、なかなかできることではないぞ」

「原田どのが予約するのを、その商人はきいていたのでしょうね」

「そういうことだな」

麟蔵は伸びをした。

「さあて勘兵衛、小石川まで行くか」

「えっ、それがしもですか」

「当然だ。話したいこともある。大丈夫だ、おそくなっても心配はいらぬ」

どうだかな、と勘兵衛は疑ったが、歩を進めるしかなかった。

早足で歩きながら麟蔵が口をひらいた。

「丹波の大名で、二十一年前に取り潰《つぶ》しになった外様《とざま》が一つあった。四万石の家だ」

二十一年前の春、下屋敷で出入りの旗本を招いての酒宴の際、酔った殿さまが在府《ざいふ》の家老を手討《てう》ちにしたことがあった。そのときとめようとした旗本一人を殺害し、一人に大怪我《おおけが》をさせたのだ。殿さまが家老を手討ちにしたのは、正室《せいしつ》との不義を疑ったためらしい。

「この一件で殿さまは切腹、家は取り潰しだ」

「原田主従はその家中だったのですか」

「まだわからぬ。家中だった者に話はきけたが。一つ興味深い話があった。主家が潰れる前、こんなことがあったそうだ」

勘定方《かんじょうかた》に勝浦辰之介《かつうらたつのすけ》という男がいたが、辰之介は三千両もの金を横領したという。七年以上にわたって、江戸に送る金をごまかしていたのだ。発覚寸前、辰之介は行方《ゆくえ》をくらました。辰之介は当時、二十八歳だった。

「辰之介はとらえられたのですか」

「二人一組の追っ手が十組出たが、ついにつかまらなかったそうだ」

「原田どのが石野家に入った際の金の出どころがわからぬといわれましたが」

「この横領金だったとすれば、説明はつくな。歳もぴったりだ」

辰之介の上司が関与を疑われ、腹を切ってもいる。まだ二十七歳で、家督を継いで五年ほどたっていた。まじめ一方の人間で、無実であるのは疑いようがなかったが、疑惑を持たれたことを恥じ、また自らの監督不行き届きの責任をとって切腹してのけたという。

「その上司の名は、最上久太郎《ひさたろう》。最上杢左衛門のせがれだろうな」

「とすると、幾太郎どのは？」

「久太郎のせがれだな。幾太郎は当時三、四歳か」

杢左衛門と幾太郎は父子ではなく、祖父と孫だったのだ。

「杢左衛門どのはせがれの仇《あだ》である辰之介を見つけ、斬《き》りかかっていったのですね」

「そのとき杢左衛門が叫んだ言葉を、居合わせた者たちからきくことができた。きさまやはり江戸に、というものだったらしい。つまり、ばったり出会ったということだな」

麟蔵は唇を湿《しめ》らせた。

「最上久太郎の係累《けいるい》以外に勝浦辰之介にうらみを持つ者が一人いた。辰之介に妻を奪われた男がいたとのことだ」

その者は辰之介の追っ手の一人だった。

「名は鈴木《すずき》哲之進《てつのしん》。家中では最高の遣い手だった。哲之進の妻は、辰之介と示し合わせていたらしい。哲之進が追っ手として領外に出た一月《ひとつき》後、行方をくらました」

麟蔵は少し不機嫌さを感じさせる声で続けた。

「その後、江戸下屋敷において主君が乱心、主家は取り潰しになった。踏んだり蹴ったりというのは、まさにこういうことをいうのだろうな」

「鈴木哲之進の消息は？」

勘兵衛はあまり期待せず、きいた。麟蔵は、残念ながら、と答えた。

しかし、それもときの問題だった。おそらく伊豆見屋と一緒にいた男がそうだろう。主家が潰れ、その男は侍を捨て、商人になったのだ。

麟蔵がぽんと手のひらを打ち合わせた。

「そうだ、勘兵衛、お豊のことがわかったぞ」

「まことですか。江戸に戻ってきているのですか」

「半年ほど前にな」

やはり、と勘兵衛は歯を食いしばるような気持ちで思った。

「だが、もう死んでいる。二月《ふたつき》ほど前のことだ。死病から逃れられぬのをさとり、舞い戻ってきたらしい。松永太郎兵衛の死んだ江戸にな」

お豊の場合、死罪にならない罪を犯して一年以上経過していることから、江戸に戻ってきたところで身に咎《とが》が及ぶことはない。

それにしてもあの女が死んだのか、と勘兵衛は一度しか会っていない女の面影《おもかげ》を脳裏に浮かべた。あのとき、どことなく影の薄い女だと感じた気がしている。

「すると、それがしを襲ったのは？」

「お豊には二人の弟がいた。二人とも松永家に仕えていた。今、行方を追っている。近いうち必ずとらえてやる」

麟蔵の言葉には自信が感じられた。勘兵衛はほっとするものを覚えた。

小石川青柳町に着いた。

伊豆見屋はすぐに見つかった。店先は少し寂しげな感じがして、あまりはやっているようには思えなかった。たまたまそういう刻限なのかもしれないが。

奥座敷に導かれる最中、浪人らしい者が五、六名、廊下に顔を突きだし、勘兵衛たちをうろんな目で見た。麟蔵が、なんだおまえら、という瞳で見返すと、興味なさげな表情になって、部屋にひっこんだ。

用心棒か、と勘兵衛は思った。一瞥《いちべつ》した限りでは遣える連中ではなかった。

店主の伊豆見屋甚五郎は待たせることなく、奥座敷にやってきた。敷居際《しきいぎわ》に手をつき、ていねいに挨拶《あいさつ》をする。

麟蔵が鷹揚《おうよう》に手を振った。

「きくことは一つしかないから、店先でよかったのだが」

「いえ、そのような真似はできかねます」

甚五郎は座布団をうしろへ押しやり、二人の前に正座をした。

「先月の十二日だが、楽松へ行ったな」

甚五郎は顔を伏せ、かすかに首を傾けた。

「はい、まいりました」

少しおどおどしている態度が、勘兵衛には気になった。

「そのとき一緒に行った男は誰だ」

「全部で六名でございます。皆、同業の者で」

「廊下で庭をともに眺めていた男だ」

「ああ、鈴野屋さんです。鈴野屋さんは庭に造詣《ぞうけい》が深いものですから」

「鈴野屋。まちがいないな」

麟蔵の脅《おど》すような口調に甚五郎は目をみはった。

「まちがいございません」

甚五郎は気がついたように、どうぞお召しあがりください、と茶を勧めた。

麟蔵がすするのを見て、勘兵衛も喫《きっ》した。

「ところで、例の一件にからんでのお調べですか」

甚五郎がきく。

「なんだ、例の一件とは」

甚五郎は意外そうにしたが、すぐに語りはじめた。

きき終えた勘兵衛と麟蔵は仰天《ぎょうてん》した。

「鈴野屋がかどわかされただと」

「はい、無事戻ってまいりましたが鈴野屋さんが戻ってこられてすぐ、田村屋さんまでかどわかされまして。この店にかどわかしの文が届き、それは騒ぎになりました」

「田村屋というのも同業者か」

「はい」

「この店に文が届いたというのはどういうことだ」

甚五郎は顚末を語った。

同業者二人が誘拐されたことで、この男はびくついているのだ。

「用心棒を飼っているのはそのためか」

「はい、まあ、そういうことで」

「もっと腕の立つのを雇ったほうがいいぞ。この男くらい遣《つか》えなければ役には立たぬ」

麟蔵は勘兵衛の肩を痛いくらい叩いた。

はあ、と伊豆見屋はわずかに興ざめしたような顔を見せた。

「鈴野屋がかどわかされたのはいつだ」

「先月二十六日の夜です。解き放たれたのは二十八日の深夜のことです」

「なに。二十八日には賊の手中だったのか」

麟蔵は、どういうことだという目をした。

「狂言というのは考えられぬのか」

「まさか。そういうことをやるお人ではございません。狂言をやる意味があるとも思えませんし」

鈴野屋の場所をきいて、二人は伊豆見屋を辞した。

伊豆見屋に入る前わずかに残っていた暮色《ぼしょく》はとうに消え、町は闇の腕にいだかれていた。

町には灯《ひ》が灯《とも》り、そのにじむような明るさの下、昼間から飲んでいたと思える酔眼《すいがん》の職人たちが新たな店を捜し求めている姿が多く目についた。

「しかし、鈴野屋が本当にかどわかされていたのなら、原田主従を殺したのは鈴野屋ではありませんね」

「どうだかな。裏がありそうだが。また連絡する。明日は鈴野屋に行くぞ」

「えっ、それがしもですか」

「おまえな、いつもいつも同じことをいってるんじゃない。もし鈴野屋が刃向かったとき、おぬしの腕が必要なのだ」

「正直、あまりやり合いたくはありませぬ。それがしにも家族があります」

「この前はやると申したではないか」

「そんなこと、申しましたか」

「すっとぼけるならそれでもいいが」

麟蔵はぎろりとした目を向けた。

「必ず手伝うといわせてやる。覚えておけ」

ぺっと唾を吐くと、道を歩き去った。

まったく子供みたいな人だな、と勘兵衛はうしろ姿を見送りながら、思った。

「飯沼さまは、ずいぶん勝手をおっしゃいますね」

歩きはじめて滝蔵が憤然といった。重吉も同じ顔をしている。

「あまり大きな声をだすな。きこえるぞ」

滝蔵はびくりと振り返った。

「脅かさないでください」

「脅しではないさ。あの人には本当にきこえるのだ」

しかしこれからこの二人と一緒に帰るのか、と思うと、勘兵衛は少し心細かった。

道は暗く、空には黒い幕を垂らしたような雲が出てきていて、星はほとんど見えない。

秋が深まりつつあるのを知らしめる冷たい風も吹いていて、襟元《えりもと》がうすら寒い。背筋をぞくりとさせる犬の遠吠《とおぼ》えが、風に乗って妙に近くきこえる。

「今、何刻《なんどき》かな」

「そうですね、六つ半をすぎたくらいではないでしょうか」

美音は心配しているだろうな、と勘兵衛は胸が痛んだ。

「できるだけ急いで帰ろう」

それから四半刻たって、道はようやく番町に入った。見馴《みな》れた景色を目にして勘兵衛は、母に抱きあげられた子供のような安心感を覚えた。

それが油断だった。

勘兵衛めがけて影が躍りかかってきた。刀《かたな》が振りおろされる。勘兵衛はかろうじてかいくぐった。体をひるがえしかけて、もう一人いることに気づいた。

あの二人組だった。

すでに胴に刀は振られていた。勘兵衛は地べたにがばっと伏せた。刃《やいば》がうなりをあげて、頭の上を通りすぎてゆく。

勘兵衛はすばやく立ちあがった。刀を抜こうとして背後から突きが来るのを感じ、体をひらいてかわした。目の前に広がった敵の背中に、刀を振りおろそうとした。

罠であるのをさとった。背後に一人がまわりこんでいる。刀が猛然と落ちてくる。勘兵衛は振りあげていた刀を背後にまわした。

がきん、という音とともに痛いほどの衝撃が腕を伝わった。

もう一人は、勘兵衛のがら空きの胴を払おうとしていた。

勘兵衛は左手で脇差《わきざし》を引き抜き、その刀を受けた。左手が強烈にしびれ、脇差を取り落としそうになったが、かろうじて耐えた。

背後の男は、上段から太刀《たち》を振りおろそうとしていた。勘兵衛は体勢を低くするや、体をまわし、刀を下段《げだん》から浴びせた。

男は一歩下がったが、すぐさま踏みこんできて、勘兵衛の頭を割ろうとする太刀を浴びせてきた。

勘兵衛は横に避けようとして、とどまった。勘兵衛が死地に飛びこむのを敵が息をひそめて待ちかまえていた。

勘兵衛はうしろに跳《は》ね飛ぶように下がった。一瞬の間を置いて横合いから剣気が一気に立ちのぼり、襲いかかってきた。

勘兵衛はその前にすでに、男の懐に飛びこんでいた。怒りにまかせて、脇差を胸倉《むなぐら》に突き通そうとした。

「勘兵衛、殺すなっ」

怒鳴り声がした。体がその声にしたがうように動いて、脇差の柄《つか》で男の顎《あご》を打っていた。骨がきしむ音がし、男はひっくり返った。

男が頭巾《ずきん》をかぶっていることに、このとき勘兵衛は気づいた。この男も頭巾をしていた。

勘兵衛は体を返し、もう一人に向き直った。

男は動くことができずにいた。四方から、五本の刀を突きつけられている。

「刀を捨てろ」

五本の刀がつくる輪の外にいる男が厳しく命じた。

頭巾のなかで、男がくっと唇を噛み締めたのを勘兵衛は感じた。男は息を一つ吐き、それから刀を放《ほう》った。勘兵衛を見る。憎しみに彩《いろど》られた両の瞳だった。

輪のなかから二人の男が進み出て、男の脇差を取りあげ、有無をいわさぬ調子で男を地面にうつぶせにさせた。うしろ手にかたく縛《しば》りあげる。気絶しているもう一人にも同じことをし、活を入れた。

男はぶるっと痙攣《けいれん》してから、目を覚ました。顎の痛みに顔をしかめたようだが、腕を縛りあげられていることに気づき、表情はさらに苦々しいものになった。

抜き身を鞘《さや》にしまって、一人の男が近づいてきた。

「飯沼さん……なぜここに」

麟蔵を見つめるうち、勘兵衛は答えが脳裏を占めるのを感じた。

「それがしをおとりにしたのですか。今宵《こよい》あたり、この二人が狙うことがわかっていて、だからわざわざ遠くまで連れだしたのですね」

近いうち必ずとらえてやる、との言葉は今夜を指していたのだ。

麟蔵は、立ち尽くしている二人の頭巾を手際《てぎわ》よくはぎ取った。配下が提灯《ちょうちん》を差しだす。

「どうだ、覚えがあるか」

勘兵衛は二人の顔をまじまじと見た。

二人とも獰猛《どうもう》な犬の顔つきで勘兵衛を見返している。それでも、二重まぶたの整った顔立ちに、どことなくお豊の面影が感じられた。

「ありませぬ」

思った以上に若かった。歳は勘兵衛と同じか、それ以下だ。

「だろうな」

配下を呼び集めた麟蔵は、勘兵衛にうなずきかけた。

「ではな、勘兵衛」

麟蔵は悠々とした足の運びで歩き去ってゆく。とらえられた二人は肩を押されるように引っ立てられていった。

実際、勘兵衛は舌を巻いていた。おそらくつかず離れずといった形でずっと背後にいたはずなのに、なんの気配も感じさせなかった。

それにしても、と勘兵衛は不思議でならない。あれだけの腕利《き》きぞろいなのに、麟蔵はなぜ自分をつかおうとするのだろうか。

三十一

九月五日の朝が来たが、七十郎には進展がなかった。喜八が賊どもと関わっていた証拠を得ることもなかったし、なにより賊どもの行方はまるで知れなかった。

大川をのぼってとっくに管轄《かんかつ》外に逃亡したことは十分に考えられ、その旨《むね》、関東各所の代官に連絡は行っているが、怪しい者どもが見かけられたり、とらえられたといった知らせはいまだに届いていない。

しかし、いきなり前がひらけた。徳五郎が手下を連れ、奉行所にやってきたのだ。徳五郎は瞳をいきいきと輝かせていた。

「旦那、どうも妙なことになってきましたぜ」

徳五郎はすごみをきかせた声でいった。なにかとんでもないものを仕入れてきたとき、徳五郎はこういう話し方をする。

「そら、きさこんだことをお話しな」

「ええ、それが親分のいう通り、ひどく妙なことなんで」

手下の話をきき終えた七十郎は奉行所を出た。

「ここです、旦那」

手下が裏店の前で立ちどまった。

そこは吾妻橋を渡って五町ほど東に来た本所松倉町《ほんじょまつくらちょう》の西の端で、肥前平戸《ひぜんひらど》松浦家《まつうらけ》六万千七百石の下屋敷のそばだった。

木戸をくぐり、手下は最も奥の家の戸を叩いた。三十前くらいの男が顔をだした。

手下が事情を説明し、もう一度同じ話を七十郎にするようにいった。

「ええ、かまいませんが、ただし、あっしの見まちがいだったことも十分に考えられますんで、そのあたりは一つご勘弁《かんべん》ください」

京助《きょうすけ》と名乗った男は息を一つ入れてから、語りはじめた。

「先月の二十七日の昼の九つ（正午）すぎのことです。浅草寺《せんそうじ》近くにちょっと用事がありまして、そのときあっしは伊兵衛さんらしい人を見かけたんです」

京助は言葉を切った。七十郎は黙ってうながした。

「伊兵衛さんは深くほっかむりをして、どこか落ち着かない様子に見えました。声をかけようと思ったんですけど、なにかそうしちゃいけない感じがあって、あっしはそのまま行きすぎました。そのあと、その日は伊兵衛さんがかどわかしに遭《あ》ってどこかに押しこまれていたことを知って、ああやっぱり他人の空似《そらに》だったんだと思っていたんです。で、そのことを昨日、馴染《なじ》みの店で一杯やりながら話したんです。そしたら今朝《けさ》、寝ていたところを起こされまして……」

手下がそのあとを引き取った。

「ええ、ちょうどあっしの幼馴染《おさななじ》みも昨日《きのう》、その店にいまして、今朝、そのことを教えてくれたというわけです」

七十郎は京助に向き直った。

「鈴野屋を見たという日だが、二十七日にまちがいないか」

「まちがいありません。あっしは煎餅《せんべい》職人なんですが、用事というのは叔母《おば》さんに煎餅を届けることだったんです。二十六日にちょっとした注文をもらい、翌日必ず届けるようきつくいわれてまして。怒らせるととにかくうるさい人なんで、それで日にちを覚えている

「というわけなんです」

「鈴野屋のことはよく知っているのか」

「そりゃもう。伊兵衛さんは夫婦そろってあっしの煎餅をひいきにしてくれてますから」

京助に礼をいって、七十郎は長屋を離れた。二十六日の夜にかどわかされたはずの伊兵衛が翌日の昼、浅草寺近くにいたという。これはどういうことか。

七十郎の脳裏には一つの光景が浮かんでいる。

懐《ふところ》にあたたかみを感じながら、隠れ家に戻ってきた若い男。なかに入った途端、目にしたのは五人の仲間の死骸。そして、匕首《あいくち》を手に突っ立つ伊兵衛。なにが起きたのかさとった男は逃げだそうとした。

しかしその前に匕首で腹を切り裂かれた。外にかろうじて出て、走り続けたが、結局、あの場で力尽きた。

懐にしまわれていた十二個の饅頭《まんじゆう》。賊が全部で六人だったと考えれば、納得がゆく。

伊兵衛が五人の賊を殺すことができたのは、一通目の文《ふみ》を書いた直後、殺しにかかった賊から匕首か脇差を奪ったからだろう。もとは侍で、七十郎の考えでは、伊兵衛は相当の遣《つか》い手だったはずだ。

賊が文を書かせたのは、伊兵衛がまだ生きていること、身の代《しろ》目当てであるのを教えるためだった。そのために縛《いまし》めをはずしたのが、命取りになった。

お有に身の代を要求し、ものの見事に三百両を奪い取ったのも伊兵衛の考えだろう。あの時点では、賊が生きていることにしなければならなかったからだ。なぜか。伊兵衛の頭には、喜八殺しがあったのだ。

かどわかしを賊に依頼した復讐か。いや、それだけでは足りない気がする。

伊兵衛を上まわる片鱗《へんりん》を見せていたという、跡取り息子のことを、七十郎は思いだした。五ヶ月ほど前のその死が、喜八の使嗾《しそう》、あるいは依頼であることを伊兵衛は知ったのではないか。

伊兵衛を殺したところで、伊兵衛以上といわれる吉太郎がいれば、鈴野屋の隆盛に変わりはない。いずれ脅威になる前に始末してしまえという思いだったのではないだろうか。

ただ、七十郎には一つ疑問があった。

伊兵衛は、八月二十七日の朝には賊どもを殺していた。しかし自ら縛めをして、橋場町で見つかったのは二十九日の朝。

二十七日は身の代を受け取らなければならなかったからいいとして、二十八日にはなにをしていたのか。この一日の空きには、なにか意味があるのだろうか。

奉行所に戻った七十郎は、貞蔵を一室に呼び、すべての考えを話した。

「辻褄《つじつま》は合っておるな……」

さすがに貞蔵は驚きを隠せない。

「しかし、七十郎、なぜこのようなことを考えついた」

「鈴野屋が橋場町で見つかって無事帰ってきたとき、あの男はずっと縛めをされ、猿ぐつわをされていたといいました」

「その通りだ」

「あの話から推察するに、おそらくとらわれているあいだ水も食べ物も与えられていなかったのではと思えました。しかしあのときの鈴野屋は元気で、空腹も渇きも覚えている様子はありませんでした。むしろ、どこか晴れ晴れとした感さえ受けました」

貞蔵は腕を組み、そのときを思い起こしている。

「鈴野屋はなにもほしがらなかった。水さえも。あれは足りていたからか」

腕を解き、肩を一揺すりした。

「一つわからぬことがある。吉太郎が賊の手にかかったとして、それが田村屋の依頼であることを伊兵衛はどうやって知ったのか」

「伊兵衛が五名を殺害した際、命惜しさにべらべらとすべてを白状した賊がいたのではないでしょうか」

「そういうことか。そして鈴野屋は左手で文を書いて喜八を呼びだし、殺害した。七十郎、鈴野屋をとらえるか。だが証拠がないな」

貞蔵は深く首をうなずかせた。

「いや、いい手立てがある」

三十二

「やつら、なにか吐きましたか」

「ああ、やはりお豊の弟だった。古谷勘兵衛のもとどりを墓に供えるよう、お豊にいわれたそうだ」

遺言だったのか、と勘兵衛は思った。それだけ憎まれることをしただろうか。あの女にとって、松永太郎兵衛がそれだけ大きい存在だったといえるのだろうが。

時刻は八つ半（午後三時）に近づきつつある。

つとめを終えた勘兵衛は鱗蔵と肩を並べて歩いていた。うしろを供の二人がついてくる。今、ちょうど吾妻橋を渡っているところだ。多くの人が行きかうなか、水鳥の鳴き声が耳に届く。かもめらしい白い鳥が上空をすいと横切ってゆく。

「名は水越丑之丞《みずこしうしのじょう》、数馬《かずま》だ。歳は二十六と二十四。二人とも若いな」

「死罪ですか」

「死なせたくないのか。無理だな。書院番の命を狙って、無事にすませるわけにはいかぬ。二人とも近くあの世送りだ」

鱗蔵は手刀《てがたな》で首を落とす仕草をした。

「もし久岡勘兵衛をし損じて返り討ちにされたとき、姉の面倒を見る者がいない、というのが二年待った理由だった。それに、お豊の遺言だけではないのだ。あの二人もおぬしを憎んでいた」

「どういうことです」

「植田家が改易《かいえき》になり、家中《かちゅう》の者は路頭に迷っただろう。商売をはじめた者もいるが、うまくいった者は一人としていない。いずれもわずかな貯えを溶かしてしまった。行く末を悲観し、腹を切った者も何人かいる。そういった悲劇は、すべて古谷勘兵衛という男がい

「それがしを巻きこんだのは植田家ですし、それがしも弥九郎を殺されています」

弟だけではない。親友である蔵之介も命を断たれた。

「理由などないのだ。憤《いきどお》りを誰かにぶつけたかっただけのことだろう」

軽く勘兵衛の肩を叩いた。

道は中之郷《なかのごう》竹町《たけまち》に入った。二人は鈴野屋の前に立った。

盛《さか》っていた。入れ替わり立ち替わり人がやってきて、客足が絶えることがない。評判の雪駄《せった》屋らしいが、勘兵衛ははじめて来た。

「なかなかいい店だな」

勘兵衛も同感だった。さほど新しいつくりではないが、足を踏み入れやすい明るい雰囲気がある。

「かまえていないところがなによりいい」

麟蔵は店先にいる丁稚《でっち》に声をかけた。

奥の間に通された。一度座布団に座って茶を喫した麟蔵は障子際《しょうじぎわ》に立ち、庭を眺めている。

「いい庭だ。楽松で愛《め》でていたというのもわかるな」

麟蔵は振り返った。

「わかるのか、といいたげだな」

図星《ずぼし》だった。

「さすがですね」

ごまかすのも面倒だった。

「ふん、いってくれるな」

廊下に人の気配がし、襖《ふすま》の外にひざまずいた。麟蔵は座布団に戻った。

「失礼いたします」

穏やかな声がいい、襖があけられた。一礼して男が座敷に入ってきた。座布団に座ることなく正座をし、深々とこうべを垂れる。

「お待たせいたしました。鈴野屋伊兵衛でございます。どうか、お見知り置きを」

「そんなにあらたまらんでもいい」

顔をあげるように麟蔵がいう。

勘兵衛は、伊兵衛をまばたきすることなく見つめた。面《おもて》にはださなかったが、心では驚きの声をあげていた。

遣《つか》える。四十四にふさわしい落ち着いた物腰で、見た目は町人そのものだが、若い頃は相当に鍛えたことをうかがわせる筋骨《きんこつ》をしている。天分は相当のもので、おそらく蔵之介にまさるとも劣らない。四万石の家中で随一の遣い手だったというのは、決して誇張ではない。目に鋭い光こそ宿っていないが、まちがいなくこの男だった。

麟蔵がちらりと勘兵衛を見た。勘兵衛はかすかにうなずいてみせた。

「かどわかされたそうだな。そのときのことを話してくれぬか」

伊兵衛は意外そうに麟蔵を見返した。

「少し長くなりますが、よろしいですか」

「なんのために話さねばならぬのか、きかぬのか」

「手前ごとき者がそのようなことを申せるはずがございません」

「でも、以前は侍だったのだろう」

伊兵衛はにこやかに笑った。

「手前は越前の百姓でございます」

「越前のなんという村だ」

「大野《おおの》郡《ぐん》の立石村《たていしむら》でございます」

よどみなく答えた。

「まあいい、かどわかしの話を頼む」

伊兵衛は語りはじめた。

きき終えるや、麟蔵が口をひらいた。

「先月の二十八日だが、なにをしていた」

「今も申しあげました通り、一日中、どこぞの屋敷に押しこめられていました」

「夜、外に出なかったか」

「深夜、外に連れだされましたが」

「賊は五人といったが、どんな者どもだった」

「いかにもやり馴《な》れているといった感じの人たちでした」

「剣の腕はどうだった」

伊兵衛は穏やかな笑みを見せた。

「それは手前にはなんとも」

「たいしたことはなかっただろう?」

「さあ」

「鈴木哲之進という名に心当たりは?」

「ございません」

「鈴野屋という名の由来だが、鈴を鳴らして行商してまわったからとのことだが、実は鈴木という姓からではないのか」

「存ぜぬ方の名をつけることはございません」

鈴を鳴らして行商、と勘兵衛は思った。子供の頃の記憶がよみがえった。

「おぬし、俺と会ったことがあるな」

横からいきなり声をだした勘兵衛を、麟蔵が見つめた。

伊兵衛は深くうなずいた。

「楽松のお庭で」

「そうではない。ずっと前だ」

「はい、確かにお会いしております。あの折りはお世話になりました」

姿勢をあらためた伊兵衛はなつかしそうな面持《おもも》ちだ。

「やはりそうだったか」

「なんだ、どういうことだ。勘兵衛、面識があるのか」

「面識というほどでは。あれはもう十五年近く前になりますか」

初夏のことだった。夕暮れ間近で、勘兵衛は脇山《わきやま》道場からの帰りだった。蔵之介は風邪をひいて寝こんでおり、勘兵衛は一人、道を歩いていた。どこからか、ちりんちりんとやわらかな鈴の音がきこえている。気持ちを穏やかにするやさしい音色だった。

その音がいきなり乱れ、途絶えた。気になって音の消えたほうに行くと、せまい路地奥の稲荷《いなり》に二人の浪人のうしろ姿が見えた。

「金をだせと申しているのだ」

「金などありません」

「ないわけがなかろう。ずいぶん売りあげていると評判だぞ」

「ありません」

「とぼけるな。殺されたいか」

「ないといったらないのだ」

二人の浪人の陰に隠れている行商人の口調が急に変わった。

「あんたらも侍なら、誇りがあろう。行商人から金を奪おうなど恥を知れ」

おそるおそる近づいた勘兵衛は、行商人の目がぎらりと光を帯びたのを見た。

「なんだ、やる気か」

浪人がいった途端、行商人の目から光が失《う》せた。

「なんだ、驚かせやがって」

横面《よこつら》を張られ、行商人は倒れこんだ。

「お役人っ、あそこです。はやくっ、はやく来てくださいっ」

勘兵衛は思いきり叫んだ。二人の浪人はぎょっとして、振り返った。

勘兵衛は浪人を指さし、あそこだとばかりに大きく手を振った。

一瞬、顔を見合わせた二人の浪人はあわてて逃げだした。

二人が舞い戻ってこないのを確かめた勘兵衛は、稲荷に足を踏み入れた。

男は頬をさすりながら立ちあがった。

「大丈夫ですか」

男の物腰に師匠の脇山忠《ちゅう》右衛《え》門《もん》に似た毅《き》然《ぜん》としたものを感じ、自然、言葉づかいはていねいなものになっていた。

「お役人は？」

男はまわりを見渡した。それから笑い声をあげた。

「すばらしい機転ですね。助かりました」

転がっていた下駄《げた》を拾いあげ、男はやれやれとつぶやいた。鼻緒《はなお》が切れている。男は懐から手《て》拭《ぬぐ》いを取りだし、引き裂いた。ひざまずき、鼻緒をすげ替えはじめた。

男は笑顔で勘兵衛を見あげた。

「雪駄屋が下駄を履いているのはおかしいでしょう」

「雪駄は大事な売り物だから？」

「ご名答」

立ちあがった男は名を告げ、深々と腰を折った。勘兵衛も名乗り返した。

それからしばらく歩き、二人は麴町の大通りに出た。そこで男とは別れたのだ。薄い雲のあいだから青い空が見えていた。

語り終えて、勘兵衛は気づいた。楽松で伊兵衛はわかっていたのだ。手水《ちょうず》そばにいたのがあの子供の成長した姿だったことを。

「原田与右衛門が殺されたとき、この男は犯人の瞳に見覚えがあると感じたんだが、それはむしろ十五年前の出会いのときのものだったようだな」

伊兵衛は微笑をたたえ、黙している。

「鈴木哲之進には、伊兵衛という祖父がいたそうだな。なんでも母方の祖父らしいが」

そうなのか、と勘兵衛は思ったが、伊兵衛にはなんの感情もあらわれていない。

「哲之進は、その祖父から剣を厳しく教えこまれたときいたぞ」

麟蔵は冷めた茶を飲み干した。

「しかし鈴野屋、なぜ原田を殺した。妻を奪われたからか。だがそれだったら、用人まで殺すことはないな。なにか理由があるのだろう?」

麟蔵は湯呑みを置いた。

「奪われた妻はどうなった。まさか今の女房がそうではなかろう。この点については、さすがに調べは及ばなくてな」

「飯沼さま」

不意に伊兵衛が口をひらいた。

「今日はもうこの辺でお引き取り願えませんでしょうか」

「日をあらためれば、しゃべる気になるのか」

「さて、どうでしょうか」

「よかろう。引きあげよう」

麟蔵はあっさりといった。うながされて勘兵衛も席を立った。長い廊下を歩き、店先に出た。

伊兵衛も出てきた。深くお辞儀をする。十五年前と変わらぬ頭の下げ方だった。

三十三

「あのお辞儀をしている男だ。あの男に頼まれたのではないのか」

貞蔵が指を伸ばし、三人の子供にきいた。駄賃をもらって文《ふみ》を届けた春太、おてる、吉松だ。はす向かいのしもた屋の一室から、格子《こうし》越しに鈴野屋を眺めている。距離は二十間《けん》ほど。

「ううん、ちがうよ」

というのが共通した意見で、三人ともきっぱり首を振った。これには七十郎も啞然《あぜん》とし、貞蔵と顔を見合わせた。

これでもう役目はすんだと思ったのか、子供たちはおしゃべりをはじめた。

おてるが一際《ひときわ》高い声をあげ、他の二人もそれに合わせるような声をだした。

店先で伊兵衛と別れた勘兵衛たちが道を戻ってゆく。深く腰を折って見送った伊兵衛は、奥から出てきた番頭と話をかわしている。

七十郎と貞蔵はその光景を見つめた。

「よし、わしはこのことを寺崎さまに報告してくる。七十郎、ここを頼む」

「店は手下に張らせておきます。それがし、ちょっと離れてもかまわんですか」

貞蔵は七十郎がなにをしたいのか、さとった。

「わかった。ここは沢村に頼もう」

自身番につめていた沢村が来るのを待って、七十郎はしもた屋をあとにした。

吾妻橋を渡ったところで、うしろから声をかけられた。

「あれ、七十郎ではないか」

勘兵衛は立ちどまった。

「ずいぶん久しぶりだな」

「こちらこそご無沙汰《ぶさた》していました」

七十郎は微笑し、麟蔵にも挨拶をした。麟蔵は軽く顎《あご》を動かした。

「おききしたいことがあるのですが。鈴野屋のことです」

麟蔵が勘兵衛の前に立ちはだかった。

「どういうことかな」

七十郎があたりを見まわす。

江戸で最も盛《さか》っているといっていい場所で、あまりに人通りが多く、話をするに適しているとはいえない。七十郎に導かれ、勘兵衛たちは浅草新寺町へ足を踏み入れた。さっきまでの喧噪《けんそう》が嘘のように消え、付近は武家町のような静寂に満ちている。

七十郎は一軒の寺の前で足をとめた。

「鈴野屋がかどわかしに遭ったことをご存じですね?」

知っている、と麟蔵が答えた。

「それなら話ははやい」

七十郎はこれまでにあったことを語った。

「ここが身の代の受け渡しがされた寺です」

「覚妙寺か」

山門を見あげた麟蔵がつぶやく。

七十郎はさらに話を続け、自身の推測を述べた。

「やはりそうだったか」

麟蔵が、ぱちんと手のひらと拳《こぶし》を合わせた。

「こちらもすべてを話そう。だが他言《たごん》は無用に頼む」

勘兵衛は注意深く耳を傾けていたが、麟蔵はなに一つ隠すことなくしゃべった。

「鈴野屋は二十八日の夜、その原田どのと用人を殺したのですか」

七十郎は納得した顔を見せている。

麟蔵が目を光らせた。

「鈴野屋をとらえるのか」

「今宵《こよい》にでも。すでに与力の出役《でやく》を願っています」

「やつは原田殺しの犯人だ。こちらで身柄は押さえさせてもらう」

「しかし、こちらには証拠もありますし」

「こちらにはないといいたいのか」

「ちょっと待ってください」

険悪な雰囲気に、勘兵衛はあわてあいだに入った。

「こんなところで縄張《なわばり》争いをしている場合ではないでしょう」

「町奉行所にまかせておけるか」

「でも、先に鈴野屋に目をつけたのは七十郎です。我らは七十郎たちが張っているところにのこのこ顔をだしたにすぎませぬ」

「同心の肩を持つのか」

「肩を持つとかそういうことでは。まず町奉行所にかどわかしを調べてもらい、次に身柄《みがら》を移してもらえばいいのでは?」

「町奉行所の残りをちょうだいできるか。こっちにも面子《メンツ》がある」

「飯沼さんも同じですか」

勘兵衛は口調に凄《すご》みをにじませた。

「他の方とはちがい、面子などにはこだわらぬお人と思っていましたが」

麟蔵はおもしろくなさそうに勘兵衛を見た。ふっと肩から力を抜く。

「怒らせると本当に怖い顔をするな。そのでかい頭がのしかかってくるようで、まったく押しつぶされかねぬ心持ちになるわ」

　麟蔵は下を向き、気持ちを落ち着けた。

「よかろう、まかせよう」

　七十郎にいい、厳しい口調で続けた。

「だが、このことは決して洩《も》らすなよ。もし奉行所に譲《ゆず》ったなどと知れたら、俺は徒目付《かちめつけ》などやっておられぬ」

　それだけ町奉行所の人間を不浄役人として下に見る者が多いということだろう。

「稲葉といったな」

　一歩踏みだし、麟蔵は七十郎の肩をつかんだ。

「鈴野屋が素直に縛《ばく》につくと思っている顔だが、果たしてどうかな。気をつけろよ」

　すっときびすを返すと、すたすたと歩き去ってゆく。

「あれでけっこういい人なんだ。七十郎、気にせんでくれ」

　小声でいって勘兵衛は、最近、似たようなことを口にしたのを思いだした。

「わかってますよ。いい人でなかったら、久岡さんの言葉をききはしないでしょう。久岡さんがかばうこともないでしょうし」

「しかし、捕物《とりもの》のほうは大丈夫か。あの人の言葉は当たるし、根拠のないことをいう人ではないのだが」

「往生際《おうじょうぎわ》が悪い男ではないはずです。怪我人や人死にが出るようなことは、まずありますまい」

勘兵衛は伊兵衛の風貌を思い浮かべた。七十郎のいう通りの気はするが、しかし釈然としないものが心うちに残った。

「大丈夫です。飯沼さまの言葉は肝《きも》に銘じておきますよ」

「勘兵衛、なにをしておる。とっと来い」

角に立つ麟蔵が不機嫌そうに手招いた。

「ほめてやればあれだ。七十郎、またな」

三十四

勘兵衛は麟蔵に追いついた。

「捕物の手伝いをする気じゃないだろうな」

麟蔵が釘《くぎ》を刺すようにいう。

これには、背後に控える滝蔵と重吉が驚いた。滝蔵の顔には、思いとどまってください、とはっきり刻まれている。

「大丈夫です。それがし、蔵之介のような真似《まね》はいたしませぬ」

生前、蔵之介は従兄《いとこ》の与力に頼まれて捕物に手を貸したことがある。

勘兵衛の言葉に嘘がないのを読み取って、供の二人は安堵《あんど》の息をついた。

しばらく歩いたところで、麟蔵が立ちどまった。

「勘兵衛、今日はここまでだ。またなにかあったら連絡する」

九段坂の手前だった。ここから北へ向かえば、麟蔵の屋敷がある湯島植木町《ゆしまうえきちょう》へ遠まわりになることはない。

「最上幾太郎には注意しろよ。まだ鈴野屋の正体がばれたことを知らぬ」

「わかりました」

勘兵衛は麟蔵と別れた。

九段坂をのぼりきると、いい風が吹いてきた。太陽は西の空にあり、白くすんだような光を送ってくる。日暮れには、まだ四半刻《しはんとき》ばかりの間がある。

番町に入ってすぐ、勘兵衛は見覚えのあるうしろ姿を見つけた。

「叔父上《おじうえ》」

呼びかけると、樋口権太夫《ひぐちごんだゆう》はくるりと振り向いた。

「おお、勘兵衛。久しいな」

歩み寄った勘兵衛に笑顔を向ける。権太夫の四人の供はていねいにお辞儀をした。

「相変わらず元気そうではないか」

「叔父上もお変わりなく、安心いたしました」

権太夫は三十六歳。新番衆《しんばんしゅう》だ。勘兵衛の母の実弟で、樋口家六百五十石を継いでいる。

「今、つとめからですか」

つとめ帰りにしては少しおそいようだ。

「つとめ帰りはつとめ帰りだが、病《やまい》で臥《ふ》せている同僚の見舞いに行ってきた」

権太夫の顔には気がかりが色濃くあらわれている。

「重いのですか」

「あるいは、新しい年は迎えられぬかもしれぬな」

すぐに声を弾《はず》ませた。

「勘兵衛、ちょっと寄ってゆかぬか。佳代《かよ》も顔を見たがっている」

佳代というのは権太夫の妻で、一年ほど前に男子を産んだ。

屋敷に行くと、佳代が笑顔で迎えてくれた。

「ようこそいらっしゃいました」

座敷に茶菓を持ってきてくれた。

「叔母上《おばうえ》は、なにかこう光り輝いていらっしゃいますね」

お世辞ではなかった。まるで後光《ごこう》が差しているような自信があふれている。

「勘兵衛さま、どこでそのようなお上手を覚えられました」

「男もつとめを持つと、いろいろと」

「そうだ、勘兵衛さま、新太郎《しんたろう》を見てあげてください」

佳代は返事もきかず、座敷を出ていった。

「おまえは大のお気に入りだからな。あいつもうれしそうだ」

権太夫が茶を喫しつつ、いう。

「別になにも問題なさそうですね」

「夫婦仲か。まあ、小さいことはいろいろあるがな」

「妾《めかけ》を入れようと企《たくら》んではいないのですか」

権太夫は、口に含んだ茶を戻しそうになった。

「頼むからそれはいわんでくれ。それにあのときは、別に企んだわけではない。人に勧められただけで、俺にその気はなかった」

二年前、妾の一件で夫婦仲がこじれたと思った権太夫は勘兵衛に仲裁を頼んできたのだが、結局、そのことがきっかけで佳代の懐妊が知れたのだ。

「勘兵衛、つとめのほうはどうだ」

権太夫は話題を変えた。

「自分で申すのもなんですが、つつがなくやれていると思っています」

権太夫は深くうなずいた。

「おまえのことだから心配いらぬと思っていたが、とにかくよかった」

叔父も気にかけてくれていたのだ。勘兵衛は自然に頭が下がった。

佳代が戻ってきた。新太郎を胸に抱いている。

「どうぞ、抱いてあげてください」

勘兵衛は新太郎を腕に乗せた。

「重いですね。育ちがよすぎるのではないですか」

「そうなのです。乳を本当によく飲みますから」

目が大きく、くりっとしている。

「叔母上にそっくりですね、聡明そうなところも」

「皆、そういうのだ。俺にも似ているだろうが。口許《くちもと》なんてそっくりだ」

「似ておりませぬ」

勘兵衛は断言した。

「新太郎の口はきりりと締まっています」

「俺の口は締まりがないというのか」

「勘兵衛さま、それではあまりにかわいそうではありませんか」

佳代はにこにこ笑っている。

「そのような者に嫁《とつ》いだ私があまりに」

「二人ともいいたい放題だな」

権太夫は勘兵衛から新太郎を受け取り、顔をのぞきこんだ。

「おまえだけだな、わしの味方は」

いきなり新太郎は泣きだした。権太夫は呆然とし、おまえもか、とつぶやいた。

三十五

四つ刻《どき》（午後十時）が迫っていた。六つ（午後六時）ちょうどに閉められた店の前はひっそりとしている。ときおり酔った男たちが高声《こうせい》をあげて通りすぎるだけで、あとは犬一匹うろつくことはない。

総勢三十名が鈴野屋の表裏を囲んでいた。伊兵衛に鼠《ねずみ》ほどのすばしこさがなければ、決して破ることのできない包囲網だ。陣笠《じんがさ》をかぶり、うしろに槍《やり》持ちを控えさせた与力の寺崎左久馬が指揮を執《と》っている。

七十郎は鎖帷子《くさりかたびら》を着こみ、白襷《しろだすき》、白鉢巻《しろはちまき》といった格好だ。なんとなく、麟蔵の言葉がひっかかっている。

近くの寺の鐘が鳴りはじめた。三つの捨て鐘のあと、四つ撞《つ》かれた。刻限だった。

寺崎の采配《さいはい》が振られ、店の前に進んだ貞蔵が戸を激しく叩いた。

「御用である、ここをあけい」

店のなかは静かなままだったが、やがて戸がひらかれた。顔をだしたのは、若い手代。

ずらりと並んだ捕り手に、腰を抜かすほど驚いた。

十手《じって》を振りかざした貞蔵が手代を押しのけ、踏みこんだ。怒声を張りあげた貞蔵の中間《ちゅうげん》、小者《こもの》たちがおくれじと続く。

七十郎も清吉をしたがえ、走りこんだ。

なかは暗かった。いきなりのできごとに、寝ぼけまなこの奉公人たちはただ呆然としている。

七十郎たちは、伊兵衛がいるはずの奥をめがけ、足音荒く廊下を進んだ。

奥座敷をすぎ、夫婦の居間に入った。その奥が夫婦の寝室だった。

貞蔵が襖《ふすま》をあけた。そこにいたのはお有だけだった。

「鈴野屋はどこだ」

お有は、なにも知らないとばかりに首を振った。

貞蔵が夜具に触れた。

「まだ近くにいるぞ」

鳥が飛び立つように捕り手たちは部屋を出ていった。

「こっちだ、こっちにいるぞ」

店の裏から叫び声があがった。ぎゃあ、と夜を引き裂く悲鳴がそれに加わった。

その声は、七十郎の胸に鋭く響いた。中間が血を噴きあげて倒れこむ光景が目に浮かぶ。

七十郎は奔流《ほんりゅう》をわけるように捕り手たちのあいだを駆《か》けた。

裏に走り出た。捕り手が怒鳴り声をあげて次々と駆けてゆくなか、一人の小者が取り残されたように路上に座りこんでいた。うつむき、右の頬をさすっている。顔をどうやら張られたようだ。

「鈴野屋はどこだ」

顔をあげた小者は背後を指さした。泣いていた。この男が悲鳴をあげたらしい。小者たちに意気地がないのは知っている。

七十郎は走りだした。叫び声や怒号はきこえてくるが、その方向がばらばらになってしまっていた。見失ったらしいな、と七十郎は思った。

その後、半刻《はんとき》以上にわたって七十郎たちは伊兵衛を求めて江戸の街を走りまわったが、結局、見つけることはできなかった。鈴野屋伊兵衛は闇に消えた。

どうして鈴野屋が逃げたのか、七十郎には理解できなかった。お有や奉公人を置き去りにする男だとは、今も思えずにいる。

「鈴野屋はどこへ行った」

貞蔵が激しい語調でお有にきく。そこは、中之郷竹町の自身番だった。

「存じません」

お有はか細い声で答えた。

「知らぬわけがなかろう」

貞蔵は、七十郎の推測のすべてを語った。

「どうだ、筋書きはこういうことだろうが」

「かどわかされた田村屋さんが、吉太郎殺しを頼んだのは事実だと思います」

お有はぽつりといった。

「そのことは伊兵衛からきかされました」

「それは命乞《ご》いをした賊がいったのだな」

「ちがいます」

「ちがうだと。なら、どうやって鈴野屋は知った」

「わかりません。でも伊兵衛は、かどわかされる前にすでにそのことを知っていました」

「かどわかされる前に知っていた？　どういうことだ」

「わかりません」

お有は同じ語を繰り返した。

「そこまでは話してくれませんでした」

「それなのに信じたのか」

「伊兵衛が確信のないことをいうはずありませんから」

「鈴野屋が賊を皆殺しにした場所はどこだ」

「向島の小さな神社だそうです。千代田明神《ちよだみょうじん》といいました」

神社だったのか、と七十郎は思った。手が及ばないはずだ。夜が明けるのを待って寺社奉行に、千代田明神に踏み入る許しを得ることになる。

「おぬしらは武家の出らしいな。以前住んでいた長屋の者たちがそう申していた」

お有は答えない。

七十郎は伊兵衛が鈴木哲之進という侍だったことを知っているが、そのことは麟蔵との約束を守って貞蔵には話していない。

「侍だったからせがれの仇討《あだうち》を考え、実行したのだな。町人や百姓だったら賊どもを皆殺しにするなど、考えてもできん」

黙りこくったままのお有を、貞蔵は配下に命じて外にだした。

「どう思う」

七十郎にきく。

「嘘はいっていないでしょう。今、樫原さんの言葉をきいて思ったのですが、鈴野屋はせがれの仇を討つために、わざとかどわかされたのではないでしょうか」

「そうか。我らが見つけられん者どもを鈴野屋が捜しだせるはずもないからな。ふむ、自ら死地に飛びこんだか」

貞蔵は軽く首をひねった。

「しかし二十六日に田村屋が席を設けた片倉で、鈴野屋は泥酔しているな。七十郎の推測通りなら、伊兵衛はその夜、かどわかされることを知っていたはずなのに」

「田村屋が酒に薬でも混ぜたのでしょう」

「さすがの鈴野屋もそこまでは考えが至らなかったか」

「飲んでみせないと田村屋が警戒するのは見えていたでしょうから、勧められた酒を断れなかったのが裏目に出たのでしょう。もし賊が文を書かせることを考えていなかったら、さらわれた直後、鈴野屋は殺されていたでしょうね」

七十郎は目頭《めがしら》をもんだ。

「しかし、疑問は消えませんね」

「どうやって鈴野屋は喜八が黒幕であるのを知ったか、か。別の者にきくか」

貞蔵は一人の番頭を自身番に引き入れた。

番頭は廉助《れんすけ》といった。歳は四十七。伊兵衛の信頼が厚いことが知れる、実直そうな顔をしている。一礼して、畳に正座をした。

「鈴野屋から策をきかされたのはいつだ」

貞蔵はいきなり質問を浴びせた。

「策とおっしゃいますと？」

「なめるな。すべてわかっているのだ」

廉助は畏《おそ》れ入った顔をしたが、内心はまるで動じていない。

「鈴野屋がかどわかされたとき、風邪をひいたと偽っておぬしは店に来なかったな」

「偽ったなんてとんでもありません。あのときは本当にひどい風邪でして、起きあがることすらできなかったんです」

「翌二十七日、長屋の者が昼の四つ半(午前十一時)頃、出ていったおぬしを見ている」

「あれは、かかりつけのお医者に薬をいただきにまいったのです。確かめていただければ、はっきりするはずです」

貞蔵は医師の名をきこうとしなかった。

「薬をもらってからはどうした」

「長屋に戻り、寝ていました」

「戻ったのは何刻《なんどき》だ」

「九つ半(午後一時)くらいでしょうか」

「それから一歩も外に出なかった、と申すのだな」

「はい」

「まったく無駄なことをべらべらと」

貞蔵は廉助を見くだす目つきをした。

「子供に会ってみるか。おぬしが文を頼んだ子供たちだ」

廉助は青ざめた。

「観念したか」

廉助はうなだれた。

店先で伊兵衛と話をかわしている番頭を見て、あの人だよ、といきなり指を伸ばしたおてるの声は、七十郎の耳に今も残っている。

「よし、話してもらうぞ。どうやって鈴野屋は田村屋が吉太郎殺しの黒幕であるのを知った」

「存じません」

「まだとぼけるのか」

「本当に知らないのです。旦那さまは田村屋が若旦那を殺させたことを教えてくれましたが、どうやってそのことを知ったのか、そこまでは話されませんでした」

七十郎の見た限りでは、廉助は真実を告げている。そのことは貞蔵もわかったらしく、軽く舌打ちした。

「鈴野屋から、策を打ち明けられたのはいつだ」

「打ち明けられたというのはちがうのです。手前がなにかを秘めている旦那さまの胸のうちを察し、無理にききだしたのです。あれは、片倉での懇親会の半月ほど前のことでした」

「そんなに簡単にしゃべったところを見ると、鈴野屋自身、合力《ごうりき》してくれる者がほしかったのだろうな」

「ちがいます。手前の涙を流しての懇願に、ようやく折れたという感じでした」

「それなのに、鈴野屋はお有やおぬしを置いて逃げたのだな」

「そのようなお人ではございません」

「鈴野屋とはどこで知り合った」

「旦那さまが店を立ちあげたときです。口入屋《くちいれや》を介してです」

「鈴野屋はよくしてくれたようだな」

「手前を番頭にまでしてくださいました」

「しかし最後はこうして見捨てられたわけだ。鈴野屋は、はなからおまえを利用する気でいたのだ。だまされたんだ、おまえは」

「旦那さまは逃げたのではございません。まだ……」

廉助はあわてて口を閉じた。

「まだ、なんだ。申せ」

廉助は下を向き、唇をぎゅっと引き結んでいる。貞蔵は襟元《えりもと》をつかみ、廉助の顔をぐいと引きあげた。

「鈴野屋はまだ誰かを殺すつもりでいるのか。それとも、まだやり残したことがあるのか」

廉助はなにもいわず、ただ充血した目を貞蔵に当てているだけだ。

「このままだとおまえも死罪だぞ。いいのか」

「惜しい命ではございません。本当のことを申せば、手前が旦那さまと知り合ったのは深川のある橋の上でした」

貞蔵は襟を放した。廉助はどすんと腰を落とした。

「橋の上？　自殺しようとしていたのをとめられたのか。それで拾った命だから、鈴野屋のために散らしても惜しくはないとでも？」

「あのとき、手前は生きているのがいやになっていました。それを旦那さまはすべてきいてくださり、自分のところで働いてみないかと……」

「おまえのことなどどうでもいい。鈴野屋はどこへ行った」

「知りません」

「責めにかけるぞ」

廉助はぐっと首を伸ばした。

「かまいません」

脅《おど》しにすぎなかった。ため息をつきたげな顔で貞蔵が七十郎を見た。

七十郎は首を振った。なにもきくことはなかった。伊兵衛が逃げたわけではない、というのが気にかかっている。

三十六

伊兵衛はひたすら夜を駆けている。ついに来るときが来てしまったな、と思った。

どこで歯車が狂ったのだろう。

吉太郎の仇《あだ》を討《う》つ、と決意したときからか。

脳裏に、首領に文《ふみ》を書かされてすぐのことが戻ってきた。

懐《ふところ》に文をしまいこんだ首領が口許《くちもと》に冷たい笑みをたたえるのを伊兵衛は見た。直後、匕《あい》首《くち》をきらめかせて突きを入れてきた。

予期していた伊兵衛はあわてることなく匕首を奪い、首領の首に匕首を叩きこんで息の根をとめ、すぐさま足の縛《いまし》めを切り取った。立ちあがるや、襲いかかってきた残りの四人を討ち果たした。ときはほとんどかからなかった。このなかに吉太郎に手をくだした者がいることになるが、仇を討ったという喜びはまるでなかった。

死骸の一つから巾着《きんちゃく》を取り返し、首領の懐を探って文を手にした。それから、血がほとんどついていない首領の着物に着替えた。

畳を一枚はがしたとき、若い男が部屋に入ってきた。

これには伊兵衛も驚いた。まさか六人目がいるとは。伊兵衛は駆け寄り、匕首を振るいかけたが、男の面差《おもざ》しが一瞬、吉太郎に似ているように思え、腕が鈍った。

勘ちがいにすぎなかった。男は身をひるがえしたが、すでに伊兵衛は十分な手応えを感じていた。男の腹に深く入った匕首。あの傷なら、たいしてもたないのはわかっていた。

五つの死骸を床下に投げ入れ、畳を元通りにしてから、伊兵衛は二通の文を書いた。

それから、深くほっかむりをして外に出た。そのとき、そこが向島の小さな神社であるのを知った。裏を名も知らない、幅三間《けん》ほどの川が流れていた。船着場《ふなつきば》があり、舟が一艘《いっそう》つながれていた。

伊兵衛は人々の注意をひかぬよう息を殺して歩き続け、浅草寺近くで廉助と落ち合った。

廉助は伊兵衛の無事な姿を見て、胸をなでおろした。予定通りやることを伝え、伊兵衛は廉助に三通の文を渡した。廉助からは手桶《ておけ》と店の名が入った手拭《てぬぐ》いを受け取った。

覚妙寺に行き、身の代《しろ》を受け取る支度《したく》をした。この日の昼、この寺が寺男だけになるのは知っていた。そして、寺男が庫裡《くり》で出戻り娘と乳繰《ちちく》り合うつもりでいることも。

このことは一月《ひとつき》ほど前、庭を見に来て厠《かわや》を借りたとき、知った。庫裡での男のささやきは、意外なほどの明瞭さで耳に伝わった。

無事、身の代を受け取ることができたが、三百両入りの手桶を手にしたときは、誰も心の臓が破裂しそうだった。

夜を待って再び廉助と会い、三百両を渡した。廉助からは、頭巾と油紙に厚くおおわれた長細い包みを手渡された。

それから千代田明神に戻って、一夜を明かした。あの若い男のこともあって、向島には奉行所から多くの人が出張《でば》っているはずで、戻りたくはなかったが、ほかに身の置き場所がなかった。もっとも、まだ死骸は見つかっていないらしく、向島近辺は静かなままだった。

五つの死骸が床下に眠っている部屋は避け、首領がつかっていたと思える六畳間で伊兵衛は眠った。夜具は上等だったが、あまり寝られなかった。これはむしろ好都合に思えた。戻ったとき、憔悴《しょうすい》しているほうがいい。

翌日、神社でときをやりすごしたのち、原田与右衛門と岡本源三郎を殺しに向かった。ただし、廉助から渡された刀はひどいなまくらだった。伊兵衛はそのほうがいいと思うことにした。傷から、犯人を浪人と思ってくれるかもしれない。

原田と岡本の本名は勝浦辰之介、橋本重四郎《はしもとじゅうしろう》。重四郎は自分と組となって、一緒に辰之介を追った男だ。家中《かちゅう》でそれなりの遣《つか》い手として知られていた重四郎は、自ら追っ手として名乗りをあげた。

辰之介の追跡行は、ほんの三月《みつき》ほどで終わった。主家の取り潰しをきいて急いで故郷に戻ったとき、妻の喜乃《きの》は姿を消していた。このことで伊兵衛はむしろほっとした気分を味わったものだ。喜乃は家禄《かろく》の低い家に嫁《とつ》いできたことを、あからさまに口にすることはなかったが不満に思っていた。ただ、妻の逐電《ちくでん》が辰之介とできていたゆえ、との噂を耳にしたときはさすがに息がとまるほどの驚きを覚えたが。

体面を重んずる武家として、一応は喜乃の実家に話をききに行った。家督を継いでいた義兄はなにも知らず、ただ首を振るばかりだった。主家が潰れ、これからどうすればいいか、自らの行く末ばかり心配していた。

故郷でくすぶっていても仕方がないので、辰之介と妻を捜しだすことを名目に、祖父をともなって江戸に出た。

江戸に出てきて半年足らずで、祖父が死去した。その悲しみがまだ癒《い》えていないとき、お有がやってきたのだ。

今から一年前ほどのこと、二人の武家が連れ立って店に入ってきた。店の端で客と話をしていた伊兵衛は思わず息を飲んだ。

歳月が人を変えていたが、辰之介にまちがいなかった。もう一人は重四郎で、このときどういうからくりだったか、伊兵衛は理解した。重四郎は辰之介に通じていて、自分たちがどこにいるか、逐一辰之介に知らせていたのだ。辰之介にとって怖いのは、家中随一の遣い手である鈴木哲之進だけだった。

二人は旗本とその用人になっていたが、殺そうという気にはならなかった。殺さなければならなかったが、伊兵衛は今の暮らしを失いたくはなかった。

しかし、かどわかされることを知ったことで、すべての事情が変わった。勝浦辰之介を必ず討て、という祖父の死に際《ぎわ》の言葉もよみがえった。

伊兵衛は血がたぎってくるのを覚えた。まるで鈴木哲之進に戻ったようだった。自らに流れる武家の血の濃さを思い知らされた。

ただ、躊躇《ちゅうちょ》の気持ちのほうがまだ大きかった。店のこともあるし、お有に心配をかけたくなかった。

伊兵衛は人を雇い、喜乃のことを調べた。辰之介が江戸に出てきたときにはすでにおらず、どうやら箱根宿《はこねじゅく》で病にかかり、そこで見捨てられたのでは、という話を伝えられた。

同時に辰之介のことも調べてゆくうち、十年前、辰之介が最上杢左衛門を殺したことが判明した。

杢左衛門とはたいしてつき合いはなかったが、せがれの久太郎とは親しかった。同じ道場の仲間で久太郎のほうが歳は上だったが、馬が合い、よく一緒に飲みに行ったものだ。

算勘《さんかん》には長《た》けていたが、久太郎は剣はからっきしだった。しかしせがれの幾太郎は見どころのある子供で、屋敷に遊びに行くたび稽古をつけてやったものだ。

辰之介の横領、逐電によって、勘定方《かんじょうかた》にいた久太郎が責任を負って腹を切ったことはむろん知っていた。

久太郎、そして杢左衛門の仇を討つ、というのが伊兵衛のなかで最大の理由となった。

三十七

屋敷に使いがあった。もう九つ（午前零時）に近く、こんな刻限の使いがいい知らせをたずさえているとは思えなかった。

熟睡中だった勘兵衛は玄関に出て、使いと対面した。

「お頭《かしら》がお待ちです。ご同道願います」

使いは麟蔵の配下だった。

「友達はへまをした、と伝えてくれればよいと申されました」

七十郎のことか、と勘兵衛は思い、その瞬間、覚醒した。身支度《みじたく》を整え、滝蔵と重吉の二人をしたがえて屋敷を飛びだした。

「どこへ行くのだ」

真っ暗な道を走りながらただしたが、配下は答えなかった。

着いたのは、小石川青柳町だった。

ここは、と勘兵衛は思い、町を見渡した。つい最近、来たばかりだ。道をあと一町ほど北に進めば、伊豆見屋がある。

路地に人の気配を感じ、勘兵衛は身がまえかけた。

「俺だ」

路地から手招いたのは麟蔵だった。

勘兵衛は、しもた屋が壁を向け合うせまい路地に入りこんだ。

「どういうことです。あれは七十郎がしくじったという意味ですか」

声は低くな、と注意してから、麟蔵はうなずいた。

「しかし、なぜそのことを飯沼さんが……」

いいかけて勘兵衛は気づいた。

「捕物を見ていたのですね」

「稲葉七十郎には油断が見えていた。であるなら、奉行所の他の者もきっと同じだろう。

鈴野屋はまんまと逃げだしたわ」

「鈴野屋はここに来ているのですか。どうしてです」

「そのでかい頭は空っぽか。よく考えろ」

伊兵衛がこの町に来たというのは、伊豆見屋しかないだろう。とすると。

「鈴野屋は伊豆見屋を殺しに……」

「鈴野屋のせがれの吉太郎殺し、鈴野屋のかどわかし、この二つに絡《から》んでいたのは田村屋だけではなかったということだな」

「伊豆見屋が用心棒を雇ったのは、このことがわかっていて」

「伊豆見屋は、誰が田村屋を殺したか知っていたのだ。そのことを奉行所に畏《おそ》れながら、と訴えることはできなかった。田村屋の死の真相を知っているということは、自分たちがなにをしたか話さなければならぬから」

勘兵衛は暗い町を見渡した。

「鈴野屋はどこにいるのです」

「わからぬ。伊豆見屋のそばに身をひそめているのだろうが。しかし行商でくまなく歩いたらしく、実に道を知っているな。ついてゆくのに一苦労だったぞ。まあ、おまえでも気がつかなかったくらいだから、つけられていたことに気づいてはおるまい」

「夜明けを待って店を襲う気でしょうか」

「ちがうな。店があくのを待つのだろう。五つ刻《どき》(午前八時)が勝負だ」

「用心棒がいるのを知っているのでしょうか」

「知っているさ。だが、やつらではせいぜい小石ほどの妨げでしかないな」

「では、それがしを呼んだのは……」

「そう、鈴木哲之進とやり合ってもらうためだ」

「でも、なぜなのです。すばらしい腕利《き》きをそろえているのに」

「腕利きは腕利きだが、剣のほうがそうとは限らぬ。むろん、他の旗本たちなど問題にならぬ遣い手ぞろいだが、おぬしほどではない。それに」

麟蔵は少し照れたように笑った。

「俺はおぬしの腕を見るのが好きなのだ。あの豪快な太刀《たち》を見ていると、胸がすくというか日頃の鬱憤《うっぷん》が飛んでゆく気がするのだ」

「鬱憤晴らしに呼ばれては、正直、たまりませぬ」

「ふん、勘兵衛、わかっているのだ。とぼけるな」

勘兵衛はぎくりとした。

「おまえ、遣い手とやり合うのが楽しくてならぬのだろうが。襲われるかもしれぬのがわかっていて、のこのこどこにでも出かけるのはそういう気持ちがあるからだ」

勘兵衛は返す言葉がなかった。楽しんでいるというのではないが、やり合っている最中は血が躍《おど》り、まさに生きているという感覚に包みこまれる。生きるか死ぬか。遠い戦国の世に生きた先祖の血が自分にも流れているのを実感できる。

「今のほとんどの侍が失っているものをおぬしは持っているというわけだ。その点では、どこか闇風《やみかぜ》に似ておらぬこともないが」

「闇風ですか」

勘兵衛は暗澹《あんたん》とした。

「案ずるな。おまえは闇風のごとき男にはならぬ」

本当だろうか。このまま続けて快感が昂《こう》じ、ついには遣い手だけを倒そうとする者になってしまうことはないだろうか。

「怖いのなら、剣を捨てるしかないぞ」

「それがしから剣を取ったら、なにも残りませぬ」

「でもないがな。だが、剣などなくても暮らしを楽しんでいる侍はそれこそ星の数ほどいる」

麟蔵は口許《くちもと》をゆるめた。

「それがいやでたまらぬ顔だな。大丈夫だ。おまえはどんな遣い手とやり合ったところで、人殺しを好きになることはない。俺が請《う》け合う。信じろ」

麟蔵は目から力を抜き、ややいたずらっぽい表情になった。

「それに、ここで帰られたら困る」

吉太郎が喜八と甚五郎の使嗾《しそう》によって殺されたこと、さらに自分がかどわかされることを知ったのは、つい一月《ひとつき》半ほど前のことだ。

甚五郎の馴染みの店である西島《にしじま》という料理屋で懇親会がひらかれたときだ。

庭のいい料理屋で、酒を口にする気になれなかった伊兵衛は沓脱《くつぬぎ》の草履《ぞうり》をはいて庭を一人散策していた。

夕暮れのことで、大木の陰でひっそりと咲く花を腰をかがめて見ていた伊兵衛に気づかず、喜八と甚五郎が庭に面した廊下でひそやかに話をかわしたのだ。

「次は来月の二十六日でしたね」

「いよいよです」

「きっとがたになりましょうな」

「上手《じょうず》を二人も失えば、まずまちがいないでしょう」

「しかし半年足らずで二人もとは……哀れな気もしますな」

「同情などいりません。成りあがりには似合いです」

「しかし、田村屋さんはたいしたものだ。なかなかできることではないですよ」

「依頼をしたことですか」

「腹が据《す》わっているとしかいいようがないですね」

「人間、死ぬ気になればなんでもできるということです」

「手前の二百五十両、無駄にならぬのを祈りますよ」

「その心配は無用でしょう」

二人はゆったりと笑い合って、その場を離れていった。

最初はなんのことかさっぱりだった。しかし、成りあがりが自分を指しているらしいのがわかったら、どういうことかすべて飲みこめた。伊兵衛は愕然《がくぜん》とした。

冷静に返り、どうすればいいかを考えた。

三十八

朝になった。勘兵衛は起こされた。麟蔵はあきれ顔をしている。

「よくこんなときに眠れるな」

「それが取り柄《え》でして」

勘兵衛は立ちあがり、目元を手のひらでぬぐった。指に、目やにと脂《あぶら》がついた。顔を洗いたかった。髭《ひげ》も伸び、ざらざらとした感触が少し不快だった。

供の二人はしもた屋の壁に背を預けて寝ている。

「起こさんでもいいのか」

麟蔵が顎をしゃくった。

「今しばらくはいいでしょう」

「どう見ても腕は立ちそうにないな」

二人ともだらしなく口をあけ、耳障《みみざわ》りな寝息を吐《は》いている。

「このままずっと寝てもらってもかまわぬのですが、それがしが鈴野屋とやり合っている最中、眠っていたことが他の者に知れたら、自害しかねぬでしょう。いざとなったら、起きてもらいます」

勘兵衛は、日差しを受けて明るくなりつつある町を、壁際《かべぎわ》からのぞき見た。

夜のあいだ地上にわだかまっていた靄《もや》がいまだ残っていて、視界は薄ぼんやりとしている。風はなく、靄は当分動きそうにない。ときおり日が通り抜けて通り沿いの家屋を照らすが、それも一瞬で、すぐに町は白い幕に閉ざされる。早出の蔬菜《そさい》売りやしじみ売りがかすんだ大気のなかを影絵のように行きかい、近所同士で挨拶《あいさつ》をかわす声やのどかな笑い声が靄を抜けてきこえてくる。

勘兵衛は、伊豆見屋のほうへ目を向けた。まだ店はあいていないようだ。それにしても、と思った。鈴野屋はどこに身を隠しているのだろう。自分ならどこにひそむだろうか。

「ところで、鈴野屋は刀を持っているのですか」

勘兵衛は麟蔵を振り返った。

「我らが追ったときは丸腰だった」

「それなら、店に入る前に押さえれば、血を見ずにすみますね」

「その通りだが……」

「なにか」

「裏をかかれそうな気がしてならぬ」

「伊豆見屋に、鈴野屋が来ていることを教えなくてもいいのですか」

「手立てがない。へたに店に入れば、我らがいるのを鈴野屋に教えることになる。それに、伊豆見屋は教えずとも用心している」

夜が明けて一刻《いっとき》ほどたち、やがて五つ（午前八時）の鐘がきこえてきた。

「勘兵衛、少し近づいてみるか」

二人は路地を出、通りを歩いていった。供の二人も起きだしていて、うしろをついてくる。

夜明け頃とはちがい、人通りは格段に多くなっていた。これから仕事に出かける者もいるようだが、なんの用事もなくただ町をぶらついているように思える者も目につく。

勘兵衛はそれとなく目を配ったが、伊兵衛は見当たらなかった。

店までおよそ十間《けん》ほどまで近づいた。

伊豆見屋は店をあけていた。並べられた雪駄や草履、下駄が見える。

勘兵衛は妙な気配を嗅《か》いだ。それがどこから発せられているのかははっきりしない。なんとなく上を見た。『履物』と記された伊豆見屋の巨大な看板が掲げられている。

道を反対側から近づいてくる者に気づいた。七十郎と清吉だった。奉行所の捕り手が十名以上、うしろを続いている。七十郎が勘兵衛と麟蔵に気づき、おっという目をした。

そのときだった。看板のところで人影が動いた。勘兵衛が思わず見直したとき、麟蔵が叫んだ。

んでゆく。


「上だっ、看板のところにいるぞ」

人影は身を躍らせ、路上におり立った。

勘兵衛が駆けつける前に、猫のようなすばやさで体勢を立て直し、伊兵衛は伊豆見屋に走りこんだ。なにが起きたのかわからない手代らしき男を突き飛ばし、猛然と奥に突っこんでゆく。

勘兵衛は抜刀《ばっとう》し、暖簾《のれん》をくぐった。

伊兵衛は廊下をまっすぐに駆けてゆく。用心棒たちが姿を見せた。きさまっ、おのれっ、といった怒鳴り声をあげて、伊兵衛の前に立ちはだかる。

伊兵衛は先頭の浪人を放り投げ、次の浪人に当て身を食らわせた。三人目は首筋に手刀《てがたな》を受けて悶絶《もんぜつ》し、四人目は振りおろした刀をかわされたところを顎《あご》を肘《ひじ》で突きあげられた。

最後の浪人は逆胴《ぎゃくどう》を浴びせたが、伊兵衛は身を低くして避け、浪人の足を払った。浪人は尻《しり》から廊下に落ち、顔を蹴りあげられて気絶した。

伊兵衛はその浪人から刀を奪い、走りだした。奥に向かって突き進んでゆく。

最奥の部屋から、あわてて飛びだしてきた男がいた、伊豆見甚五郎だった。

伊兵衛は兎を襲う鷹のように瞬時に追いついた。甚五郎は腰が抜けたように廊下に座りこんでしまった。手を合わせて慈悲を乞う。

伊兵衛は斟酌《しんしゃく》することなく刀を振りあげた。一気に振りおろそうとしたが、いきなり弾《はじ》かれたように横に飛んで振り向いた。

勘兵衛の背後からの斬撃《ざんげき》をかわしたのだ。むろん、勘兵衛は峰《みね》を返していた。

「久岡さま、どうか、せがれの仇を討たせてください」

必死の色を浮かべて伊兵衛は懇願した。

「もう十分だろう。伊豆見屋など殺す価値もない。罪が明白になれば、いずれ獄門だ」

伊兵衛はしかし、きき入れようとする表情ではない。

「鈴野屋、いったい何人を手にかけた。人殺しなど楽しくなかろう」

「いずれも殺されねばならない理由を持つ者ばかりです」

刀をかまえて、いい放つ。少し甚五郎を気にした。

「こやつは最後の一人です。こやつを討たぬ限り、手前、成仏《じょうぶつ》できませぬ」

伊兵衛はかすかに目を細めた。

「どうしても刀を引かれませんか」

「ああ」

「恩を仇《あだ》で返すのは本意ではありませんが」

伊兵衛の目が鋭い光を帯びた。

背後で人の気配がし、勘兵衛はわずかに気にした。見逃さず伊兵衛が踏みこんできた。

強烈な袈裟《けさ》斬《ぎ》りだった。勘兵衛は撥《は》ね返したが、伊兵衛の刀はすぐに返され、もう一度袈裟に振られた。

勘兵衛は対処しようとしたが、いきなり角度が変わった刀は胴をめがけてきた。

勘兵衛は予期していた。胴に入ろうとする刀を打ち払おうとした。

刀は空《くう》を切った。伊兵衛の刀が消えていた。背筋を冷たいものが走り抜けた。

やられる。本能が察した。勘兵衛はとっさにうしろに跳《は》ね飛んだ。

今まで体があったところを、猛烈な袈裟斬りがうなりをあげて通りすぎた。

勘兵衛は目をみはった。どういうふうに刀を動かせばああいうことができるのか。伊兵衛は恐るべき腕の持ち主だった。

伊兵衛は勘兵衛の懐《ふところ》に飛びこんできた。刀が振りおろされる。

勘兵衛は打ち返したが、さらに左から右からと刀が繰りだされてきた。いずれも叩き返したが、疲れを知らぬかのように伊兵衛の刀ははやさを増してくる。

右の袖口が切り裂かれ、左の脇腹のあたりも破られた。右肩も二寸《すん》ほどすっぱりやられている。ぎりぎりでかわした突きが、襟《えり》を貫いていった。

この着物を見せたら、美音は心を痛めるだろうな、と勘兵衛は刀を振るいながら思った。

しかし、それも生きていられたらだった。死んだら、美音は自ら命を絶つだろう。あの世で再会することになるのだろうか。

冗談ではなかった。そんなのは真っ平ごめんだった。子供だってもうけていないのに。

死んでたまるか。体に力が戻り、気力も復活した。勘兵衛は、伊兵衛をなめていた自分を知った。だから受ける羽目になったのだ。

勘兵衛は逆胴を打ち落とすと、猛然と反撃に出た。

伊兵衛の刀をすべて弾き返し、渾身《こんしん》の袈裟斬りを見舞った。

伊兵衛は避けたが、これまでの勘兵衛とは明らかにちがうことに戸惑いを見せた。驚きが顔にわずかにあらわれ、足の運びにかすかなほころびが見えた。

見逃さず、勘兵衛は胴に刀を振るった。伊兵衛は受けてみせたが、勘兵衛が次いで繰りだした蔵之介譲《ゆず》りの突きは避けきれなかった。

突きは伊兵衛の左肩をかすめていった。勘兵衛は、肉を削《そ》ぎとってゆく手応えを感じた。

伊兵衛は勘兵衛の伸びた体に刀を浴びせようとしたが、勘兵衛はすばやく反転し、伊兵衛の逆胴に刀を持っていった。

仕掛けは互いに同時だったが、左肩がやや流れたために刀のはやさでおくれた伊兵衛はさっと一歩退《ひ》いた。

勘兵衛は踏みこみ、再び逆胴に刀を払った。それが伊兵衛の太ももを斬りつけた。

伊兵衛は顔をしかめこそしなかったが、吐く息が明らかに荒くなっていた。太ももから血が流れだし、裾《すそ》が赤黒く染まりつつある。

勘兵衛はさらに刀を振るい、伊兵衛を座敷の壁際《かべぎわ》に追いつめた。

伊兵衛は動けなくなっていた。刀をかまえてはいるものの、疲れが色濃くあらわれた目で勘兵衛をじっと見ているだけだ。

決着を確信した勘兵衛は、刀を捨てるようにいおうとした。

伊兵衛は、しかし勝負をあきらめていなかった。じりじりと左に動いて窮地を脱しようとしている。勘兵衛に隙《すき》あらば、一気に退勢《たいせい》を挽回するだけの力をいまだに保持している。

瞳にも、喉笛《のどぶえ》を狙う山犬の鋭さが残っていた。

勘兵衛は、武家の執念をまざまざと見せつけられた気がした。

突然、うしろから影が近づき、伊兵衛の背中にぶつかっていった。どん、と音がし、背をそらした伊兵衛が首を振り向かせた。

「甚五郎……」

喉の奥から声をしぼりだす。

「思い知ったか」

甚五郎は腕をぎりぎりとねじっている。

「わしがどんな思いをしたか、きさまは知るまい」

苦痛に顔をゆがめる伊兵衛の腕から、刀がこぼれ落ちた。

甚五郎は悪鬼《あっき》の形相《ぎょうそう》で、全身に力をこめている。伊兵衛の体を匕首《あいくち》で突き通し、畳に押し倒そうとしていた。

伊兵衛は倒れそうになりながら、必死に踏みとどまっている。

「こいつ、しぶとい野郎だ」

甚五郎は一度匕首を引き抜き、それから別の場所を刺そうとした。その瞬間、伊兵衛は体を返し、がしと甚五郎の腕を受けとめた。

「あっ、この野郎」

もみ合ううち、甚五郎が足を滑《すべ》らせた。二人はもつれるようにして座敷に倒れこんだ。

二人は畳の上で組み合った。伊兵衛から流れ出る血がこすりつけられ、かすれた赤い模様が畳にできてゆく。

勘兵衛は、二人の鬼気迫る戦いをなすすべもなく見守っていた。

ごろごろと畳の上を転がり、甚五郎が伊兵衛の下になった。甚五郎の目がかっと見ひらかれ、それまで激しく動いていた足が畳の上にばたりと落ちた。

疲れきった伊兵衛は甚五郎の上で息を吐いていたが、ずり落ちるように横へどいた。甚五郎の右胸に、匕首が突き立っていた。せわしなく息をしている甚五郎は首をあげ、匕首を見た。瞳に絶望の色があらわれた。わななく手を匕首に伸ばそうとしたが、かなわなかった。やがて目から光が消え、息絶えた。

伊兵衛は、死にゆく甚五郎を見つめていた。すべてが終わった、と思った。同時に、喜八を殺したときを思いだしていた。

文に記された通り、喜八は一人で向島の千代田明神にやってきた。伊兵衛が文を升吉という百姓に託したのは、片倉で厠に行った際、青物を運び入れる姿を見かけたからだ。そのとき店の者とかわす実直そうな言葉づかいと物腰が、伊兵衛に深い印象を与えたのだった。

喜八は、ひどく怒っていた。

「約束がちがうぞ」

夜の四つをすぎて、あらわれた人影に声を荒らげて、いった。

「約束とはなんです」

穏やかにきき、提灯《ちょうちん》で自らの顔を照らした。喜八は大袈裟《おおげさ》でなく、驚愕《きょうがく》した。

「鈴野屋さん、なぜここに」

「まだわかりませんか。吾平《ごへい》の名をつかって呼びだしたのは手前ですよ。理由はおわかりですね」

喜八は夜目にも明らかに青ざめている。

「いえ。どういうことか説明してもらえますか」

「とぼけずともいい」

伊兵衛はていねいな言葉を捨てた。

「すべてわかっているのだ」

語調に押され、喜八はわずかにあとずさりした。

「いったいなにをおっしゃっているのか、手前にはさっぱりです」

「きさまが依頼した者どもはすべて殺した。もうわかっているだろうが」

伊兵衛は懐から匕首を取りだした。

「うわっ」

声にならない悲鳴をあげて、喜八は身をひるがえそうとした。

伊兵衛は一気に距離をつめ、喜八の肩をつかんだ。

「うわっ、よせ」

喜八は手をふりほどこうと体をよじった。しかし伊兵衛の力のほうが上だった。伊兵衛は喜八を自分に向かせた。

「頼む、やめてくれ。死にたくない、死にたくないんだ」

喜八は恐慌におちいっている。伊兵衛は冷ややかに見くだした。

「吉太郎も同じだった」
喜八ははっと我に返った。
「その件はお詫《わ》びします。一生かけて償《つぐな》います。ですから、後生《ごしょう》です、見逃してくださ
い」
両手を合わせる。
「虫がよすぎる」
伊兵衛は胸に匕首を突き入れた。
喜八はかっと目を見ひらいた。伊兵衛が匕首を抜くと、ずるずると地面にくずおれた。
あっけないものだった。伊兵衛は立ちすくんだように、ものいわぬ死骸をしばらく見つ
めていた。
伊兵衛は死骸を船着場に運んだ。舟に乗せて大川をのぼり、荒川に入った。岸にあがり、
橋場町の第六天社近くに死骸を捨てた。漆黒《しっこく》の闇のなか、誰かに見られているような気分
がずっと続いていた。

「しっかりしろ」

勘兵衛は伊兵衛を抱き起こした。血はとまらず、伊兵衛の着物は雨に打たれたようにぐ
っしょりとしていた。

「おぬしは商人だろうが」

勘兵衛は暗澹《あんたん》たる思いでいった。

「手前もそう思っていましたが、武家の血は消えてくれませなんだ」

伊兵衛はまぶたを閉じた。

「しっかりしろ」

勘兵衛は同じ言葉を繰り返した。

伊兵衛は目をうっすらとひらいた。瞳はしかし、勘兵衛を見てはいなかった。

伊兵衛の脳裏には、お有が浮かんでいた。いつものように、にこにこ笑っている。それが悲しみの表情に変わった。泣いている。涙が次から次にあふれてくる。

すまなかったな、と伊兵衛は心の底から告げた。もう少し一緒に生きていたかった。

「しっかりしろ、目をあけろ」

勘兵衛は呼びかけた。

しかし、無駄でしかなかった。伊兵衛は一粒の涙を流した。それを合図にしたかのように、すっと息を引き取った。

「久岡さん」

背後に七十郎が立っていた。勘兵衛は見あげた。

「これで鈴野屋は本懐《ほんかい》を遂げたことになるのかな」

「仇は殺し尽くしましたから、そういうことになるものと」

しかし、勘兵衛の胸の奥にはいいようのないむなしさが残った。

三十九

五日後、勘兵衛は屋敷を訪れた七十郎から処分をきかされた。

鈴野屋、田村屋、伊豆見屋は財産没収の上、店屋敷は取り壊されることになる。新興の繁盛店《はんじょうてん》と老舗《しにせ》が二軒なくなることで、他の履き物屋が結局、得をしたことになった。

鈴野屋の番頭廉助は死罪が相当だが、主人を想ってのことゆえ、罪一等を減じられて遠《えん》島《とう》になるのでは、とのことだ。お有は所払《ところばら》いになる見こみという。

夫婦の仲むつまじさを知っている七十郎は、お有が死を選ぶのでは、という気がしている。死なせたくはないが、しかし自分の力ではどうすることもできない。

千代田明神の屋敷の床下からは五つの死骸が見つかり、無縁仏として葬られた。

「結局、そのかどわかし一味というのはどういう連中だったんだ」

「首領は千代田明神の神主《かんぬし》です。名は専斎《せんさい》。一人が神主に仕える神官で、名を吾平といいました。あとの四人は上方《かみがた》の者だったようです。仕事のたびに江戸に来て、仕事が終われば上方へ引きあげる。仕事の最中は、神社からほとんど動くことはなかったようです」

「神社や寺を舞台にされると、町奉行所はつらいな」

「まったくです」

七十郎は苦い顔で同意した。

「どうにかならんのかといつも思いますが、どうにもならんのでしょうね。瑕疵《かし》だらけの決まりと誰しもわかっていて、もう二百年以上続いてきてしまっているのですから」

勘兵衛は、麟蔵から教えられたことを七十郎に語ってきかせた。

原田家は二百石の減知《げんち》の上、存続が決まった。麟蔵は与右衛門がどういう男だったか目付に報告したが、せがれにはなんの関係もないとの判断がくだされ、当主の横死《おうし》だけが取りあげられてそういう処分になったらしい。

「それにしても久岡さん、どうしてあの日、伊豆見屋にいらしたのです」

勘兵衛は余すことなく話した。

「そういうことだったのですか。俺もまだまだ甘いな」

七十郎は顔をしかめた。

「でも、まだ謎があるんです。どうやって鈴野屋が田村屋、伊豆見屋の企《たくら》みを知ったのか」

「天網恢々疎《てんもうかいかいそ》にして漏《も》らさず、との言葉もあるからな。どういう形であれ、鈴野屋は知ることになったのさ」

「久岡さんにしては、なかなか趣《おもむき》がある言葉ですね」

「にしては、は余計だ」

「ところで久岡さん、一つお願いがあるのですが」

「なんだ、かしこまって」

七十郎は口にした。

「そんなことか。俺はまたおなごとの仲立ちでも頼まれるのかと思った。楽松ならいつでもいいぞ。俺がおごろう」

「本当ですか」

「江戸の平安を守ってくれている同心をときにもてなさねば、ばちが当たるからな」

翌日、勘兵衛はつとめに出た。

松左衛門は休むことはほとんどなくなっている。咳《せ》きこむし、顔色もいいとはいえないが、屈託を抱えているようには思えなかった。話もふつうにできるし、笑顔にもいつもの明るさが戻りつつあった。ときおり勘兵衛を見る目がいくぶん暗く見えるのが、まだ完全ではないのかな、と感じられるくらいだ。

八つ（午後二時）につとめを終え、勘兵衛は下城《げじょう》した。

歩きながら、そういえば最上幾太郎はどうしているのだろう、と考えた。一件はかなりの騒ぎになり、真相とはかなりずれていたが読売《よみうり》にも取りあげられた。幾太郎は伊兵衛が死んだことを知ったはずだ。もはや勘兵衛を襲う理由がないことも知っただろう。

「勘兵衛」

麴町の大通りで声をかけられた。

「おう、左源太、久しぶりだな」

勘兵衛は応じた。

「道場の帰りか。みんな元気か」

「みんなといっても、仲間で残っているのは大作くらいだからな。勘兵衛がいなくなって寂しいものだ。手応えのあるやつはおらぬ」

「それだけ左源太の腕があがったのさ」

勘兵衛は、左源太に肝を冷やさせられたのを思いだしている。

「あがったといっても知れている。道場をやれるだけの腕はない」

「なんだ、左源太らしくもない。蔵之介の夢をかなえろ」

「だが、なかなかむずかしいぞ。やれたとしても人が集まるかどうか」

「その心配は今することではないな。まずは道場をひらくことを考えねば」

左源太は足許《あしもと》に視線を落とした。

「勘兵衛、今日はこれでな。飲みたいところだが用事がある」

「わかった。いつでも誘ってくれ」

左源太はきびすを返し、道を東へ向かっていった。

勘兵衛はその姿を見送って、歩きだした。うまくいけばいいな、と左源太のために願わざるを得なかった。

善国寺谷通に入ったところで、雨が降りはじめた。朝から雲行きがおかしく、傘の用意はしてあった。風も出てきた。西寄りの風は激しく、傘があおられそうになる。

屋敷前に着き、くぐり戸があくのを待った。一際《ひときわ》強い風が吹き、袴《はかま》の裾《すそ》があがった。それを気にして、勘兵衛は下を向いた。

「勘兵衛っ」

鋭い声が響き、背後から剣気《けんき》が襲いかかってきた。勘兵衛は刀を抜きざま振り返った。

白刃《はくじん》が眼前に迫っていた。

その刀が撥《は》ねあげられ、一瞬にして視野から消えた。勘兵衛は相手の男に向き直った。

左源太がそこにはいた。

「馬鹿っ、俺じゃない」

勘兵衛ははっと左側を見た。

刀をかまえた最上幾太郎が立っていた。雨に濡《ぬ》れた鬢《びん》がぴったりと肌に貼りつき、とんがった耳がはっきりと見える。

腰を低くした左源太が飛びこもうとする姿勢を見せている。

「左源太」

勘兵衛は小さく顎《あご》を振り、制した。左源太は、どうしてだ、といいたげだ。

幾太郎は息を吐くや刀を上段に振りあげ、踏みこんできた。

「最上幾太郎っ」

勘兵衛は言葉を放った。

「おぬしの守るべき人はもうこの世におらぬ」

勘兵衛はどういうことがあったか、一気に語った。

幾太郎は刀を振りあげた姿勢のまま、まばたきを繰り返した。

「哲之進さまが亡くなられた……まことですか」

「六日前のことだ。刀を引け」

先に勘兵衛は刀をおさめた。

「方便《ほうべん》では？」

「勘兵衛が嘘をついているか、きさまも侍ならわかるだろう」

左源太が声をあげた。

「それに勘兵衛が本気になれば、きさまなど問題ではないわ」

幾太郎は気づいたように刀をおろした。

「もういいだろう。行け」

勘兵衛はさとすようにいった。

「しかし……」

「はやく行け」

再度うながされて幾太郎は一礼した。落ちた両肩が寂しげだ。

「ちょっと待った」

勘兵衛は呼びとめた。

「園田どのに伝言を頼まれている」

勘兵衛は園田金吾の言葉を伝えた。

「園田さまがそのようなことを……」

「おぬしを実の子のように思われているお人だ。園田どののもとへ帰れ」

「ありがとうございます」

幾太郎は深く頭を下げ、身をひるがえした。もう肩は落ちていなかった。

「いいのか」

左源太がきく。

「ああ」

左源太は刀を鞘《さや》にしまった。真剣での経験は浅いだけに、さすがにまだ息は荒い。

「しかしさっきの話は本当か。読売とはだいぶちがうが」

「ああ、本当だ。それにしても左源太、助かった。ありがとう」

「さっき、おぬしをつけているらしい姿が見えたんだ。少しは借りが返せたか」

「十分だ。しかし、用事のほうはいいのか」

左源太は笑った。

「部屋住みだぞ。用事などあるものか」

「おまえ、飯沼さんに似てきたな」

「俺はあんなに目つきは悪くない」

「誰が目つきが悪いって」

いきなり横合いから声がした。

近づいてきたのは麟蔵だった。配下らしい二人を連れている。

左源太はあわてて口に手を当てた。

「本当はもう少しはやく来たかったんだ」

麟蔵は右の頬を指先でかいた。

「幾太郎らしい男がこの近くにひそんでいるらしいのがわかってな」

ということは、幾太郎を解き放ったところを見ていたのだろう。書院番を狙って無事にすませるわけにはいかぬ、との言葉が浮かび、勘兵衛は落ち着かない気分を味わった。

「こう雨と風が激しくては、なにが起きたのかまるで見えなかった」

麟蔵はしらっとした顔をしている。

「では、かまわぬのですか」

うれしい驚きだった。

「なんの話だ。なにも見えなかったと申したではないか。引きあげるぞ」

麟蔵は配下に声をかけ、泥濘《でいねい》と化しつつある道を歩きだした。

「あれで意外に話がわかる人なんだよな」

遠ざかってゆくうしろ姿を眺めて、左源太がつぶやく。

「ずぶ濡れだな。左源太、風呂に入っていってくれ」

「風呂だけか」

「お望みなら酒もだそう。飯も食ってくか」

「美音どのの包丁か。そりゃ楽しみだ」

四十

翌日、また松左衛門が休んだ。

さすがにこれだけ休むと、組頭《くみがしら》ににらまれかねない。このまま続くと、いずれお役ご免といった沙汰がくだってもおかしくはない。

弁当部屋で食事をしている最中だった。隣でひそやかにかわされる会話が勘兵衛の耳に届いた。

「こんなことは侍として申したくないが、きいてくれるか」

「むろん」

「非番の昨日、両国に出かけたのだ。相変わらずの混雑ぶりだったが、芝居小屋を出たあと、いきなり横合いから若い町人《ちようにん》がぶつかってきおってな」

「まさかその町人は」

「そのまさかよ。やられたと思ってすぐに懐を探ったが、巾着《きんちやく》はなくなっていた」

「掏摸《すり》は？」

「あっという間に人混みに姿を消しおった」

「届けは？」

「だせるはずがない」

勘兵衛はいやな気分に襲われた。まさかな、と思い、首を振った。

刻限が来て、城を下がった。

半蔵御門《はんぞうごもん》を右手に見ながら麴町の大通りに入ろうとしたとき、背後からあわただしい足音が迫ってきた。身がまえかけたが、久岡どの、と呼びかけてきたのは知った声だった。

体から力を抜き、勘兵衛は振り返った。

「小島どの」

三郎兵衛は膝に手を当て、息を荒く吐いている。供は一人もついていない。こんなことは身分のある旗本としてあってはならないことだった。

「いったいどうされたのです」

自然に声は緊迫したものになった。

三郎兵衛は息を整え終えると、瞳に真摯《しんし》な色を宿した。

「ついに久岡どのの手を借りねばならぬときが来ました」

覚悟を決めた声音《こわね》で告げた。勘兵衛は三郎兵衛の用件をようやくさとった。

「まさか近藤どのが」

「その通りです。ついに二人を……」

「どこです」

「来てくださいますか」

「むろん」

勘兵衛は滝蔵と重吉に供を命じ、他の者は屋敷へ帰した。

三郎兵衛は先導するように走りだした。

半蔵堀沿いを北へ進み、九段坂をくだって俎橋《まないたばし》を東へ渡った。両側を武家屋敷が建ち並ぶ神保小路《じんぼうこうじ》を抜け、神田川にかかる昌平橋《しょうへいばし》を渡って向こう岸に出た。

着いたのは、浅草新寺町だった。町はこの前と同じで、静寂があたりにおりていた。しわぶき一つきこえてこない。

浅草新寺町をしばらく西へ歩いた三郎兵衛は、左手のせまい路地を入っていった。突き当たりが寺の山門になっているが、三郎兵衛はその手前右側の寺の前に立った。

山門はがっちり閉じられていて、三郎兵衛はなかの気配をしばらく嗅《か》いでいた。それから一つうなずき、くぐり戸を抜けた。

勘兵衛は寺の名を確認した。かすれた字で、法行院《ほうこういん》とかろうじて読めた。

勘兵衛もくぐり戸を入り、境内に足を踏み入れた。うしろを供の二人が続く。

小さな寺だった。正面に本堂、右手に鐘楼《しょうろう》と庫裡《くり》。建物はそれだけで、庭もこぢんまりとしている。人けはまったくない。建物も庭も荒れ果てた感があり、無住なのでは、という気がした。

三郎兵衛が説明した。

「ここは、その手の者たちがつかう場所になっているのです。地のやくざ者が仕切っています」

町奉行所の手が及ばない寺や神社が、賭場《とば》や岡場所、出合茶屋まがいの場になっているという話はよく耳にする。実際、そういう場所にやってきたのははじめてだった。

それにしても、取り仕切っているはずのやくざ者が一人もいないのは不思議だった。

そのことを三郎兵衛にいった。

「それがしにもよくわかりませぬ」

三郎兵衛は首を振るばかりだった。

「近藤どのは？」

三郎兵衛は本堂を指さした。

「いるならあのなかですが」

勘兵衛は本堂に注目した。刃傷沙汰《にんじょうざた》と思える騒ぎはきこえてこない。というより、人の気配自体が感じられなかった。

「もう終わってしまったのでは？」

三郎兵衛はすまなそうに目を伏せている。

「申しわけござらぬ、久岡どの。須江どのは密通などしておりませぬ。あれはすべて、それがしのつくり話です」

意外な思いにとらわれた。

「どういうことです」

「久岡どのは、松左どの癖がわかってしまったのでしょう」

三郎兵衛の顔は沈んでいる。

「なんのことです」

「とぼけずともいいですよ。松左どのは子供の頃から手先は器用だったのですが、長ずるにつれ、どういうわけかそちらのほうに行ってしまったのです。つとめに出てからはおさまっていたのですが、しかしつい最近、またはじまったのです。幸いにも、まだ誰にも知られずにすんでいるのですが……久岡どのを除いて、ということになりますけど」

中食《ちゅうじき》の際、同僚の会話をきいて勘兵衛は、この前両国で松左衛門と会ったとき手妻《てづま》小屋の近くであった騒ぎで叫び声や怒声がなんといっていたのか、明瞭に思いだしたのだ。

掏摸だ、捜せ、まだ近くにいるぞ。

そして、背後を気にした松左衛門は追われるようにその場をあとにした。

しかしそれだけで、勘兵衛に確信があるわけではなかった。

「小島どの」

勘兵衛は呼びかけた。

「近藤どののことがもし真実として、それがしが口にするとでも?」

「そういうお人でないのはよくわかっています。しかし、いくら口がかたくとも、なにかの拍子《ひょうし》に口を滑《すべ》らせてしまうことは十分に考えられますから」

滝蔵と重吉は啞然《あぜん》としている。

「では、それがしの口を封ずるつもりですか」

「書院番が掏摸をしているなどもし知れたら、松左どのはまちがいなく切腹でしょう。松左どのと久岡どのの命を天秤《てんびん》にかけたとき、それがしにとってどちらが重いか、申すまでもないことです」

三郎兵衛は薄く笑った。勘兵衛の知っている三郎兵衛の笑いではなかった。

「腕に覚えがあるのか、という疑問を持たれるかもしれませんが、これでも素質だけなら江戸中捜しても匹敵する者はおらぬだろう、と師範をしていわしめたほどです」

勘兵衛は三郎兵衛を見直した。それだけの力があるようには見えなかった。

「それがしの口をふさいだところで、近藤どのの癖を直さぬ限り、結局は同じですぞ」

「久岡どのの死を無駄にする気はありませぬ。松左どのにはこの顚末《てんまつ》をとっくりといいきかせ、きっぱりとやめてもらいます。それに、このくらいの荒療治が必要なのでは、とそれがしには思えてならぬのです。松左どのの悪癖のために、久岡どのが命を落としたというほどの……」

「それほどまでに近藤どのを守りたいのですか」

「それがしが今あるのは松左どののおかげと何度も申したではないですか。このような形でも借りを一つ返せることに、それがしは喜びを感じています」

三郎兵衛は余裕たっぷりに頭上を仰《あお》ぎ見た。

傾きを大きくした日は、隣の寺の本堂に入りこもうとしている。

「では、命をいただかせてもらいます」

三郎兵衛は目に鋭い光を灯《とも》した。潮が満ちるように全身に気がこめられてゆく。表情が冷徹そのものに一変している。

できる。勘兵衛は背筋に悪寒《おかん》を覚えた。

三郎兵衛はするするとなめらかな足さばきで進んできた。間合《まあい》に入るや、刀を袈裟に振りおろした。勘兵衛は刀で受けとめかけて跳ねるように下がった。

三郎兵衛の剣は正統派といっていい剣で、なんのけれんもなかったが、そのはやさは勘兵衛がこれまで経験したことのないものだった。

三郎兵衛は、よけられたのが不思議そうな顔だ。なにがいけなかったのかとばかりに首を傾けたあと、踏みこんできた。

左側に光が走った気がした勘兵衛は、刀を振りあげた。腕に斧《おの》でも打ちつけられたような衝撃が走り、火花が散った。

すぐに逆胴がやってきた。これも見えたわけではなく、勘兵衛は勘を頼りにかわした。

三郎兵衛は無表情だった。ただ、できるだけ深く踏みこみ、刀のはやさを増すことだけに集中しているように感じられた。

三郎兵衛の剣は素質だけの剣といえた。しかし、その素質は勘兵衛や蔵之介が十年以上厳しい修行を行っても、決して手の届かない場所にすでに位置していた。

勘兵衛は刀を振るいつつ、ただうしろに下がるしかなかった。受けきれず、肩と胴に浅《あさ》手《で》をいくつか負っている。

疲れを見せず、三郎兵衛は刀を振り続けている。そのたびに勘兵衛の傷は増えていった。左腕を割った傷はもはや浅手ではなく、袖にしみ出た血が腕を重くしていた。新たに脇腹から流れ出た血が、体から力を奪ってゆく。

「逃げろっ」

勘兵衛は供の二人に向かって叫んだ。二人が逃げれば、自分が死んだとしても三郎兵衛の罪は白日《はくじつ》のもとにさらされる。

だが、二人はあるじの危機を見すごしにできずにいるのか、本堂の階段そばで寄り添うようにしている。

「逃げろっ」

勘兵衛はもう一度叫んだ。

ちがった。二人ともおびえていた。動くことで、目をつけられるのを怖れていた。

勘兵衛は本堂横の塀際《へいぎわ》に追いつめられた。左腕はあがらなくなっている。

胴がきた。勘兵衛は右腕一本で打ち払ったが、次の瞬間、腕から重みが失せた。巻き取られた刀が灯籠《とうろう》のほうに飛んでいった。

勘兵衛は脇差に手を置いた。

三郎兵衛は息一つ切らしていない。

「これだけ手こずるとは、正直思わなかったですよ。殺すのは本当に惜しい人ですね」

そんなことはまるで思っていない調子でいい、三郎兵衛は口の端をゆがめた。刀を正眼《せいがん》にかまえ、勘兵衛を見据《みす》えた。

「久岡どのは鷹《たか》の尾《お》とかいう小太刀《こだち》をつかうそうですね。でも、通じませんよ。わかっておられるでしょうけど」

三郎兵衛は目を細めた。

「では、そろそろおしまいにしましょうか」

いうや、刀を振りあげた。

勘兵衛は脇差を引き抜き、懐に飛びこもうとした。だが、その前に袈裟斬りがやってきた。左肩に刃《やいば》がめりこみ、半身をずたずたにされる光景が脳裏をかすめた。

「やめろっ」

横合いから声がした。

袈裟斬りはやってこなかった。勘兵衛が見ると、見えない手で白刃取《しらはど》りをされたように、途中でとまっている。

「どうしてここに……」

三郎兵衛は呆然として刀をだらりとおろした。

そこに立っていたのは近藤松左衛門だった。松左衛門は勘兵衛に向き直った。

「大丈夫か」

「ええ、なんとか」

勘兵衛は松左衛門に手を貸してもらい立ちあがったが、激しい川の流れに押されたようにふらついた。

「ひどいものだ」

いわれて、勘兵衛は体を見まわした。着物はぼろぼろにされ、とてもではないが千二百石の当主には見えない。左腕の傷がやはり特に重く、指先の感覚がなくなっている。

「どれ、血をとめよう」

松左衛門は懐から手ぬぐいを取りだし、勘兵衛の左腕にきつく巻いた。

「これで血はとまるだろう。でも、すぐに医師に診《み》てもらったほうがいい」

松左衛門は厳しい目で三郎兵衛を見た。

「刀をおさめろ」

三郎兵衛はあわてて鞘《さや》にしまった。

「三郎、おまえがわしのことを心配してくれているのはわかっていた。しかし、まさかこのような真似をするとは……」

松左衛門は目を落とした。

「いや、結局はわしの不徳がすべてか」

顔をあげ、勘兵衛を見つめた。

「すまなかったな、久岡どの」

深く頭を下げてから、三郎兵衛に向き直った。

「行くぞ、三郎」

「しかし……」

松左衛門がにらみつけた。三郎兵衛は親に叱られた子供のようにうつむいた。

二人は力のない足取りで山門を出ていった。うしろ姿が寂しげだ。これからどうするのだろう、と勘兵衛は思わざるを得なかった。

四十一

勘兵衛は、廊下をはさんだ隣部屋で息を殺している。横に蔵之丞がいる。義父は深刻げに眉を寄せて、額に汗を浮かべていた。

「まだかな、勘兵衛」

「長いですね」

不安そうにいう。

勘兵衛もじれているが、こればかりは自分の力でどうすることもできない。

「もしかすると、この頭のせいかもしれません」

蔵之丞はうめいた。

「しかし、勘兵衛は安産だったのだよな?」

「そうきいています」

「なら、初産《ういざん》のせいであろう。頭の大きさは関係あるまい」

あれから七ヶ月が経過していた。新しく明けた年は、はやくも四月に入っている。桜の花はとうに舞い散り、新緑の季節が訪れていた。腕の傷は跡が残ったものの、すっかり回復した。剣を振るうのにも支障はない。

あの日、ふらふらになって戻ってきた勘兵衛を見て驚いた蔵之丞は、なにが起きたのか勘兵衛と二人の供にただした。義父はすぐさま徒目付《かちめつけ》のもとに赴《おもむ》こうとしたが、その前に麟蔵が屋敷を訪れた。松左衛門から届けがだされて、三郎兵衛はすでに身柄を拘束されており、事情をききにやってきたのだ。

届けをだしてすぐ、屋敷内で松左衛門は自害して果てた。表向きは病死とされたが、右腕を切り落としたあと左手一本で切腹してのけたとの話を、のちに勘兵衛は麟蔵から伝えられた。近藤家は嗣子《しし》なしということで、家名断絶になった。

三郎兵衛は、松左衛門の死の二日後に切腹した。小島家は取り潰しになり、三郎兵衛の妻と二人の子供は親族に預けとなった。

「できたようです」

三郎兵衛との激闘の半月後、美音がいった言葉だ。

あのときの妻のはにかんだ笑顔は今も忘れられない。飛びあがるほどうれしかったが、腕が痛み、勘兵衛は美音を軽く抱き締めることで喜びをあらわにした。

「勘兵衛、どちらかな」

蔵之丞がこれまで何度も発した言葉を口にした。勘兵衛は我に返った。

義父としてはできれば跡継《あとつぎ》がほしいようだが、勘兵衛としては妻と子の無事な姿が見られれば、それ以上望むものはなかった。

「元気でありさえすればどちらでも」

「その通りだな。女の子が生まれたら、本当に名づけはまかせてくれるのか」

蔵之丞にはなんといっても、美音という実にきれいな名をつけた実績がある。

「是非、お願いします」

「そうか、そうか」

相好《そうごう》を崩した蔵之丞が、ふと耳をすました。

「きこえなかったか」

「確かに」

勘兵衛は膝を立て、襖《ふすま》に耳を当てた。

直後、赤子《あかご》の泣き声が元気よく響いた。

勘兵衛たちが廊下に出ると、向かいの襖がひらかれた。満面に笑みをたたえたお多喜が敷居際に立っている。

「どちらだ」

蔵之丞がきく。

「女の子です」

「二人とも元気なのだな」

勘兵衛も問うた。

「お二人ともお健《すこ》やかです」

胸をなでおろした。

「どっち似だ」

「目鼻立ちは美音さまにそっくりです。ただ」

お多喜はまぶたを伏せ、言葉をにごした。

「頭がその……」

「なにっ」

怖れていたことが起きた、と勘兵衛は頭のなかが真っ白になった。

お多喜は、ほほほ、と笑った。

「冗談です。頭の大きさも形も美音さまにそっくりです」

力が抜けた。

「よくこんなときに冗談がいえるな」

「さっそくご覧になりますか」

お多喜は二人を部屋に招じ入れた。

壁に立てかけられるようにたたまれている布団に背中を預けて座っている美音は、夜着《やぎ》に全身をくるまれている。外に出ているのは顔だけだ。この姿勢のまま、これから七昼夜をすごすことになる。

「よくがんばったな」

勘兵衛がねぎらうと、はい、と美音はうれしそうにほほえんだ。

赤子は、義母の鶴江が産湯《うぶゆ》に入れている。

勘兵衛は我が子の頭を見た。ほっとした。生まれたときの甥《おい》っ子たちとくらべても、大きいということは決してない。

「安堵《あんど》されましたか」

お多喜がにんまりと笑う。

「大丈夫でございますよ。そのような大きなおつむ、いくら広い江戸とは申せ、二つもあってたまるものですか」

「まったくいいたい放題だな」

勘兵衛は苦笑した。

「勘兵衛さま、ありがとうございました」

唐突にお多喜が頭を下げた。

「なんのことだ」

「はじめてのお子を取りあげさせてくれたことでございます」

「こちらこそ礼をいう。母子ともに健やかなのは、お多喜のおかげだ」

「お多喜さん」

美音が呼びかける。

「よろしければ、こちらに移ってきませんか」

お多喜は目をぱちくりさせた。

「それは奉公先を移すよう、勧めておられるのですか」

　勘兵衛はぎょっとした。

「美音、本気か」

「もちろんです」

　出産直後とは思えぬほど力強く答えた。

「あなたさまは、私のお漬《つ》け物に満足していらっしゃらないようですし、名人のお多喜さんに教えてもらえれば、私の腕もきっとあがりましょう」

「そんな理由で引き抜くことはできぬぞ」

「理由など、なんとでもこしらえればよろしいでしょう。お多喜さんに来てもらうのがいやなのですか」

「いやということはないが、お多喜がいなくなったら古谷のほうでも困ろう」

「かもしれませぬが、それはあなたさまの掛け合い次第でございましょう。それに、お多喜さんは育ての母なのでしょう。お多喜さんだって、あなたさまのそばにいたいはずです」

　子供を産んで急に強くなった気がして、勘兵衛はまじまじと美音を見た。

「義父上《ちちうえ》はいかがです」

　蔵之丞にうかがいを立てた。

「わしは美音がいいのなら、反対はせぬ。それに、そんなにうまい漬け物なら、是非食べてみたいものだ」

「義母上《ははうえ》は？」

「私も同じ意見ですよ」

勘兵衛はお多喜に向き直った。

「ということだ。お多喜を受け入れるのに支障はないが、お多喜の気持ちはどうだ。俺は是非、来てもらいたいと思っている」

お多喜は涙ぐんでいる。うれしくて言葉にならないようだ。

「返事はきかずともいいみたいだな」

勘兵衛は深くうなずいた。

「わかった、今日にでもさっそく兄上に話してみよう」

またくだらぬいい争いがはじまるのか、と思ったが、それもまた楽しい気がした。

勘兵衛の頬は知らずゆるんでいる。

参考文献

『大江戸ものしり図鑑』花咲一男監修（主婦と生活社）
『時代考証事典』稲垣史生（新人物往来社）
『ＣＤ-ＲＯＭ版江戸東京重ね地図』吉原健一郎・俵元昭監修（(株)エーピーカンパニー）

※本書は書き下ろしです。

時代小説文庫
す2-5

怨《えん》鬼《き》の剣《けん》

著者
鈴木英治《すずきえいじ》

2002年11月18日第一刷発行
2007年9月18日第八刷発行

発行者
大杉明彦

発行所
株式会社 角川春樹事務所
〒101-0051 東京都千代田区神田神保町3-27 二葉第1ビル

電話
03(3263)5247[編集] 03(3263)5881[営業]

印刷・製本
中央精版印刷株式会社

フォーマット・デザイン 芦澤泰偉＋三輪佳織
シンボルマーク 芦澤泰偉

ISBN4-7584-3017-9 C0193

http://www.kadokawaharuki.co.jp/[営業]
fanmail@kadokawaharuki.co.jp[編集] ご意見・ご感想をお寄せください。

時代小説文庫

飢狼の剣

鈴木英治

浪人吉見重蔵は、主君を斬り逐電した朋輩、村山の消息をつかみ、陸奥へ向かう。昔の道場仲間の家に居候して村山を捜すうちに、勘助という少年と知合うが、落馬して命を落としてしまう。少年の死に不審なものを感じ、調査を始めた重蔵を刺客たちが次々と襲う。事件の裏に、恐るべき陰謀が隠されていたのだ……。「いやはや、対決のシーンは燃える！　脳内麻薬が全開放出されているかのような大興奮」と細谷正充氏（文芸評論家）絶賛の書き下ろし剣豪ミステリー。ここにニューヒーロー誕生！

（解説・細谷正充）

闇の剣

鈴木英治

道場仲間と酒を飲んだ帰路、古谷勘兵衛は、いきなりすごい遣い手に襲われる。四年前、十一人もの命とくびを奪った男・闇風が再び現れたのか？　そんなある日、古谷の宗家植田家に養子に入っていた春隆が病死した。跡取り息子が、ここ半年に次々と亡くなっており、春隆で五人目であった。その後も勘兵衛の周りで、次々と事件が起きる——。勘兵衛は自ら闇の敵に立ち向かうが……。恐るべき結末に読者を誘う、剣豪ミステリーの書き下ろし長篇。

時代小説文庫

鈴木英治

義元謀殺 上

今川義元の尾張への侵攻を半年後に控えたころ、家中の有力な家臣が、家族もろとも惨殺された。御馬廻りの多賀宗十郎《たがそうじゅうろう》には心当たりがあった。謀反の疑いをかけられた山口一族を処刑した実行者がねらわれているのではないか、と……。しかし、そこには織田信長の恐るべき陰謀が隠されていたのだ!!「戦闘シーンは迫力に満ち、構成も巧妙である」と選考委員の森村誠一氏に激賞された、第一回角川春樹小説賞特別賞受賞作、待望の文庫化。

(全二冊)

鈴木英治

義元謀殺 下

今川家の目付・深瀬勘左衛門《ふかせかんざえもん》は、重臣の一家皆殺し事件を必死に追いかけたが、なかなか犯人を挙げられなかった。一方、深瀬の幼なじみの多賀宗十郎も度々命をねらわれる。そんな中、義元は浅間大社でお花見の宴《うたげ》を開催した。宗十郎も警固に当たったのだが……。「今川家の家中という歴史設定を馴染ませ、さらに人物に感情移入をさせる手腕はたいしたものだ」と選考委員の福田和也氏に絶賛された、第一回角川春樹小説賞特別賞受賞作、遂に文庫化。

(解説・関口苑生)

時代小説文庫

鳥羽 亮

剣客同心 **鬼隼人**

書き下ろし

日本橋の米問屋・島田屋が夜盗に襲われ、二千三百両の大金が奪われた。八丁堀の鬼と恐れられる隠密廻り同心・長月隼人《ながつきはやと》は、奉行より密命を受け、この夜盗の探索に乗り出した。手掛かりは、一家を斬殺した太刀筋のみで、探索は困難を極めた。そんな中、隼人は内与力の榎本より、旗本の綾部治左衛門《じざえもん》の周辺を洗うよう協力を求められる。だが、その直後、隼人に謎の剣の遣い手が襲いかかった——。著者渾身の書き下ろし時代長篇。

（解説・細谷正充）

鳥羽 亮

七人の刺客 剣客同心鬼隼人

書き下ろし

刃向かう悪人を容赦なく斬り捨てることから、八町掘の鬼と恐れられる隠密廻り同心・長月隼人。その隼人に南町奉行・筒井政憲より、江戸府内で起きた武士の連続斬殺事件探索の命が下った。斬られた武士はいずれも、ただならぬ太刀筋で、身体には火傷の跡があった。隼人は、犯人が己丑の大火の後に世間を騒がせた盗賊集団世〝世直し党〟と関わりがあると突き止めるが、先には恐るべき刺客たちが待ち受けていた……。書き下ろし時代長篇、大好評シリーズ第二弾。

（解説・細谷正充）

時代小説文庫

佐伯泰英

御金座破り
鎌倉河岸捕物控

書き下ろし

戸田川の渡しで金座の手代・助蔵の斬殺死体が見つかった。小判改鋳に伴う任務に極秘裏に携わっていた助蔵の死によって、新小判の意匠が何者かの手に渡れば、江戸幕府の貨幣制度に危機が――。金座長官・後藤庄三郎から命を受け、捜査に乗り出した金座裏の宗五郎……。鎌倉河岸に繰り広げられる事件の数々と人情模様を描く、好評シリーズ第三弾。

佐伯泰英

暴れ彦四郎
鎌倉河岸捕物控

書き下ろし

亡き両親の故郷である川越に出立することになった豊島屋の看板娘しほ。彼女が乗る船まで見送りに向かった政次、亮吉、彦四郎の三人だったが、その船上には彦四郎を目にして驚きの色を見せる老人の姿があった。やがて彦四郎は謎の刺客集団に襲われることになるのだが……。金座裏の宗五郎親分やその手先たちとともに、彦四郎が自ら事件の探索に乗り出す！　鎌倉河岸捕物控シリーズ第四弾。

時代小説文庫

宮城賢秀

十三の敵討ち 隠密助太刀稼業

書き下ろし

武蔵国岩槻藩《いわつきはん》の士・曽根且弥《かつや》が何者かに襲われ、斬殺された。曽根が、嫁いだ娘の屋敷を訪ねる途中の出来事だった。翌日、将軍家斉より呼び出された旗本・武田哲太郎は、直々に曽根の娘の助太刀を命じられる。早速、弟子の輝之進を伴い、娘の保護と事件の調査に乗り出した哲太郎だったが、下手人たちの背後には大物の影が……。哲太郎は、娘に父の仇《かたき》を討たすことができるのか!? 書き下ろし時代長篇。

宮城賢秀

老盗賊の逆襲 隠密助太刀稼業

書き下ろし

下谷《したや》山伏町の質屋「下間屋《しもつまや》」に盗賊が押し入り、十二人が斬殺された。直参の武田哲太郎と近藤輝之進は、逃走する盗賊の捕り物に加勢し、壬生《みぶ》の専八《せんぱち》らを見事に斬り倒す。手下を捕らえられ、金品を奪い損ねた盗賊の元締・政仲《まさちゅう》は、哲太郎への復讐と金品の再強奪にただならぬ執念を燃やす。一方、将軍家斉《いえなり》より敵討ちの密命を受け、賊の一人と目される男を追う哲太郎。だが、その行方には政仲の刺客たちが——。書き下ろし時代長篇。

時代小説文庫

川田弥一郎

江戸の検屍官 女地獄

書き下ろし

夜鷹の稼ぎ場所である柳原堤で凍り付いた車引きの死骸が発見された。北町奉行所・定町廻り同心の北沢彦太郎はその検屍に出向く。死因は男の自業自得なのか、それとも凍死に見せ掛けた殺しなのか。やがて謎の夜鷹・紫の影がうかびあがるが……。〝江戸の検屍官〟彦太郎が検屍の教典『無冤録述』を傍らに、女好きの名医・玄海、美女枕絵師・お月らとともに、隠された真相に迫る!! 情念の火の粉が江戸上空を舞う、傑作時代長篇。

本庄慧一郎

鬼夜叉の舞 人斬り京阿弥地獄行

書き下ろし

両国柳橋『追手屋』の船頭・千次に秘められたもうひとつの名前——観世京阿弥《かんぜきょうあみ》。かつてその美貌ゆえに、将軍綱吉より偏執的な寵愛を受けた京阿弥は、江戸城より決死の脱出の末、篝《かがり》十兵衛なる浪人に命を救われた。類稀なる剣の遣い手の十兵衛より訓導を受けた京阿弥は、やがて美しくも屈強な男へと成長してゆく。自らの忌わしき過去への復讐のため、十兵衛が目論む仇討ちに身を投じてゆく京阿弥の運命は……。著者渾身の書き下ろし時代長篇。

時代小説文庫

千野隆司

夕暮れの女

南町同心早瀬惣十郎捕物控

書き下ろし

煙管《きせる》職人の佐之助は、品物を届けた後、かつての恋人で今は老舗足袋問屋の女房おつなと再会した。帰途、誰かに追われている女の世話をする。一方、おつなはその日の夕刻に絞殺された。拷問にかけられた佐之助は罪を自白、死罪が確定する。しかし彼の無罪を信じる恋人と幼馴染みは、南町同心早瀬惣十郎とともに再調査に乗り出すのだが……。待望の書き下ろし時代長篇、遂に刊行。

(解説・細谷正充)

中里融司

討たせ屋喜兵衛　斬奸剣

書き下ろし

奥州三善藩で、奸計により次席家老が斬殺された。現場に居合わせた藩士鈴鳴喜兵衛は、刺客を討ち果たすも、下手人の濡れ衣を着せられ藩を逐電することに。さらに討ち果たされた刺客の子弟が、父の敵と喜兵衛を付け狙う。敵討ちにもなってしまった喜兵衛だが、ある日、能面師が狼藉者に襲われていたのを救ったことが切っ掛けで、直参旗本榊原家の用心棒となった。榊原家では、夜ごと鬼面の曲者が現れ、お家に仇をなすという。曲者の正体と目的は何か？　痛快剣豪時代劇、奸者斬るべし。

時代小説文庫

藤水名子

独孤剣

書き下ろし

男の白刃は、鞘《さや》のうちにて密かに閃き、瞬時に三人の男を葬り去った——黒いマントに白銀の長剣を差し、その宿場にやって来た男の額には、刑場帰りの罪人の印・墨文字の刺青があった。男の名は李竣《りしゅん》。彼は三人の悪党たちに支配されている邑《むら》に、何のためにやってきたのか⁉ 武装兵士たちと勇敢に戦い、傷つき倒れた李竣を、酒場の女主人・小苓《しょうれい》が匿《かくま》うが……。男と女の孤独な闇と愛を描き切る、大陸を舞台にした大剣戟小説、書き下ろしで遂に登場。

浮き世草紙

女流時代小説傑作選

結城信孝 編

文庫オリジナル

恋もあれば、非情の運命もある。つつましい暮らしもあれば、派手な遊蕩三昧もある。時代が変わっても、そこに息づく人々の心の機微は変わらない——。女流作家による傑作時代小説アンソロジー。宮部みゆき「女の首」、宇江佐真理「あさきゆめみし」、諸田玲子「雲助の恋」、澤田ふじ子「縞揃女油地獄」、島村洋子「八百屋お七異聞」、見延典子「竈《かまど》さらえ」、皆川博子「吉様いのち」、北原亞以子「憚りながら日本一」の八篇が誘う時代小説の世界をお楽しみあれ。

時代小説文庫

遙かな武田騎馬隊

岩崎正吾

書き下ろし

時あたかも戦国末期。織田信長の猛攻に、甲斐武田家は存亡の危機を迎えようとしていた。幼い頃より老師白雲斎に育てられ、山中で修業を積んだ小太郎は、この危機に際し、武田勝頼の兄、信親の警護を命じられ、武田家滅亡の渦中へと巻き込まれていく。警護にあたるのは、いずれも十代の混成部隊。凄絶な戦闘の中で成長していく小太郎の目を通して、滅びゆくものの哀切と、時代を超えて生きていくものの躍動を鮮やかに描きだした時代小説の傑作が遂に登場!

小説 秦の始皇帝

津本 陽

「余は神に選ばれた王だ。王のなかの王、皇帝になるのだ」——西紀前二五九年、正月、乱世の中国大陸に、一人の男が生を享けた。血族の謀略に身を起こし、遂には天下統一を成しとげ、皇帝にまで登りつめた男の名は政。男は自らを〝始皇帝〟と名乗った。数奇な運命に翻弄され、壮絶な戦いに明け暮れ、不死を夢見た秦の始皇帝の生涯を、雄渾華麗に謳いあげた大英雄伝、待望の文庫化。